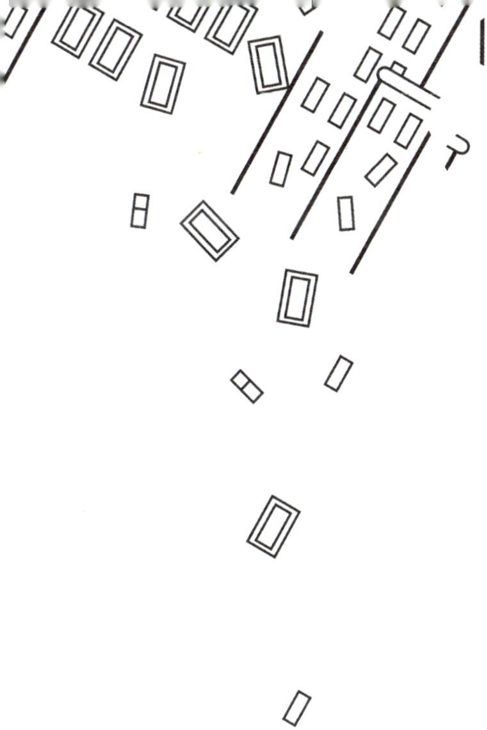

乔叶——著

拆楼记

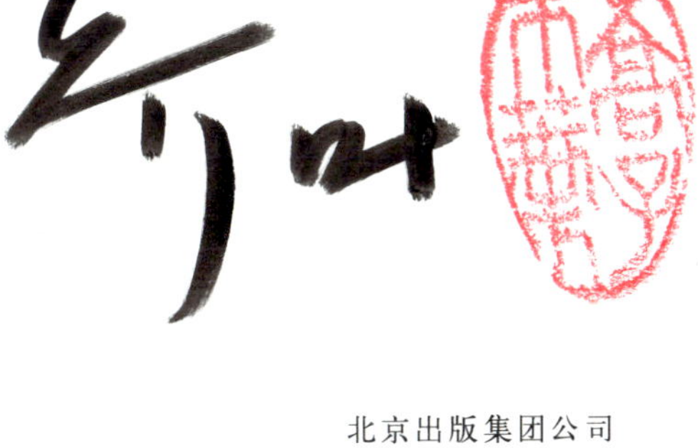

北京出版集团公司
北京十月文艺出版社

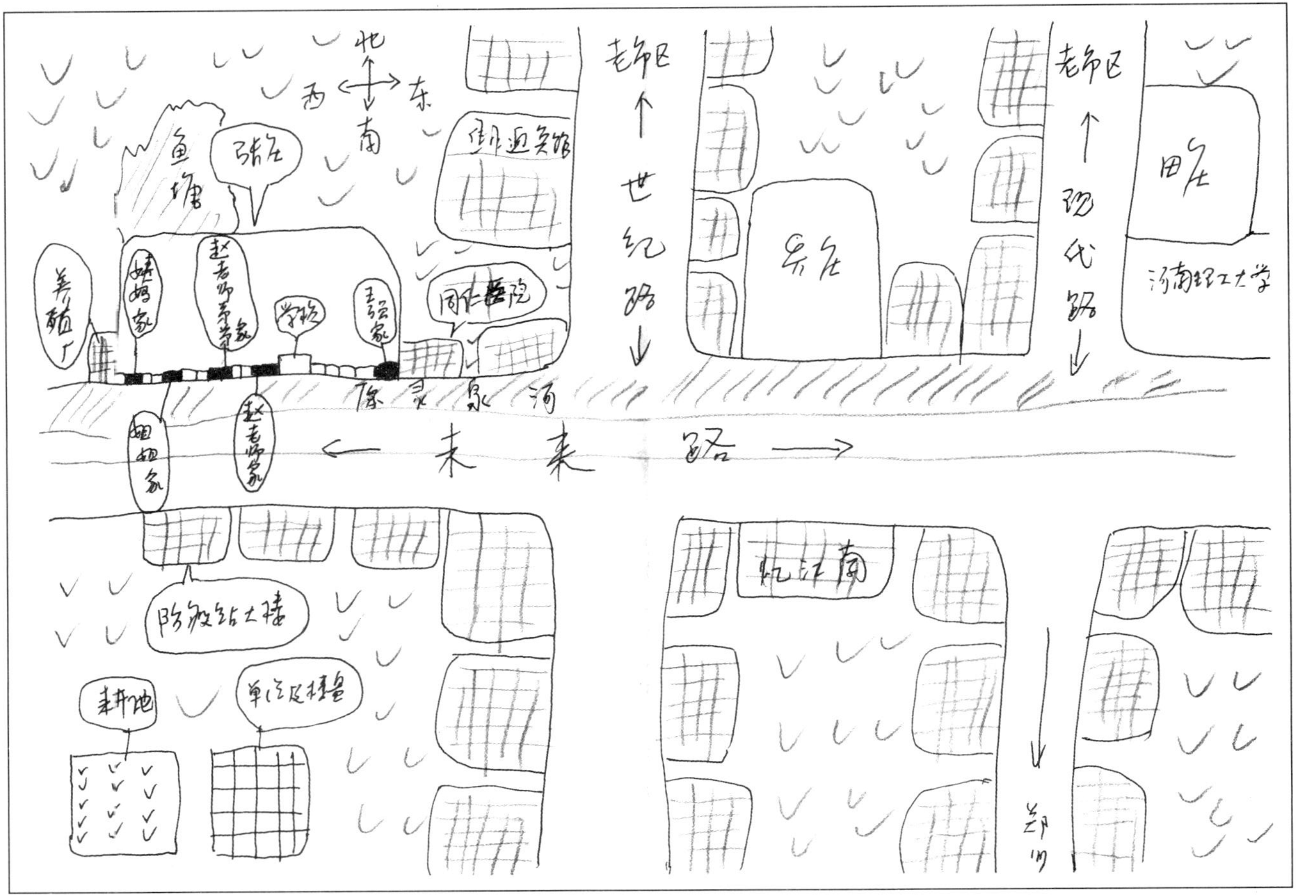
北
西
东
南
鱼塘
张庄
学校
同仁医院
老城区
世纪路
老城区
现代路
吴庄
田庄
河南理工大学
未来路
赵老师家
防疫站大楼
忆江南
耕地
郑州

作者乔叶手绘指示图

序

李敬泽

1

从《月牙泉》说起。这是乔叶的一个短篇小说，写作时间应在《拆楼记》前后。

《拆楼记》的读者，应该读《月牙泉》。这是一篇让我很不舒服的小说，我克制着羞耻感把它读完。

我牢牢地记住了那对姐妹，她们住在一座豪华酒店里，妹妹是城里人了，而仍是一个农妇的姐姐被妹妹忍不住地厌弃着，妹妹知道这种厌弃是不对的，妹妹和我们大家一样，预装了很多话语和言辞来反对这种厌弃，但妹妹忍不住啊，她甚至厌弃姐姐的身体。

——阶级、阶级感情，我还真想不起更好的词。

类似的情景让人想起“十七年”的小说，想起“十七年”的思想路径从何时开始改变，从《陈奂生上城》？一种羞耻感被明确地加到了进城的穷人身上，然后，就是逐渐发展起来的对这种羞耻感的消费，在大众文化中、在赵本山那样的小品中。

现在，这是社会无意识，它不能形成言辞，它不需要经过大脑。

社会在哪里？如果说一个人本质是他的社会关系的总合的话，那么，他的这种本质如何呈现？

在《月牙泉》中，这不是通过思想和言辞，而是通过本能、身体。

我的“不舒服”在于，《月牙泉》揭示了我们的思想和言辞着意掩盖的事实，它把羞耻感还给了我们，撕开了我们精神上的羞处。

是的，多多少少，我们和那位妹妹是一样的。

2

现在，谈《拆楼记》。乔叶写了一部不那么讨人喜欢或肯定不讨人喜欢的作品。

乔叶当然知道讨人喜欢的作品怎么写，别忘了她是《读者》的专栏作家，实际上，作为小说家，一直有两个乔叶在争辩：那个乖巧的、知道我们是多么需要安慰的小说家，和那个凶悍的、立志发现人性和生活之本相的小说家。

现在，是后一位小说家当班。

她在《拆楼记》中，力图重建我们的生活世界：在纸上，把我们生活与意识的隐秘结构绘制出来。

对此，我们当然是不喜欢的，我们都希望，打开一本书时，发现自己在“别处”，而不是仍在“此处”，而且，“此处”如此赤裸清晰，令我们羞愧不安。

3

凡惧怕注视自身的人，不要打开此书。

凡在此处“安居”而乐不思蜀的人，不要打开此书。

凡戴着言辞和公论的盔甲，永不卸下的人，不要打开此书。

凡坚信世上只有黑白二事的人，不要打开此书。

凡头脑简单者，不要打开此书，此书会把他简单的头脑搅乱。

4

“拆迁”这件事，每天出现在媒体上，我们对它有最深刻的认识。

但是，真的吗?

围绕这件事，聚集着当下社会一系列鲜明、尖锐的冲突主题：官府与被欺压的良民、人们捍卫“家”的自然正义、人的安全感和公平感，以及常常不能得到有效回应的诉求，由此产生的无助感，等等。

所有这一切，形成了鲜明的戏剧效果，它几乎就是古老戏剧的基本结构，它有力地激发了深植于民间传统的情感力量。

社会在按照戏剧的、文学化的方式组织和表达自身的意识。

那么文学还能够做什么？

5

伯林在《反潮流》一书的一个脚注中说："我们从马基雅维利以及他那类作家里受益良多，他们开诚布公地讲述了人们在做什么，而不是应当做什么。"

无论是作为看客，还是作为演员，社会戏剧的力量在于，它强烈地诉诸"应当做什么"，而对于人们在做什么，远不是"开诚布公"的。

社会戏剧的灯光在照亮什么的同时，必定简省了什么，让有些事物留在灯光之外。

6

在《拆楼记》中，乔叶或许是在探索文学的另外一种可能，一种不可能的可能：

文学必须把自己化作一种更全面的感受形式和思想形式，它必须反戏剧化，必须超越于各种概念和命题，必须尽可能忠直地回到全面的人生和经验。

也就是，看到灯光之下和灯光之外，看到前台和后台，看到白天和夜晚，看到那些拆迁和被拆迁的人们，他们真实的、赤裸裸的动机、利益和情感，不是对着记者、对着麦克风所说的，而是他们正在做的。

《拆楼记》由此成为庞大社会戏剧的一个脚注，一种边缘的思想和争辩。

7

《拆楼记》本身就有很多注释。这些注释或许应该删掉，因为它们增加了阅读的难度。

但不能删掉。因为，这种阅读的难度和麻烦也正是思想的难度和麻烦。

人生的真正秘密，或许不在正文，而在那些被删掉的注释里。

社会现象的复杂结构，也正藏在被记者和专家们略去不提的漫长注释中。

8

这样的写作一定是令人不适的，它使人从令人激愤、某种程度上也令人安心的戏剧场景中回到灰色的、模糊的人生。

它甚至令人恼怒、令人羞耻——

揭开事物的羞处，揭开人心与社会中隐秘运行的规则。

揭开指引着我们行动的那些难以形诸公共话语的情感、本能和习俗。

揭开下意识和无意识。

揭开正在博弈、心照不宣的各种“真理”，这些“真理”相互冲突和对抗，但是也在妥协和商量，秉持着各自“真理”的人们在紧张关系中达成了某种生态，这是谁也不满意的生态、谁也不认为正确的生态，但它成为了“自然”。

9

为此，乔叶采用了“非虚构小说”这样的形式。

她为自己找到了一个源头：比如杜鲁门·卡波特的《冷血》和诺曼·梅勒的《刽子手之歌》。

但其实略有不同，卡和梅，当他们使用“非虚构小说”的时候，他们某种程度上是回到洪荒初开，他们在卑微的层面上模仿宏大的诸神。

而乔叶，是从宏大的戏剧中，回到经验，回到凡人和人间。

10

这样的形式同样会令人恼怒，对于那些老实得像火腿一样的评论家和艺术家来说，仅仅是“非虚构小说”这样既矛又盾的概念就令他们生气，就令他们欣喜：如此轻而易举地就找到了空门和破绽。

但为什么不可以呢？《矛盾论》都忘了吗？难道体裁和形式本身在它的发展过程中不就是要充分运用矛盾的张力吗？

你看着“非虚构小说”生气，你看“史诗”这样的说法是否生气呢？

“非虚构小说”是以争辩和挑战的姿态回到小说的史前史，把虚构与非虚构、生活与对生活的表达、“真实”的承诺与真实的相对性，把所有这些夹缠不清的问题，重新在这个网络的、媒体的、众声喧哗的时代摆在我们面前，让我们如同小说史前史的那些人们一样，自由而富于想象力地着手书写模糊混沌的人类理智、情感、欲望和梦想。

11

在这里，这个人、这个书写者站在这里，她拒绝宣布这一切纯属虚构，她愿意为自己的每一个字承担责任——本故事纯属非虚构，欢迎对号入座。

但同时，她也明确地承认自身的裂痕和有限，我有我的特定身份以及相随而来的局限和偏见。因而“小说”在这里也不是托词，不是作者为自己争取特权的方式，而是，这个人说，我只能在我力不能及的地方努力动用我的理解力和想象力。

乔叶在尝试一种被无数人推崇但很少被人践行的写作伦理，她以自剖其心的态度，见证了她的所见和所知。

12

是的，所有的人，她爱他们，这是无疑的。但她同时也对他们感到失望，这也是无疑的。她深刻地知道自己就是这些人中的一个，她对自己同样失望。

《月牙泉》是如此，《拆楼记》亦是如此。

目　录

Contents

序　／001

上部　盖楼记

1　新区　／003

2　高血压　／014

3　情况　／027

4　村景　／036

5　筹谋　／044

6　鸿门宴　／054

7　田庄四二九　／069

8　合作　／084

9　后来　／094

10　王永　／104

11　心跳　／115

下部　拆楼记

1　告示　/ 123

2　开会　/ 131

3　首战　/ 141

4　首拆　/ 151

5　道理　/ 160

6　五米　/ 173

7　上访　/ 181

8　西风烈　/ 201

9　他们　/ 214

10　底牌　/ 231

11　撒手锏　/ 246

12　杂事　/ 258

后记　/ 264

上部 盖楼记

1 新区

去年，姐姐的大女儿苗苗考上了郑州轻工职业学院，这么一来，每次回老家，苗苗搭我的顺风车就成了必然。我和姐姐的日常联系也自然而然地多了起来。各自出嫁之后，在姊妹五个中间，我和姐姐相见最少。原因很简单，我们五个里，唯有她现在还生活在乡村。我的乡村生活史在十五年前就已经结束，曾经和其他三个兄弟在县城生活过几年，十年前调到郑州之后，我每次回去的目的地基本也都是县城，不到清明上坟或者农历十月初一给祖宗们“送寒衣”，再或是春节走亲戚，一般不会和姐姐碰面，对姐姐的情况也就所知甚少。兄弟姊妹多，哪能整天想着他们。各有各的活路，平常里，没有消息就是好消息，没时间去特别关切谁。但是，苗苗在这里，经常见面，终归要叙些家常闲话，对姐姐的细节也就听得越来越多。听着听着，我觉得姐姐似乎是越来越陌生了：姐姐学会了卤鸡腿和卤猪蹄，姐姐从不刷牙，姐姐在绣十字绣，姐姐的小姑子因为信了邪教而住了监狱，①姐姐正在给她的孩子做棉衣……

姐姐对我的感觉，应该也是一样。一年多来，每次我碰到姐姐，我们之间亲热是亲热，客套是客套，但也横亘着体积庞大的生疏。我会问她："黏玉米那么贵为啥不种点儿?""去磨坊磨面也太啰唆了吧?"她会问我："听说你有仨电脑，要恁多干啥?""整天坐飞机不害怕？多费钱。"我的提问，她的回答认真。她的提问，我的回答敷衍。但我并不觉得亏欠。我很清楚：无论认真还是敷衍，这些问答对我们之间的那道沟壑而言都只是杯水车薪。无论是什么样的语言材料和语言品质，那道沟壑都很难填补。主要原因当然在我。自从当了乡村的叛逃者之后——叛逃者这个词是我最亲爱的记者闺密对我们这些乡村底子城市身份的人的统称——我对乡村想要了解的欲望就越来越淡。记者闺密对此也有深入潜意识的尖刻评价：只要有路，只要有车，只要有盘缠，只要有体力，所有的叛逃者都只想越逃越远。

对她的评价，我只用沉默应答。

"明儿能回吗?"那天是个周四，姐姐打电话问我。

"什么事?"我问。姐姐没事不打电话，只要打电话肯定是有事，而且八成还是钱的事，一般来说还不会太少。其他三个人虽然在县城，日子却都只是过得去，不如我宽裕，且又都是兄弟，有媳妇管着，不好贴补她。逢到用钱的事，姐姐也只有向我伸手。前两年她翻盖新房，我就贴给她了三万。

"没啥事。"

"说吧。你先电话里说说。让我有个底儿。"

"啥底儿不底儿的。"姐姐笑了，她这么一笑，我心里就有了底儿，"咱姨高血压犯了。这回有点儿重。半边身子都不利落了。你要是得空，就回来看看。”

“咋回事?”

“电话里说不清，见面再说。到底能回不能?”

“回。”我说。正好刚刚换了新车，我得尽快磨合。从郑州到姐姐家是一个小时车程，不远不近，恰恰是好尺寸。我让姐姐给我烙点儿油饼，蒸点儿馒头，再给我收一些土鸡蛋。吃过几回姐姐给的这些乡下吃食之后，我看郑州户口的这些东西就再也不顺眼了。

第二天午饭后，我带着苗苗一起回去。从郑州出发，沿着花园路向北走了二十分钟，然后上了中州大道——也就是107国道，在郑州市区这一段叫中州大道。沿着107继续向北，过了黄河大桥，左转进入郑焦晋高速，再走上半个小时，从山阳口下来，就是现代路。现代路再向北大约五公里，就到了山阳市高新区。

山阳，顾名思义，在山之阳。山，便是太行山。但凡想起太行山，我脑子里便会涌起两个声音，一个是那首著名的抗战歌曲《太行山上》:“红日照遍了东方，自由之神在纵情歌唱，看吧，千山万壑，铜壁铁墙，抗日的烽火燃烧在太行山上……”另一个是那则著名的典故“愚公移山”的起首句:“太行、王屋二山，方七百里，高万仞……”后来才知道，王屋山也属于太行山系。——现在想来，愚公俨然是最早的拆迁鼻祖，而且起手就是一座大山，很吓人。而著文者又特意把王屋山从太行山里单列出来，似乎是为了让愚公的精神更加吓人。②

但山阳市的这个山阳不是地理式的那么简单，而是和动荡的三国历史颇有渊源：汉献帝刘协当年被曹丕分封至此，便被称为“山阳公”，山阳市便由此得名。这些年，随着经济的发展，几乎中国所有的城市都像一张软烙饼，越摊越大。山阳也不例外。如果是郑州这样的城市，四周都是平原，那就东西南北随便摊好了。但山阳不行。在整个六县四区的版图里，老市区就像“凸”字的那个山峰，稳稳镶嵌在太行山的怀抱中。向北发展山区旅游还行，但摊大城市绝不可能。市区西面紧邻山西，东面紧邻新乡，也都杜绝了摊大的可能性。别无选择，唯有向南，向南，再向南。从市区向南八十余公里，直到黄河岸边，都是山阳的广阔领地。于是决策者们大手一挥，在老市区之南十来里的地方划出了一片高新区，几个位于新区内的村子顿时运交华盖，应声而出，荣耀登场。我的娘家乔庄村和姐姐的婆家张庄村也有幸忝列其中。据说市里很多重要的行政部门都已经在高新区里圈定了一席之地。

高新区最大的横向路是未来路，在现代路和未来路交叉口左转，顺着未来路向西三公里，就是我的娘家乔庄，再往西两公里，就是姐姐的村庄张庄。乔庄和张庄都紧挨着未来路，在路北。未来路原名叫灵泉路。灵泉路的路名来源于灵泉河，灵泉河又得之于灵泉村，这个村在张庄西边大约十里。为什么叫这么个名儿？说来俗套。相传这个村有一个人养了一条好狗，此狗特别灵异。某年此地大旱，庄稼即将枯死，众人却求雨不得，此狗看众人郁闷，就跑到村东某处用爪子狠挖起来，挖出了一个偌大泉眼，泉水汩汩向东流去，形成了一条河，此狗便成了灵犬，此泉便叫作狗泉。因为犬本灵异，再加上后人在泉边修了龙王庙之后每到祭祀求雨时也十分灵验，后来此泉便被称为了灵泉。也有人称之为灵犬的。不过相比之下，灵泉到底更雅致一些，这个名称便也稳固了下来，灵泉村因此而定名，灵泉河和灵泉路便也随之而生。后来我才得知，这个泉最早的称呼是“苟泉”，和狗毫无关系。最有力的证据源之于郦道元老师的《水经注》：“南为苟泉，北则吴渎，是苟姓、吴姓世居泉上，故泉以姓得名也。”这种解释尽管真实度很高，但实在是属于有史性没趣性，因此我宁可相信坊间的版本。活在这个世界上，对我来说，有趣是很重要的，和衣食住行一样重要。如果一定要用最简单的标准来划分人，我就只用两个词：趣人和非趣人。

因为乔庄依河，我小时候便常和小伙伴们去河边玩耍，现在依然清楚地记得，清流汩汩，明澈见底，水草丰茂，鱼蟹繁多，我摘金银花，掐薄荷叶，挖甜甜根，盘小泥鳅……那是我小小的童年天堂啊。十七岁那年，我师范毕业被分配回乡，从教生涯的处子秀是在张庄小学，张庄小学也紧挨着灵泉河。我经常带着孩子们从河里打水清洁教室地面，被河水清洁过的地面自有一种水草的清鲜。也曾经在放学路上被调皮的男生故意挤撞到过灵泉河里，湿透了浑身的衣裳——只因他上课时揪前面女生的辫子，被我恶狠狠地体罚过。这十几年前的事情，现在回想起来，怎么就如同一幅中世纪的风景画呢？

车上了未来路，我摇下车窗，放慢车速，仔细慎重起来——

否则就会迷路。最近几年，每次去姐姐家，我都会迷路。能不迷吗？“馍要一口一口地吃。”这是一句豫北乡下的俗话。乡村变新区按说也该如此。但其实不然。这吃馍的口张得巨大，吃的速度也快得让人震惊。头一口就是修路。如果说田野如一张地毯，那么，现在这块地毯已经被路裁剪得横七竖八了——不，七八太少，应该说是横九竖十或是横N竖N。单单一条未来路上岔出来的路口就有多少个啊：神州路、民主路、迎宾路、太行路、世纪路……呵，忽然觉得，这几条路的路名就是典型的中国式路名。以国家为主题的：神州路、九州路、中华路、中州路。以革命为主题的：民主路、解放路、胜利路、英雄路。以某个地标为主题的：太行路、迎宾路(因某两条路的交叉口有个迎宾馆)、学院路、公园路……忽然想起山阳老市区的几个路名：大杨树街、柳树口路、月季巷，又恍惚想起在哪里看到的兰州的一个路名：一只船。[3]杨树、柳树、月季、船，这些平凡的植物和事物，素常也不觉得怎样特别。放到路名上，此时却透出了奇崛的诗意。

我不靠谱的脑子里忽然又蹦出忘了在哪里读过的几句诗，[4]说什么以前的人为地方起名字，都是以大地为中心，如山东山西，湖南湖北，河南河北，云南海南，等等，村庄和城市这些人造之物则都是大地的郊外云云，这个说法很打动我。想来杨树、柳树、月季、船，这些事物虽然不像山河湖海一样和大地有着那么直接且醒目的关系，直接醒目到可以成为大地的形象代言人，但至少和大地也称得上是嫡系亲属——当然，船当然也是大地的亲属。如果海是大地的孩子，那船至少算得上是大地的孙子，是不是？这些小小的孙子孙女们和河北、河南、山东、山西、湖北、湖南这些大大的大地之子一起，铺展出了那个时代的舒展和安详。

呵，那个时代，是什么时代呢？在时间意义上好像也离现在不太远。但在外观上却已是天差地别了。以后的日子里，还会有多少这样的路名呢？熟悉的陌生人，忽然又想起这么一个词组。不，也许把“陌生”和“熟悉”这两个词倒置过来更恰当吧，毕竟曾经是熟悉的，熟悉在先。对了，好像谁有一首歌就叫《最熟悉的陌生人》，有两句词是这样的：“我们变成了世上最熟悉的陌生人，今后各自曲折，各自悲哀……”

我叹口气。各自曲折？各自悲哀？唱得好听，做却难做。对待旧情人或许可以如此。但是，对待老家，却是不大可能。尤其是在对它逃得不够远的时候。对于山阳，我总觉得自己像是一条丧家之犬——不，更准确地说，不是丧家之犬，而只是离家之犬。只能是这样。虽然我这条狗在外跑得很努力，也很尽兴，还常常在幻觉中以为自己已经快修炼成一条无牵无挂的野狗了，但只要在报纸上或电视上看到老家的消息，我就会或疼或痒地牵筋动骨一番。仿佛老家就是一根致命的老骨头，尽管这根老骨头上早就没肉了，就是有肉也不见得多么香肥，可它的那种气息那种味道却总是能让我不由自主地惦着，想着，让我不容拒绝。命中注定，说的就是这个吧？用老家的方言，就叫“胎里带”。

——尽管已经是面目全非，但仔细观看，也还是可以看出过去的影子：灵泉河虽早已销声匿迹，但尚有隐约的凹陷印证着原来的河道。也在未来路边的高新区管委会，显然是昔日的乡政府鸟枪换炮的硕果。原来错车都很困难的灵泉路，即便已经摇身一晃成了未来路，即便有了豪华如总统套房般的六车道，即便它绿化带、慢车道、红绿灯、减速带、警示标语等一应俱全，即便不时有联通、移动和房地产公司的巨大广告牌为它装点出让人眼花缭乱的时尚风范，但它总还是东西向的，总还是要通向乔庄和张庄的，我只需要认准了这一点儿，心里就基本踏实了。何况在那些巨型广告牌的间隙，还不时闪现出一些村庄民居后墙上的乡野广告来为我垫底："耿村金成响器""李万李三蒸馍""范庄高铁锤种猪"，等等，地点人物业务内容皆有，四角俱全，且一个字都不浪费，朴素简白到了极点。相比之下，官方的一条安全行驶的警示语几乎就婉转到了《红楼梦》里"覆"和"射"的程度：亲爱的朋友，如果您开车接打手机，那您以后很可能就不用再交话费了。

不由得感慨：现在的新区可真多啊。随便走到哪个城市，都会有新区。而有意思的是，很少有新区是在真正的旷野上建成的。我所见过的最标准意义上的新区，似乎只有在新疆的戈壁滩上。石河子，图木舒克，北屯，这才是在荒原上白手起家建起来的货真价实的新城。而在别的地方，尤其是河南，几乎所有的新区都建立在一个个存在多年的村庄之上。

路太宽，车太少。即使有意克制速度，也很容易让车跑得像飞起来一样。前面就是乔庄。我把车速放慢，再放慢。越来越近，

越来越近，路似乎是一样的路，仔细看却还是有些不一样起来：路面越来越窄，越来越窄——我想了想，明白了：这边还没有修建慢车道和绿化带。

我默默地看着自己生活过二十多年的乔庄，没错，就是这里。村里的街上几乎没有人走动，空空落落，再没有了牛，也没有了马。远远望去，乔庄小学的红旗依然在飘着，飘着——它在村里的二道街上。紧挨着未来路的那排房子倒是有些热闹：有几家在盖房子。我搜寻着记忆深处，想着都是哪些人家的房子：五婶家、七叔家、生产队长家、大队会计家……而在未来路的南侧，与这些人家隔路相望的地方，原本该是春绿秋黄的庄稼地，现在已经成了正在火热施工的楼盘。两家，一家是“忆江南”，还有一家是“曼哈顿国际花园”。我不由得微笑：江南好，只是风景旧曾谙。曼哈顿，当然也好，省了多少昂贵的国际航班机票钱啊。

没有伤感。见得太多了，哪儿还伤感得过来呢？

路面很干净。苗苗告诉我，她一个初中同学辍学后就在这条路上当清洁工，也就是扫扫地，捡捡碎纸和塑料袋什么的，一个月五百块。

张庄的村名显示在路标牌上。很快，姐姐家到了。

注：

①姐姐的小姑子，已经进监狱十年了。无期。让她进监狱的邪教叫“哭教”，据说是基督教的一个支教，又据说基督教不承认他们的信仰。据说哭

教教徒们聚会时的主要内容就是号啕大哭。姐姐的小姑子之所以进了监狱，是因为在某次聚会上哭过之后，有人说自己肚子痛，便另有权威人士说他身上有魔鬼了，应该把魔鬼踩出来。于是每人一脚，那人当场就被踩死了。之后权威人士又说等他三天便会复活。三天后，尸体腐烂。家属报案，最先上去踩的前五名被抓，姐姐的小姑子是第一脚。

②王屋山脚下有一座城市，名济源，据说曾经流传着这么一首顺口溜："一条街，俩岗楼，三个破庙一群猴，东边一个老信球。"街和楼不用多说，三个破庙中别的不知，我能肯定的只有济渎庙。一群猴肯定是说太行猕猴，那个老信球，就是愚公了。信，在我们豫北的方言里，是贬义词，意为：固执，蒙昧，憨蛮，痴傻。

③后来查得，是在2011年第5期的《人民文学》杂志上《写照片》一文，作者叶舟。文中详述了一只船街道的来历："当年，清廷重臣左宗棠抬棺西行，率领湘江子弟，跨越黄河，准备入疆平叛时，路经兰州城外，见此地风水甚佳，忍不住赞美了几句。此后，前线战事吃紧，一批批阵亡的将士被送下来，日曝风吹，无法安置。左大人批了条子，令在兰州旧城东门外修建一座义园，以便暂厝亡灵，打算日后扶榇归乡。……说是义园，其实就是烈士陵园。它的主体建筑是一艘航船的模样，高高的船艏朝向南方。庙顶的形状酷似一根桅杆，夜夜升起一盏引魂的桅灯。它被列为禁地，擅入者斩。当时兰州的土著居民们不明所以，在围墙外的草地上赶大集、做买卖、小吃大喝，还统一了口径，称呼它：一只船。一百多年了，义园被风雨剥蚀，早就荡然无存，难觅旧迹，但这个诗意的名字却延续了下来。"——读到此处，不由得想：山阳的大杨树街和柳树口街又有着怎样的来历呢？

④诗的这几句原文是：

一条河水从中间流过
河水是中心，北边是河北
南边是河南；一座山峰在中间矗立
山峰是中心，东面是山东
西面是山西；一个湖泊在中间
荡漾，湖泊是中心，南侧是湖南
北侧是湖北；云南在云的南端
海南在海之南，云是心，海是心
几千年前，“孔子过泰山侧”
孔子也配不上泰山，这颗
伟大的心脏，也只能跳动在
泰山的侧面，泰山是中心
孔子是郊外……他讲话的时候
动了真情：“以前，大地才是中心
村庄和城市，一直都是
山河的郊外。”我当时就很冲动
很想站起身来，弯腰向他致敬
甘愿做他的郊外。

作者是云南诗人雷平阳，诗名为《听汤世杰先生讲》。

2　高血压

姐姐的房子位于张庄村的最南排，也紧挨着灵泉河，和张庄小学都在一条直线上。也就是说，如果现在还有灵泉河的话，她晚上睡觉的时候就可以听到潺潺的流水声。当然，这种情形想象起来虽然诗意，但住起来恐怕就只是湿意，令人沮丧。在灵泉路尚未拓展成未来路之前，这房子是坐南朝北的阴宅，还把着村边儿，房后还是河，又阴又潮又不安全。要依我们豫北乡下平常的标准，这宅子算是很次的了。好宅子自然是阳宅，[①]坐北朝南，光照充足，且在村心儿里，人住着既踏实舒展，走东串西听音传话也方便。但是事情就是这样，福藏祸，祸藏福，谁也想不到灵泉河会被填，更没人能想到原来可怜巴巴的灵泉路有一天会变成一条金光大道。几年前，市政的规划图一下来，未来路主道一通，张庄就要被整体搬迁的传闻一出，有先见之明的姐姐立马便用上了所有的积蓄，又朝我借了三万块钱，把自己的主房掉了个一百八十度的方向，将它翻成了坐北朝南的两层新楼房，一楼自住，二楼出租。后来，她又一点点地在房前空地上加盖起了储藏室、厕所和厨房，最终形成了一个十六米宽六米长的院子。自此，原来那座简陋旧小的阴宅瓦房就连蹦带跳地升级为一栋完美的阳宅楼房。每当走进姐姐家，看到院子里种的各种茵茵青菜，我就不由得想篡改海子的诗句：面朝大路，春暖花开。[②]

姐姐正在大门口等着，看见我的车，脸上的表情顿时生动起来："怪快呢。"

"咱姨到底是怎么回事？"停好车，我从后备厢里取出点心水果，和姐姐朝姨妈家走去。

"为盖房子。"

"不是盖好了吗？还盖什么盖？"我纳闷。

这个姨是我们的亲姨妈，我母亲的三妹妹。她也是张庄媳妇，当年就是她做媒把姐姐介绍到了张庄。不过她回来住却是在几年前退休之后，她退休之前的身份是市轧钢厂的后勤科长。她的老宅和姐姐一排，在姐姐家的西边，隔着两户。虽然贵为市民，但她的老宅这些年一直没有丢下。几年前她光荣退休，姨父也患脑溢血去世，她和小儿子两口住在一起，因为性格暴烈没少和小儿媳妇闹矛盾。后来她便回到了张庄。回村后她做的首要大事就是把老宅进行阴阳转变，盖楼加院，和姐姐的做派一模一样。

"看到乔庄那几家盖房子的没有？"姐姐说。

"看见了。"我说，"咱姨不会是还想盖吧？"

"让你说着了。"姐姐笑了。

"往哪儿盖？"

"就往这院子再往前盖啊。"

"那不是盖到路上了吗？"

“到不了。离路还有八九米呢，是绿化带上。”姐姐笑道。

“这怎么行?！无法无天。”我没好气地说。本来嘛，加盖了院子也就罢了，还要再往前加盖房子，这就太过分了。盖院子是平面行为，盖房子是立体行为，这二者有着本质区别。人可以过分，但不可以太过分。

“要说，也行。”姐姐看着我的脸色，小心翼翼地说，“反正慢车道和绿化带都还没修。乔庄那边就都盖在了绿化带上。”

“迟早会修。”

“不是迟早，听说眼下立马就会修！”姐姐两眼放光，看着我的脸色，又把光收了收，“所以咱姨才想要盖。这一盖，上头一拆，钱一到手，多好。”

“又是听说?”我道，“听谁说？你当初盖楼的时候不就是听说要拆迁吗？都两年了也还没个动静。”

“一码是一码。整体拆迁是大动静，到底慢。这个，肯定快。确实得了准信儿，说这边的绿化带很快就会开始建，只要在绿化带上盖房子，肯定最先得钱。”姐姐笑道，“用现在流行的词说，更给力！”

“那姨妈这病到底是个什么缘由?”

姐姐细细道来，竟是一个齐头故事：乔庄那儿家开始盖以后，村里就有人来递信儿，鼓励姨妈和姐姐也盖，姐姐怕事，不敢——就是敢也没有钱，就没有什么举措。姨妈在城里待的年头长了，对村里的事情想得简单，就自顾自地挑头盖了。她刚一有动静，村支书就带着人过来把匠人们的工具给收了。姨妈跳脚跟支书吵了一架，便犯了高血压，躺到床上开始打点滴。

“谁递的信儿?”我对这人很好奇。很明显，他递信儿是次要，撺掇才是主要。这人也是真会撺掇。要不是他，我姨妈也当不了这个炮灰。

“叫王强。”姐姐说。

“他也在这一排吧?”

“你咋知道?”

我笑：“这不明摆着让你们给人家打前锋吗?”

“那你可想岔了。”姐姐说，“人家可不盖。人家只是个好心。”

“为啥?”

“人家说，一来人家哥当着干部，人家不好拆哥的台；二来人家也没钱盖。人家只是顾念着乡里乡亲的情分，来给咱通个信儿。”

“他哥是什么干部?”

“就是支书，叫王永。”

什么什么?我哑然失笑。这事，有意思了。弟弟撺掇人盖房，哥哥带人来拆房，这哥儿俩唱的是哪一出呢?

“这事摸不透呢。所以就和你商量啊。你不是咱的主心骨吗。”姐姐甜言蜜语起来，“这房呢，咱姨肯定是想盖。不瞒你说，我也真想盖。这村里的形势呢，是肯定又盖不了。你拿个主意吧，到底咋办?”

“要是盖的话，能盖出多大面积？得多少本钱？按现在的政策能得多少赔款？你有谱吗？”终于，我问。

“太有谱了！院子是十六米宽，六米长，全盖满，还能再往外接盖四米，也就是说，总共十米长，那盖满了就是一百六十平米，两层就是三百二十平米。三百二十平米啊，按国家新颁布的政策，赔偿要参照周边的商品房价格，现在咱村周边的商品房都到了三千多了。就算咱违法，在国家的地皮上盖了房子，可说到底房子是咱盖的呀，国家的赔款就是给咱打个对折，或者再低点儿，一平米也能给个千把来块钱，就能赔三十来万，完了拆了的材料还是咱自己的……再说本儿，”站在姨妈家门口，姐姐跟我算起来了细账，“下地基，石头地基，五千多块，外墙砌成三七砖，啥是三七砖？就是三十七公分宽的砖。一块砖二十四公分宽，十二公分厚，三七宽就是一块平砖加一块立砖，对，这是三十六公分，可还有灰呢。再加一层灰口，也就三十七公分了，所以叫三七砖。内墙一般都是一层平砖，是二十四公分宽，二四墙就是这个意思。咱不用二四砖，用一二砖就中了，就是立着起一层砖。内墙是界墙，不承重。用二四砖一来太占面积，会少赔钱。二来也费砖，得多花钱。用一二砖的话，一反一正能多得一笔——这么算下来，得六万块砖。旧砖两毛一，新砖两毛六分五，咱用旧砖。哪儿来的旧砖？都是南水北调[3]拆迁的家户留下来的旧砖，有专门倒卖旧砖的，他们一毛六买到，刮一刮，美美容，拉到这里，是两毛一。买砖这一块儿需要花一万五。第一层得是圈梁再现浇，得一万，第二层用水泥板就中了，得六千。还有水泥，三百六十块钱一吨，得十五吨，也得五六千。钢筋是麻花筋，也就是螺纹钢，十三块一米，得两千多。另外还得四架大梁——把这院子搭盖成房，不用大梁哪儿中？三根七米四长的，一根四米二长的，得四五千块。还有工价，工价是房价的大份儿呢。找熟人去说，再好的关系，也得六十五块一平米，将近两万。还有门窗……”

姐姐给出的数字是六万五到七万。

倒真是划算的买卖。六七万的成本，二十四五万的纯利润，确实让人心动。

“让我先打个电话吧。”我沉默片刻，道。

我拨通了一个公务员朋友的手机。此公务员绰号无敌，[④]任职于市住建局——全称为“住房和城乡建设局”，综合了原来的房管局、建委和城乡规划局等几个单位的行政职能，是个炙手可热的地方。用他自己的话讲是身处“易燃易爆”单位，需要驾驶消防车上班。这些年来“房事”是社会第一热点，他又分管城乡建设这一块，就更是热得过火，整天像是在油锅里跳舞。和他也是不打不相识：记者闺密接到举报从郑州过来找他的茬，因对山阳不熟就命令我陪着。在找茬的两天里，此公务员殷勤有礼，小心相陪，巧舌如簧，倍有诚意，说到为难处几乎声泪俱下，终于让记者闺密芳心恻隐，收了个红包将他饶过，此后还替他挡了几桩省城媒体的纠缠，成了关系切近的朋友。这样的事情自然得问他。

我问他了两个问题：一、未来路的绿化带是否真的很快就要开始往乔庄和张庄这边动工。二、在绿化带上盖房子最恶劣会有什么后果。他很爽快地回答我：未来路的绿化带确实马上就会向这边动工。至于最恶劣的后果嘛，他在电话里嘿嘿一笑："要看站在哪个立场去说。对盖房子的人来说最恶劣的后果就是一分钱都得不到，赔了夫人又折兵。因为是违章建筑嘛，它本身就不合法嘛。就不能享受合法权益嘛。对政府这边来说最恶劣的后果就是高额赔款——上头逼得紧嘛，老百姓难缠嘛，又怕上访嘛，只好花钱消灾嘛。再说法律上也有漏洞：建筑虽然违章，但是建材却是盖房人的合法财产，所以给予适当补偿也说得过去。"

"那一般来说呢？会达成什么后果？"

"因为奉行中庸之道一向是中华民族的传统美德，所以一般来说，一毛不拔和一步登天这两种极端都不容易实现。"

"一步登天？"我困惑。

"拆迁拆迁，一步登天。你知道有多少人指望着这个脱贫致富吗？说出来吓死你。"他呵呵一笑，"最通常的结果是，政府会赔点儿，盖房子的人会赚点儿。互相别太难为，彼此理解万岁。你去过奉化吗？蒋介石的老家。"

"去过。怎么了？"我纳闷无敌怎么把话题扯得这么远。

"还记得蒋介石故居大门右边有一个周顺房饼店吧？那个周顺房不就是蒋介石的钉子户吗？蒋介石贵为大总统，也没有做得太过，难道我党还不如老蒋？"

依稀想起民国这桩著名的拆迁事件，⑤我笑。最后，无敌语重心长地告诫我：现在这事马上就会提到议事日程，最晚一两个月后就会实地拍照量定。要盖房，现在就是最佳时期，不然等量定了就晚了。

“呵——”我把无敌的话简要地传给姐姐，姐姐抚着胸舒了一口气，“看来人家王强给的信儿是真的。”

我无语。进门看姨妈。姨妈正在床上躺着，看见我，挣扎着要起来。我按住她，寒暄几句便说到房子，姨妈态度很坚定：“盖，一定要盖！为啥不盖？不盖多亏！等过两天好了，我还要盖！”

回到姐姐家，站在院子里，我沉默了很久。姐姐很知趣，只管给我端茶递水，再也不说话。我默默地看着姐姐活络的身影。姐姐比我大八岁，比我长得秀气，也比我心灵手巧，在长辈中非常得宠。可以说，我是听着家里人对她夸奖长大的，当然，对我的批评是对她夸奖最好的陪衬。

“看看你姐，多讲究！”

“看看你姐，多干净！”

“看看你姐，多聪明！”

因为聪明伶俐，姐姐的学习成绩一向不好——太过聪明伶俐的人，总是不肯老老实实地去下笨功夫。尤其到了高中之后，据说是因为谈了恋爱，她的成绩更是差得厉害，考了两年没有考上，就回家了。因为父母对她的娇宠，回家后的姐姐几乎成了我们乔庄村的一个话题。她很少下地，去地里一般都只是送饭。她也有着农村姑娘很少有的独立闺房，干净芬芳的闺房里有着各种城里姑娘才用的化妆品。她从不缺少零花钱，想买什么就买什么。爸爸妈妈和她说话的时候，都温言款语，生怕吓着了她。在婚姻大事上她也比别的农村姑娘拥有更多的自主权，不，简直可以说是绝对的自主权。她心高气傲挑三拣四骄横任性反反复复，甚至惊世骇俗地在半年之内退了两次婚，可都被父母无条件地担待了。在我们豫北乡下，主动退婚对女方来说是很大的损失，是必须把男方的所有彩礼包括年节时的物品往来都结算清楚的，姐姐退婚两次的结果，是她的衣服格外地多——每次订婚，男方都会给女方买许多衣服。

时年二十五岁的姐姐最终成了乔庄的头号剩女——在乡村，二十五这个高龄早超越“剩斗士”和“必剩客”的段位，足可荣升“齐天大剩”。幸好在这一年，她由三姨妈做媒，嫁给了姐夫。姐夫家条件很差，可以说就物质上而言，什么都没有。后来姐姐告诉我，她之所以喜欢上了姐夫，一来是因为姐夫每天练毛笔字，二来是因为姐夫会弹吉他。对了，她还喜欢姐夫的自来卷，洋气。然而事实证明，姐夫的毛笔字、吉他和自来卷对于改善他们的生活质量毫无用处，随着孩子们的降生，姐姐不可避免地陷入拮据深处。现在，姐姐三个孩子，苗苗上大学，二女儿上高中，儿子上初中，都是正花钱的时候。姐夫在村里摆个肉摊，一月只能挣千把块钱。日子非常紧巴。如果这一回能赚个二十四五万，他们就等于打了个漂亮的翻身仗，最起码四五年内不用考虑钱的问题了。我也去了个接济的负担。老话说得好：长贫难顾啊。

“那就盖吧。”我说。

“中!”姐姐闻声应和，笑容绽放。仿佛我的话是一滴水，她要不赶快接住，水就会掉到地上，覆水难收。但她的笑容马上又收敛了几分，“可是……”

“钱不是问题。”我说。

“有你在，钱当然不是问题，”姐姐笑道，“问题是谁去领头盖。”

“你放心，肯定会有人领这个头。”我说，“你先把王永和王强的情况给我简单说说吧。”

注：

①给死人住的叫“阴宅”，给活人住的叫“阳宅”。这是风水上的通常说法，也就是官方说法——如果风水界也有官方的话。在我的老家豫北，与这种官方说法甚为不同。总之，正房坐北朝南，就叫阳宅。反之就叫阴宅。标准极为肯定明确，一点儿也不藏着掖着糊涂着。不像现在的楼盘广告，简直就像是和消费者打谜语：室室朝南——朝南是朝南，不见得能见光，大有可能是暗室；全明户型——那一定没有一个房间朝南，反正朝北朝东或朝西，只要见光就叫明。如果是南北卧室都齐备的大户型，形容词倒是用得更朴素一些，叫作“南北通透”。

②尽管无数人都知道海子的这首诗，我还是想在这里注明一下。诗的全文是：

从明天起，做一个幸福的人
喂马、劈柴，周游世界
从明天起，关心粮食和蔬菜
我有一所房子
面朝大海，春暖花开

从明天起，和每一个亲人通信
告诉他们我的幸福
那幸福的闪电告诉我的
我将告诉每一个人

给每一条河每一座山取一个温暖的名字
陌生人，我也为你祝福
愿你有一个灿烂的前程
愿你有情人终成眷属
愿你在尘世获得幸福
而我只愿面朝大海，春暖花开

那天晚上，我在大街上散步，听到一个小美女在跟一个大老板模样的人撒着不太正常的娇，撒着撒着，小美女就背起了这首诗的最后一段，背完之后，问大老板："这诗好不好？"大老板应付道："好，好。谁写的？"小美女道："海子。"大老板提高声音道："咱孩子真有才！"

③百度资料：

南水北调是缓解中国北方水资源严重短缺局面的重大战略性工程。自1952年10月30日毛泽东主席提出“南方水多，北方水少，如有可能，借点水来也是可以的”宏伟设想以来，在党中央、国务院的领导和关怀下，广大科技工作者做了大量的野外勘查和测量，在分析比较50多种方案的基础上，形成了南水北调东线、中线和西线调水的基本方案，并获得了一大批富有价值的成果。

东线工程：利用江苏省已有的江水北调工程，逐步扩大调水规模并延长输水线路。东线工程从长江下游扬州抽引长江水，利用京杭大运河及与其平行的河道逐级提水北送，并连接起调蓄作用的洪泽湖、骆马湖、南四湖、东平湖。出东平湖后分两路输水：一路向北，在位山附近经隧洞穿过黄河；另一路向东，通过胶东地区输水干线经济南输水到烟台、威海。东线工程开工最早，并且有现成输水道。

中线工程：从丹江口大坝加高后扩容的汉江丹江口水库调水，经陶岔渠首闸(河南省淅川县九重乡)，沿豫西南唐白河流域西侧过长江流域与淮河流域的分水岭方城垭口后，经黄淮海平原西部边缘，在郑州以西孤柏嘴处穿过黄河，继续沿京广铁路西侧北上，可基本自流到北京、天津。

西线工程：在长江上游通天河、支流雅砻江和大渡河上游筑坝建库，开凿穿过长江与黄河的分水岭巴颜喀拉山的输水隧洞，调长江水入黄河上游。西线工程的供水目标主要是解决涉及青、甘、宁、蒙、陕、晋6省(自治区)黄河上中游地区和渭河关中平原的缺水问题。结合兴建黄河干流上的骨干水利枢纽工程，还可以向邻近黄河流域的甘肃河西走廊地区供水，必要时也可及时向黄河下游补水。西线工程截至目前，还没有开工。

④在下部“他们”一节中，“无敌”这个绰号我才知晓。当时情况是：在饭局上坐定，其他人都叫住建局公务员为“无敌”，我不明白，问他们是不是来源于一个叫《丑女无敌》的电视剧？有人对我耐心解释：“有一句网络流行语叫‘人至贱则无敌’，听说过吧？他不是在住建工作吗，都住到贱上了，岂不是更无敌？”

——为了便于称呼，特将此绰号提前使用。

⑤据说，蒋介石当上总统后，想扩建一下浙江奉化武陵镇上老家的旧房，便让周围的邻居拆迁，邻居们都纷纷让出了自己的宅基地，唯有右邻卖千层饼的周顺房却不愿意。无数人来做周顺房的思想工作，要他识相，他都不肯。这个和蒋同年同月同日生的周顺房坚持要求：瑞元（蒋介石的小名）当皇帝了，如果他一定要我搬，那我也不是不能搬，但要他亲自来对我说。蒋介石听后叹曰：“迁不迁由他去吧。”周顺房因而被戏称为民国最强悍的钉子户。

3 情况

姐姐说，王永是上一届的村委会主任——俗称村长，这一届才又兼上了支书，成为了“一肩挑”。[1]上届支书姓张。在张庄村，张是第一大姓，占全村人的百分之四十，王是第二大姓，占全村人口的百分之三十，其他杂姓占百分之三十——姐夫姓李，便是杂姓之一。上面为了让村里的政权力量不至于“一头沉”，[2]就平衡掌握着让两个大姓搭着班子轮流坐庄。要么是张书记搭配王村长，要么是王书记搭配张村长。不过因为张姓的势力大，总的来说还是张书记多王书记少。两个大姓的纠葛从没有断过。为了减少村长和支书之间的内耗，这一届选举，高新区对张庄的精神便是“一肩挑”。这个词让两家大姓的竞争更是水深火热。到了什么程度？参选的双方在选举前的几个晚上都派人在村里的每个街口轮流彻夜值班，怕对方去跑票。

为什么这个“一肩挑”这么诱人？“主要还是因为新区建设一直在咱这里买地，咱村有地，有地就有利，有利就有人争。”姐姐说，“无利不起五更！”

选举结果出来，王永当选了村主任，之后又被任命为支书，成了大权在握的“一肩挑”。姐姐说，要说张姓的选民比王姓多，应该占优势。但是，张姓支书在位的时候失了不少人心。

“太贪了。”姐姐说，“大钱小钱都贪，只要能过他的手，都贪。”

“新农村建设，上头让村里修自来水管道，让群众去挖，上头给村里的价是二十块钱一米，村里给村民的价是十五块，那五块哪里去了？村里总共挖了一万米，那就是二十万，四分之一的利润，二十万就抠下了五万。谁不会算这账？”

我笑。抠，这个字，姐姐用得真好。

“咱村一进高新区，上头就把咱村的宅基地给卡死了。私人宅基地的买卖就成了风。谁来买？市里人呗。村里好多人的房破旧了，没有钱翻盖，市里人就来买他们的地皮，或者他们分给市里人一半地皮，盖房的钱让市里人全出，等于是割让出一半地皮换了新房。这些事村里多了去了，啥手续都没有，就让那个书记一个吐口就算成了。”

“到时候要是有啥事，谁去应对呢？比如碰到拆迁赔款，能扯清吗？”

“谁卖地皮谁应对呗。总不能白拿人家钱。拆迁赔款两家都有利，均分呗。”

“哦。”我点头，略略有些讶异。忽然闪出一个念想：我当初怎么就没动这个心思呢？这种干法固然是高风险，但高风险有高回报啊。

“宅基地划不成了，集体的地他可不少打主意。咱村集体还有一点儿地，就在咱姨家西边，村边边儿上，是好地，口粮地——什么是口粮地？就是耕地，是国家明文规定要保护的地，十来亩呢。按规矩是预备着哪家娶媳妇添孩子再分给人家的，他不分。那一年，有一家不知道是他的啥亲戚，来咱们村承包地，说要建养殖小区，养猪。给书记说好了，就把地圈起来，开始还装模作样养养猪，后来就看不见猪了，就盖成了房，一半是厂房，一半是住宅，厂房是两层的，都出租了。住宅是四个两层小院，听说都卖给市里人了，卖两百多万呢。管？谁管？书记给人家许了一百年！

“还有鱼塘。村北边有几个鱼塘，一二十亩。也是书记当家给租出去了，听说两百块钱一亩，也许了一百年！对了，还有王强家东边那块地，他下台前许给了同仁医院，才两万一亩！上头？上头再压他他也得同意才中！他那人，没有好处咋会同意?!

“谁想干个啥都得跟他上货。[③]只有上货才能干成。咱的小学门口原来是个操场你记不记得？不知道人家怎么跟书记上的货，操场也没有了，全盖成了私人的房子！学校原来不是有六栋平房吗，现在盖成了一座三层楼，不对，是四层，腾出来的地方也全都盖成了房。学校旁边原来不是还有个土地庙吗，也盖成楼了。庙？拆迁了！迁哪儿？上楼了！迁到学校的四层楼上了！不信你去看看。对了，那年咱姨想把市民户口转成农村户口，乡里需要村里证明，书记硬是不给出证明，咱姨没办法，只有给他上货，货一上，第二天他就给办了。他就这么现成！——为啥转成农村户口？咱姨听说以后村里的福利会好，也想吃一份呗。

“上梁不正下梁歪。他自己乱，村里人也跟着乱。他自己不清白，去管人家谁？你去村里逛逛，到村北头倒数第二道街街口，看见有个房子占了一半大路的，那都是乱盖的。那家人原来有两块宅基地，自己住了一处，几年前卖了临街的这一处，当时卖了两万，卖过之后，宅基地升到了八万，他嫌亏，后悔了，又挨着当初的宅基地盖了八米宽，把歇善占了——歇善就是村路边种树的地方，相当于绿化带，还占住了一半路。都是那个书记带的好头！——不过，话说回来，咱姨跟咱这一排有几家敢倒方向盖房，还敢占公家地方圈出个院子，也是趁那时候的乱劲儿。呵呵。

“肥啊。能不肥吗？弟兄三个都肥！每家都有私家车，老大是雪佛兰，老二是比亚迪，老三是一辆德利卡，还有一辆桑塔纳2000。书记把家里的房子全部翻盖成了三层，第三层的顶子上还架了彩钢呢。每家还都买了挖掘机，上头不是开始在这里做工程了吗？不论是修路还是建厂，只要占了村里的地，人家弟兄们就得揽下点儿工程，只要出工就都是钱，就连给村里拉一趟垃圾都要六百块。人家媳妇们都放话了，说反正一届是三年，谁知道下一届能不能干成？不捞白不捞，能捞多少是多少！

“就他这样，他就是干不到下一届。跟他一比，王永就快成神仙了。啥光都没沾——可能也是沾不上，反正是没沾。别的不说，单说村南边的市防疫站，建成以后，那个书记把他们弟兄的媳妇们都安插进去当了保洁工，一个月八百块，只上两个小时的班，跟拾钱一样，王永兄弟的媳妇们，一个都没进去！最可恨的是这书记在任的最后那些天，攒了一堆票据叫王永签字——上头有规矩，王永不签就不算，王永看那票不合理就死活不签，结果书记就叫人在夜里打了王永一顿，王永住了半个月医院，瘸了俩月腿！——不用报案也不用破案，这事，村里人人都是警察，心里都照着呢。谁不知道？谁不清楚？就这，咱们杂姓的票几乎就都给了王永。王永就上去了。”

厚道人有厚道人的好处，但是，厚道人也有厚道人的坏处。就拿土地来说，王永上台之后就开始以身作则，严格控制村里的土地，只要涉及土地的事，他都说要按规矩来，要让土地最大限度地为村民们造福。所以自他上台以来，村民们除了在自家的宅基地翻盖房子，还没有什么其他太越格的动静。

“除了王强，这一排就没有别的人能领头了吗？”

“没有！”刚刚进门的姐夫闻声说话了，“我跟你姐早就寻思了千百遍，你看，这一排总共十六家，除去王强，还有十五家，有三家老穷，门势弱，不提。有七家中不溜，过得去，可也不顶啥事。剩下五家，一家跟王强家当年为浇地打过架，有仇。他就是再有心思也不敢领这个头。剩下四家，就是咱跟咱姨，还有赵老师弟兄俩——对，赵老师你认得吧，你在这里教学的时候他还没有退，跟你共过事。他去割肉还常问起你呢。就咱这四家，谁去领头？赵老师弟兄就是有心盖，咱姨被打击了这一下，他的心思也就死了一大半。教书的，本来也就胆小。所以，说来说去，要是王强能领，是最最好了。可人家早就说了，不会去盖。”姐夫脸上满是失望，“说这种事不符合上头的章程，他哥不能落人把柄，肯定不会放话。还说没有钱。”

“王强家情况怎么样？”

“这小子脑瓜倒是挺活的，也肯干。没少挣，可也没少花。早些年在日本打过两年工，挣的钱拿回来全给他妈看病了。后来就又去广东东莞打工，在那里打了三年。是在一个镇上。听说东莞那地方，镇跟镇都连成片了。到处都是工厂。”

“那该攒点儿钱了。”

“攒啥钱呢。晃悠了个媳妇，攒不住钱！就是有几个钱，也都花在媳妇身上了。后来他媳妇怀孕了，他就带她回来了。办了证，典了礼。”——典礼也是豫北方言，就是举行仪式。

“回来后生了俩孩子，一儿一女，负担重，他就去山里的水泥厂倒卖水泥，挣了些钱。都用在了翻盖房子上。这一排最东边那一家，跟咱们翻盖的房一样。不过他手头肯定是窄怯，前年翻盖的房，只装了一楼的玻璃，二楼还用塑料布糊着呢。”姐姐道。

“他们弟兄关系怎么样？”

“就弟兄俩，爹早死了，老娘跟王永过。在王永跟前，王强轻易不敢犯犟。一来王永是老大，二来也有大样，再说还是个干部。主要还是他里外都直正。站得稳。”姐夫说。直正也是豫北方言，就是正直的意思。但我们这里就叫直正。

“说到底，邪不压正啊。”沉默了一会儿，姐夫深深地叹了口气。

邪不压正。我念叨着这个古老的词。细细品味起来，这个在理论上成立的词其实意味的是一种多么勉强多么脆弱的平衡啊。要不为什么不叫“邪必压正”或者“邪定压正”呢？甚至可以解释为：邪虽然不压正，但正其实也压不了邪。正和邪从来就是势均力敌，厮杀至今——认真算起来，似乎还是邪更厉害些。毕竟正打起仗来需得西装革履，有规有矩，而邪呢，狂野自由，无拘无束。终究，光脚的不怕穿鞋的……呵，我想多了，也想邪了。

等到姐夫洗过油手换过油衣在院子里坐定，我们三个便开始具体商量。我当然不信无敌说的中庸之道的话。仔细推敲，蒋周事件之所以成为了逸事而没有成为“杯具”，本质上也只是个特例，[4]因此也只能独行。听得，信不得，更用不得。——我党自然不是老蒋，但姐姐也不是周顺房，哪有那么现成的中庸之道？哪个中庸之道不是一场又一场大仗碾压出来的结果？

这场仗，敌手当然是王强。我的目标很明确：攻下王强，必须的。谁当主攻手？赵老师年逾花甲，教了一辈子书，德高望重，村里人好几茬都是他的学生，只要他愿意，由他说服王强，最恰当不过。

我当即起身去赵老师家。

注

①百度解释：一肩挑就是一个人同时挑好几副扁担，在政治中的意思一般是指党政职务同时由一个人担任。有俗语道：“两副担子一肩挑，看你

会挑不会挑。”

——忽然发现，生活中有很多一肩挑的人和事，还有组织。

②百度解释：一头沉，写字台的一种，一般宽90公分，长110公分，有两屉的也有三屉的，在抽屉下方与桌腿相连处增加一个放文件的箱。

补充义项：1. 比喻进行调解时偏袒一方。2. 喻指夫妻一方在城里，另一方在乡下务农。冯炬明《裸云》：“（老黄）家属全在乡下，每年夏秋都得往家跑两趟，标准的一头沉。”

——忽然想，一肩挑若是挑不好了，是否就是一头沉？

③豫北方言：送礼。有贬义，指行贿。

④特例之处在于：一、周顺房胆太肥。用今天的标准形容词，就是“二”，还是不知死活的那种“二”，所以才敢在房子事件上不“顺房”。二、蒋介石这个大总统终不是那种“抗旨者斩立决”的皇帝，有量。这方能容得下周氏的“二”。三、分管这个拆迁事件的民国官员太狡猾，知这事不妥，也不为了自保或者升迁而胡来——而且，可以想象，如果他因为此事而闹出一个“杯具”，即使让周顺房顺了房，也未见得就会让蒋介石龙心大悦。恐怕很可能会出力不落好。既然如此，那又何必呢？

总之，如果用一句话来形容这三方的表现，那就是：君明臣清草民牛。

忽然又想起在某本书上读到的一个春秋故事，找了半夜，终于找到了，摘录如下：

齐庄公与大臣崔杼的太太私通，肆无忌惮，居然就在崔家明铺明盖，又居然顺手把崔杼的帽子拿去送人。这要是放在后世，那崔杼只会躲出去窃笑，梦想着曲径通幽青云直上；但那是春秋，人的脾气大呀，崔先生一咬牙，设下埋伏，单等那日，庄公施施然又进了崔府大门，崔杼在屋里按住太太，这位多情的庄公啊——敲门不开，敲窗不应，他居然“抱柱而歌”！也就是抱着柱子唱情歌儿，情妹妹句句听得真当然还是不能出来，就在此时，崔家人把大门一闭，舞刀弄棒，杀将过来，庄公忙喊：“我是王！”人家答得也妙：“只听说有淫贼，没听说有什么王！”

齐庄公就这么死了。他的大臣晏婴站在崔家大门外，听着里边的热闹，始终没动，人家问：“你不是忠臣吗？不是咱王的铁丝吗？你怎么不冲进去啊？”晏婴曰：“君为社稷死则死之，为社稷亡则亡之，若为己死己亡，非其私昵，谁敢任之！”这话翻译过来就是，国王如果为公义而死而逃亡，大臣责无旁贷，必定追随，但为了这等偷鸡摸狗的破事，他死就死去，除了他的下贱奴才，谁也没义务跟着。

——这就是分清了公共事务和私人事务，也是因为分得清而保持了自尊。

（出自李敬泽《小春秋》之《活在春秋之抱柱而歌》，新星出版社 2010 年出版）

4　村景

赵老师的家紧挨着学校。当年我在张庄教书的时候也才不过十七岁，赵老师那时有五十岁左右，他最长，我最少，他就整天逗我。每到中午，赵老师就会喊我去他家吃饭。当然我很少去——有姐姐在，我去他家干吗？于是，每次见到我去姐姐家，赵老师就会奚落我：“还是你姐姐家的饭香啊！咱咋能做出恁香的饭嘛。”不过，也去过一次。那天突降大雨，我没带伞，走不了。赵老师就从家里拿了把伞，硬把我叫到了他家吃了一顿捞面条。

我在张庄教了一年小学，后来调到乡里教了三年中学，这期间还不断地见到赵老师，后来我工作调动到县里又到省里，转眼和赵老师已经十七年没见了。记忆中的赵老师白皙瘦弱，见人就笑，言语讲究，态度谨慎，是典型的乡村知识分子形象。

赵老师家大门紧闭，我敲了半天没有听到一丝动静，估计是没人。我在村子里慢慢闲逛起来。首先还是故地重游，就近走到了张庄小学。原来的校门是朝内街开的，我便绕到内街，来到校门口。果然如姐姐所言，原来宽阔的大门口已经高度瘦身，变成了一条窄窄的胡同。胡同两边全都是两层楼的宅院——原先这可都是学校的操场啊，设置着高高的篮球架，矗立着高高的白杨，有风吹来，哗啦啦作响……

我顺着胡同往里走，正好是寒假，学校里没有人，大门紧闭。教学楼的墙体上镶嵌着八个大字：“求真求善，求美求谐。”在大门和教学楼之间有一小块空地，应该是学校残存的唯一一片空地了。而在教学楼的第四层，孤零零地盖着一座飞檐斗拱的仿古建筑，应该就是姐姐说的“土地庙”了。当年那所土地庙因为紧邻着学校，我特意去看过。虽然规模很小，但也红柱白墙，琉璃碧瓦，古色古香，颇有风韵。庙门两边有一副小小的对联：“土发黄金宝，地生白玉珍。”[①]对了，庙的前面还有一座年代久远的石碑，上面模糊不清地镌刻着修建土地庙的由来，我曾经试着顺下来，到底没有那个耐心，终是半途而废。只隐约还记得一句：“土地阔不可尽祭，故封土为社……”[②]那碑还在吗？也被迁到了四楼吗？土地爷何曾想到过，因为土地的升值，贵为土地之主的他老人家有一天会因为占了地方而被供奉到四楼呢？

沿着姐姐聊过的地方，我一一走来。在每一道街上，都可以看到灰色的水泥搅拌机在笨拙地转动着圆鼓鼓的身躯，标志着正在盖房子的人家。到处可见刚刚落成的一栋栋的两层或是三层的新房。在每一堵墙上，都可以看到乡村特有的小广告，治疗性病的，疑难杂症的，更多的是和建筑有关的：“扎地基”“扎石头”“现浇”“上渣”“专拆房”“打梁”“迎新春，铁大门，防盗门，卷闸门，喷漆”，把“迎新春”冠在前头，可能是优惠人酬宾的意思。还有龙飞凤舞类似医生开方体的广告：“专做水磨石地面，安不锈钢扶手，安木质古式扶手，专治房顶隔热，治漏，水泥，大瓦，彩钢……”这混乱的字体里和超市般的内容里有一种绝对的自信：自信自己所传达的信息十分被人需要，也很容易被人看懂。

在一条南北主街上，我远远地就看到了姐姐说的那所盖在路上的房子。那所房子占住了几乎一半路面，路上的电线杆都掩在了它突兀的身躯内。而在三道街，我看到有一所巨大的房子也将电线杆遮挡了起来，这所房子的台阶简直可以说是理直气壮地占据在街面上。

我还看见了一些老房子。很少，没有几座。整个村子转下来，也不过四五座。有两座被拆得衣衫褴褛，破烂不堪，一些家具无精打采地堆在里面，带着被抛弃的落魄神情。有两座保留得相对好些，但看起来也岌岌可危。最完整的是一座五间的老房子，没有院墙。房子前方的空地里生长着几棵寥落的树。黑黝黝的树们默默地陪伴着这座老房子，老房子静静地沐浴在冬日的阳光下，颇为安详地迎接着自己的终结之日。在周围新房的映衬下，这所我不知身世历史的老房子，居然焕发着几分让我敬畏的尊严——可能是因为它的安详吧，我已经很久没有见过如此安详的事物了。这种安详让我想起不久前读杂书，读到一个老人去世的情节，书中寥寥数语：“召亲友诀别，易衣待尽。享年八十二，终于家。”读到此处，我闲置已久的泪腺当时突然泪水喷涌不止。其中况味，现在仍不能解。

我在老房子面前站了很久，脑子里杂七杂八，不知想了些什么。[3]离开时，脚都有些麻了。

在村北，我看到了那片被承包了一百年的鱼塘。一百年有多长？把鱼塘填平了，都盖成房子卖出去，住上七十年之后再拆掉，也还有三十年的租期——这块地方真大啊。承包人显然也不会满足于仅仅养鱼，已经盖起来了很多房子，我走过的地方，塘面也已经填上了新鲜的虚土，水泥梁也横七竖八地躺了一地。几乎可以确定，这里的房子会越来越多，越来越多……

重新回到姐姐所在的街道，在街口，我忽然看见了未来路上的一幢大楼。它和姐姐家隔路相对，是张庄附近最先盖起的大楼，也是这附近最早从老市区移民过来的政府职能部门：市防疫站。按老百姓的话说：那是公家的楼。这座公家楼像一支速度飞快的箭，以钢筋水泥为箭骨，以丰富新区功能镀箭身，以政府大印铸箭头，以射箭人的旨意为原动力，就这样一头射到了乡村，扎下了自己的地盘。

——当然，我早就看见过它，但从未像现在所看见的那样鲜明，从乡村的视角向它遥遥瞻仰，它是那么显赫，那么豪华，简直就像是一座宫殿。我不由得想起姐姐用艳羡的口气所讲述的那件事：上任支书家的媳妇们都在里面当保洁工。

注：

①各地土地庙的对联都有不同，但这副对联我记得最为真切，究其原因，大概是“黄金宝”和“白玉珍”对仗得特别工整，颜色又很分明，俗常中

有一种清爽的华丽和可爱。给我的感觉俨然乡间两个非常般配又很有喜感的男女，一个能干，一个贤淑。

行笔至此，又找到几个土地庙的对联，也颇有趣，摘录如下：

江西三清山某土地庙联——

头上有青天，做事须循天理；

眼前皆赤地，存心不刮地皮。

河南洛阳某土地庙对联——

有庙无僧风扫地，

香多烛少月点灯。

湖北当阳玉泉寺边土地庙联——

须仔细横下心来，

莫糊涂磕下头去。

四川什邡某土地庙联——

望望世态摇摇手，

看看人心点点头。

浙江嘉善某土地庙联——

土生物以为功，故生金、生水、生木、生火；

地时行之谓顺，愿时寒、时燠、时雨、时旸。

②在找这句话的出处时，偶然读到一篇相关的论文，名为《新石器时代的农事崇拜、祭祀和宗教萌芽》，作者是江西省社会科学院研究员陈文华，很有意思，部分摘录如下：

广袤的大地抚育万物，提供了人类生存所需要的一切。江河溪水在大地上奔流，万草万木在大地上生长。采集、狩猎和渔捞都得依赖大地。农业耕作和家畜家禽的牧养以及日常生活也离不开土地。大地就像母亲一样哺育着人类。在原始先民看来，大地也和上天一样是由具有无穷威力的神灵所主宰，因此出现了对地神的崇拜。在少数民族中也盛行对土地神的崇拜。如广西的毛南族，每年农历除夕前要祭土地，由轮到担任司祭的户主负责筹集经费，采购祭品，宰猪向土地献祭。祭时，巫师诵经，主办人呼点各户家长姓名，向土地神礼拜。祭后，每人喝"福"酒，预祝新年快乐、五谷丰登。然后按户发猪肉一块，肉汤少许，带回全家分享。新年初一，吃了猪肉将汤洒在农作物与果树上，认为这样可以领受土地神的施舍，驱虫防灾，谷物果品丰收。云南景颇族祭祀土地称为"地母祭"。一般三年举行一次。通常是杀一头牛，将五脏洗净，埋入村落头领居住处附近的地下，作为直接献给土地的牺牲；或者以埋猪的形式献给"地母"一头猪。祭祀由专门祭祀地母的祭司"纳破"主持，并祈祷和屠宰作为牺牲的牲畜，然后由专司分肉者"堪庄"具体负责埋葬。贵州的布依族在农历六月初六祭土地神或社神，仪式为敬拜石刻的男女神像，或由入寨资格最老的长老扮神。杀鸡猪供祭，祈求五谷丰登，人畜兴旺。参加者忌穿白衣或花衣，奉献祭品时不能说话，祭毕，分食祭品。在腊月初八也要祭土地神，用公鸡或猪头献祭，祈求土地神保佑。湘、鄂、川、贵交界的土家族在农事崇拜方面也是以祭祀土地神为主。过年要以猪蹄献祭土地，农历二月初二，再杀鸡献酒祭祀土地神生日。而贵州台江苗族供奉的土地神，则是用几块石板搭成小屋，称“地鬼房”，内置两块长形石板，这就是地神的偶像，要每年祭祀。当地开荒时，先烧三次香，三次不灭才能动土。台江苗族用石屋、石板来代表土地神，正是史前石社崇拜的遗风。“社祭土而主阴气也。”(《礼记·郊特牲》)“社者，土地之神也。土地阔不可尽祭，故封土地为社，以报也。”(《孝经纬》)社有石社、土社、树社三种形式。石社即在封土堆上竖立石柱、石屋之类作为祭祀的场所。《周礼·春官·小宗伯》郑玄注即说：“社之主盖用石为之。”江苏省连云港市将军崖曾发现原始石社遗迹，在三组岩画之间有三块岩石，一大二小。另有一块被人推下山崖，这块岩石原来是和那两块小岩石相互咬压，搭成一个小石棚。正是以石为社的遗存。距离连云港市不太远的铜山县丘湾也发现一处商代石社遗址，中心矗立四块大石，周围有人头骨2个，狗骨架32具，殷人的石社应是继承史前农业部落的石社崇拜的。辽东半岛新石器时代晚期至青铜时代的所谓“石棚”，也应该是属于同类性质。辽东半岛的“石棚”是在地面上竖立3－4块石板，上面盖一块大石板，被称为“桌式石棚”，过去认为是墓葬，实际上可能也是石社之类的祭祀遗存。这种石棚在辽东半岛的金县、新金、庄河、岫岩、营口、盖县和海城等地已发现大小不等50多座。最有特色的当属广西的大型石铲坑。如广西隆安县大龙潭遗址的祭祀坑中排列众多石铲，共有直立、斜立、侧放、平直四种形式，每组2－20件不等。祭坑大都是圆形竖式，口径和深度多为2米左右，最大者深3.33米。坑壁经过修整，有斜坡或阶梯状通道。坑内石铲排列有序，往往将石铲、烧土重叠数层，放置成圆圈状或凹字形，铲柄朝下，刃部朝上。该遗址出土物以石铲为主，仅完整的石铲就有231件，体形硕大者居多，最大者长70余厘米，重达几十斤，小者仅数百克。不少石铲为平刃，无使用价值，其功能只能供祭祀之用。土坑是地神寄栖之处，排列有序的石铲则是社主的象征。

③我承认，在杂七杂八中，我又想起了雷平阳的几句诗，那几句诗是这样的：

的确，我看见了一个村庄的变化
说它好，我们可以找出
一千个证据，可要想说它
只是命运在重复，也未尝不可
正如这个阳光灿烂的下午
站在村边的一个高台上
我想说，我爱这个村庄
可我涨红了双颊，却怎么也说不出口

5　筹谋

再次回到赵老师家，大门敞开，显然已经有人了。我走进去，迎出来的是他爱人赵师母。她已经不认得我了。我强迫她回忆了半天，她才拍着脑壳“哦，哦，哦”地想了起来。赵老师仍不在家，她说他可能在卫生所跟村里的赤脚医生聊天，然后当即给他拨打了手机，也没提我的名字，只说有个老伙计来找他。豫北方言，老伙计就是老同事。

大约过了五分钟，赵老师回来了。看见我，怔了怔，才叫出了我的名字。

“还是那样。”他笑道。

“老了。”我说。

“我在这儿呢，你能说老?”

老师就是老师，生活品质在乡村还是数得着的。柜式空调，液晶电视，堂屋正中的墙上挂着一幅巨大的毛主席像，自制的土暖气炉让屋子里温暖如春。坐下来，他就给我泡上了一壶铁观音，又从冰箱里拿出花生米，还倒上了自己酿的葡萄酒，跟我上起了酿酒课，说最好买红葡萄，把葡萄洗净晾干，搓烂，然后按十比二或者十比三的比例放冰糖或白糖，之后搅拌，不能用金属器械搅拌，必须用木棍或者手搅拌，搅拌好之后装到或陶罐或瓷罐或瓦罐里，绝不能是塑料器具里。装的时候不要装满，要留四分之一的空儿。密封也不要太严，要留一点缝隙，比如用塑料袋封口的话，就一定要把口系松些。因为葡萄发酵会有气体产生。它发酵时你会听见咕嘟嘟的响声，尤其是夏天，装进不到一天，就开始发酵了。等到没有了响声，酒就差不多了。一般来说，温度高的季节一个月左右，温度低的季节两三个月，酒基本就酿好了。

说着闲话喝着酒，我慢慢开始向核心问题靠拢，问他有几处宅基地？他笑说就这一处。他指指左边："别提了，早几年村里还给了我一个宅基地，两千五百元，我要了，后来东隔墙那家，他两个儿子，少一个宅基地，就过来找我，说小儿子到了结婚时候，得盖新房，让我先转让给他，等村里再划的时候他再给我——村里划宅基地都是一批一批划的。我心一软，就给他了。还是两千五，一分不多，一分不少。后来上头有政策，再也不让划宅基地了，宅基地也越来越值钱了，从两万、四万、六万一直升到现在十来万。你说我少挣了多少？"

"后悔了吧？"

"后悔啥。也不能老盯着钱。乡里乡亲的，又是邻居，关系不错，再说还有一起缘故，"他朝厨房看了一眼，压低了声音，道，"当年盖这房子的时候，许是匠人没量准，许是俺家这个蛮蛋有点儿成心，俺家的房檐比人家的高了一点，过道[1]也往东边挤了一尺。人家啥也没说。我心里不得劲儿，一直记着。帮了人家这个忙，这也算还了一桩债了。”

“不是有很多市里人都在村里买宅基地吗？你也可以买啊。”

“那都是高价，也都没有手续。不保险。”赵老师笑了，“再说了，我去买谁的？谁卖给我？乡里乡亲的，价低了人家不舍，价高了我不得劲。还是算了，省口气儿准备上楼吧。反正将来村子肯定会整体搬迁，都得‘被上楼’。”

他也会用被字句？[②]我不由得笑了。

“可不是被上楼吗？谁想上楼啊。”他道，“不敢想啊，将来整体搬迁，都上了楼，日子该怎么过？镰刀、锄头、玉米、小麦，这桩桩件件都搁在哪儿？想吃个放心面也找不到磨坊了。哪个小区会给你安磨坊？去店里买，又贵又不好。还得交水费、物业管理费、卫生费……还有生活方式的彻底改变对精神的影响，这些农民，他这么生活了一辈子，出门就是地，是平展展的田野。阡陌交通，鸡犬相闻……”

我看着他一张一合的嘴巴。阡陌交通，鸡犬相闻，这是《桃花源记》里的句子啊。他若不说，我早已经忘了。

“我说得不对？”他停住了，可能是觉得我的神情有些怪异。

“对着呢。说得好！”我说，“继续。”

“要是错了你纠正，”他笑道，“可是，你就让他这么上了楼，那不憋屈得慌？背着锄头上五楼六楼，那是啥感觉？墙这边说话墙那边就能听见，一开门，街坊邻居尺把近，那不烦人？前些时，中央电视台播了一个节目，说是北京大兴的事，那个人叫李勇，全家上楼之后，得了六百万的赔偿款，买了一个房子，这个李勇自己一家四口，跟爹娘还有妹妹一家人住在了一起。那天，根本不为啥大事，他非常冷静地就把其他六口人都杀了，说就是觉得压抑，干脆把全家都销户得了。[3]当然，这个李勇是混账，但你敢说这跟上楼没有一点儿关系？自己家人都住得压抑，何况别人呢？”说着说着他激动起来，“你知道不知道，人家美国农村都不住楼，人家都是庄园。人家人口少，土地多，这才是一个国家富裕的表现！三十年前刚分地的时候，我们村每人两亩半地，现在你知道剩多少了？七分不到！一个国家人越来越多，地越来越少，楼越来越高，就越证明这个国家穷！表面再富都没有用，骨子里穷！”

“你去过美国？”我笑。

“没去过，我不会看报纸，上网？”他道，“虽然不出门，可我啥都知道！”

“那就没想着抵抗抵抗，坚决不上楼？”

“胳膊就是胳膊，大腿就是大腿，胳膊说到底也拧不过大腿。”赵老师摇摇头，“要是能碰上德国那个威廉几世的皇帝，我也就敢顶。我在网上看的那个事，那个威廉几世，是在柏林还是在哪里，想登高望远，在看一个景致的时候被一座磨坊给挡了眼，想要派人去拆磨坊，那个磨坊主不同意，到底也没拆成。那是德国。[4]唉！”

我笑。

“我跟你说，将来整体搬迁的时候，问题大着呢。你们乔庄去年就说要拆迁，就没拆成，老百姓量都不让量！还有田庄，前几年，田庄闹了一场事，你知道不知道?”

“什么事?”

“高新区把田庄卖给了一个开发商，让田庄人拆迁，田庄人不愿意，安置小区的楼都盖好了，硬是没人住。后来上头强制拆迁，把警车都开进去了。硬是被田庄人把他们统统都赶跑了，还抓了可多人，判了几个刑呢。最后那个开发商像歌里唱的一样，夹着尾巴逃跑了。那些安置小区今儿还都空着呢，房都快荒毁了。”他开心地笑了起来，“你要是想听，可以去田庄打听打听。到现在，上头的人去田庄还发怵呢。田庄人，不叫量房，不叫拍照，牛得很!”

我又问他两个孩子的情况，他说儿子在市里工作，买了个房。女儿在北京打工，也在市里买了个房。儿子的房子他用尽多年的积蓄交了全款，女儿的房子是她自己交的首付。他每月的退休工资有一半多都在给女儿还房贷。

“女儿将来还不留在北京啊?”

“她在那里工作快二十年了，按照有关政策应该能留的。但是，北京那地方……”他很自尊地说，“我是受不了那地方。她还年轻，愿意待就待吧。将来要是回来了，也有个窝。要是不想回来了，在这里买房子也算个投资。反正首付是交过了，我手里的钱闲着也是闲着，就替她还吧，又不是别人。”

这么说，他的经济状况确实还不错，也有很强的投资意识。我知道自己来对了。让他当主攻手，动力足够。

于是我很快便言归正传。他沉吟了片刻，说这两天他也正琢磨这事。前些时王强也给他带了信儿。但他一向行事谨慎，没敢有什么动静。等到姨妈的事一出，他就更不敢轻举妄动了。这些天他一直在想来想去，可到底也想不出什么好法子。

“你说咋办呢?”他问我。神情很是庄重肃穆。

我心里顿时五味杂陈。当年他是五十岁的温厚长者，我是十七岁的黄毛丫头，在我眼里，他的人生石头一样重，心事湖水一样深。而在他眼里，我肯定如春天的树叶一样清爽单薄，可爱飘飞。但是，现在，他垂垂老矣，懦弱胆怯。我经过了这么多年的泼皮摔打，已经变得老谋深算心机沉沉。

“你能代表你弟弟的意思么?”

“能。”他说，“我们就兄弟俩，我是老大。逢到大事，他听我的。”

于是，我便跟赵老师条分缕析，仔细推敲问题的症结：王强这么有经济意识，肯定是想盖房子的。放着这么大一块肥肉不想吃，除非有病。他说的难处应该也是实情。那就对症下药好了，其实也就是软硬兼施双管齐下的两样：一、在思想上，他即使真的顾忌他的哥哥，这种事情也完全可以做到船归船，桥归桥，锅归锅，灶归灶。兄弟之情再好，二三十万利润的威力也不容小觑。这个绝对重磅的炸弹对其兄弟之情的破坏性绝不可能没有，甚至可以说很大。他很可能只是面子上拉不开，需要我们帮着挑拨离间一下。二、钱上。他缺本金，这更好办，我们四家可以凑出来借给他。不就是六七万嘛，四家平摊下来，每家也不过一万五到两万。用一两万换二三十万，这笔账还算不过来？

这是一场拔河，王强站中间，兄钱各两边——王永的砝码旁边还有所谓的“正”，拆迁赔偿款的旁边还有我们准备好的本金在对他勾引诱惑，就看他赚钱的欲望是否能大过兄弟的情义。鉴于这么多年来对人性的认识经验，我对胜利很有把握。

“可是，借给王强钱，这事……”赵老师有些磕巴，“总是有些气不顺。”

“小气不顺大气顺，等拿到赔偿款的时候，你心里的气就比谁都顺了。”我笑道。

“那，就按你说的办。”赵老师亲昵地拍了拍我的肩膀，“丫头能了啊。”

于是，我们便议定，今天晚上就由赵老师出面摆鸿门宴，主请王强。姐姐、姐夫一起作陪，我代表三姨妈也出席。回到家，我把情况告知姐姐、姐夫，也给姨妈打了个电话。对于借钱的事，姨妈没说什么，只是提出要王强打个借条。姐姐倒是很有些情绪，道：“一排这么多家，又不是光咱们这四家的事，凭什么只咱们筹钱他们那些家沾光？应该家家头上都抹匀，平摊出来！”

“你觉得能行得通吗？”我冷冷道。

“行不通那就都不盖！”

我苦笑。不患寡而患不均，宁可我得不到也不能让你得。这就是人性的黑洞啊。一瞬间，我脑子里蹦出一个哪里看来的故事：某人赤贫，上帝看不过眼，就每天赐他一千美金。他幸福得死去活来。后来他得知上帝竟然赐另一个赤贫者每天两千，他便又痛苦得死去活来。上帝问他："要是让你们同时失去这些外财，你愿意吗？"那人欢呼雀跃道："愿意！"上帝问："为什么呢？"那人道："我虽然失去一千，但他失去了两千啊。"上帝长叹。

我也不能恭维这种糊涂的逻辑。不是我多高尚，我从来不高尚。我只是在遵循最基本的利益原则：损人损己不可取，损己利人很压抑，损人利己看情况，利人利己亚克西！——自己和别人同时得到利益，这不就是传说中的皆大欢喜吗？

"姐，你到底想不想盖这个房？"我不和姐姐讲那么多，直接问到最核心。

"想。"

"那就不要算这种小账！"我口气很恶。真是有些不耐烦了。

"这账还小？"

"跟你想挣的那笔钱相比，就是小。"我说，"再说，末了也是拿我的钱去借，用不着你心疼。"

"你的钱也不是大风刮来的！"

听到这话，我鼻子有些酸。顿了顿，我道："比你容易。"

"到时候，那些家都要跟着我们四家沾光了。"妥协之后的姐姐仍旧愤愤，"想想总是觉得亏。"

“吃亏是福。你能让别人沾你的光，最起码证明你的日子比他们强。”我说。

姐姐沉默。

注：

①过道，即乡村相邻两家主房山墙之间的罅隙之地，一般为三尺。古时可能更宽。据志载：康熙年间文华殿大学士兼礼部尚书张英张文瑞公居宅旁有隙地，与吴氏邻；吴越用之。家人驰书于都，公批诗于后寄归。曰：一纸书来只为墙，让他三尺又何妨？万里长城今犹在，不见当年秦始皇！家人得诗，遂不计较；吴家闻之，感其义，亦退让三尺。故留下了让后人称颂的“六尺巷”。

乍一读到这个故事，就让我很想模仿雨果老师说一句山寨版的名言：世界上最广阔的地方不是广场，不是天空，也不是海洋，而是证明某些人胸襟的六尺巷。

当然，这句话只适用于遥远的古代。在寸土寸金或者即使不寸金也会寸银的今天呢？我想，世界上最脆弱的不是雪花，不是宣纸，不是玻璃，而是这种仁义礼智信的六尺巷。让他三尺又何妨？这样的豪言壮语以后再也不会有了。通行的答案是：一分一毫都不能让。

②对于被字句，我刚学语文的时候，常造的句子是这样的：“我们被刘胡兰的动人事迹深深感动了。”当下，这个现代汉语的传统句式被赋予了勃勃生机，意指当事人被迫去面对某种事实。“被结婚”“被加薪”“被死亡”“被高尚”，等等。我本人最近经历的也有一则，和无敌有关，说来火爆：某天下午，我正午觉，无敌来电，说来郑州了，约我和闺密喝茶。刚打通

时，他问："干吗呢？"我没好气："午休呢。"他："睡醒了吧？"我更没好气："是被睡醒！"说完立马彻底清醒。和他一起大笑。——"被"字有风险，用时需谨慎。

③查阅此案的资料时，我知道赵老师记错了。那人不叫李勇，叫李磊。这真是一个有意味的错误：杀人和勇字表面很相配，但心中有磊才是杀人的根源。9 月 16 日，李磊被执行了死刑。此案的相关报道有很多，印象最深的是《李磊死刑前恳求"别和家人葬一起"，见亲人连磕仨头》，发表于 2011 年 9 月 17 日《新京报》，记者张媛。9 月 17 日，这是李磊死后的第一天，李磊已经离开了这个世界——他真的已经离开了吗？

④百度资料：德国皇帝威廉一世曾在波茨坦建立了一座离宫。一次他住进了离宫，登高远眺波茨坦市的全景。但他的视线却被一座磨坊挡住了，皇帝大为扫兴，说这座磨坊有碍观瞻。他派人与磨坊主去协商，打算买下这座磨坊，以便拆除。不想，磨坊主坚决不卖，理由很简单："这是我祖上世代留下来的，不能败在我手里。无论多少钱都不卖！"皇帝大怒，派出卫队，强行将磨坊拆了。倔强的磨坊主提起了诉讼，在帝制的国家居然有法院的设置，而且竟可以告至高无上的皇权。更让人惊讶的是，法院居然判皇帝败诉，并判决皇帝在原地按原貌重建这座磨坊，并赔偿磨坊主的经济损失。皇帝服从地执行了法院的判决，重建了这座磨坊。

6 鸿门宴

王强进门的时候，我们全都站了起来，有些迎接贵宾的意思。赵老师最后才立身，矜持得恰到好处。王强赶上前，和赵老师握了握手，握手的姿势有些僵硬，也有些夸张。看得出，此时此刻，他知道自己有些特别的分量。

王强看起来也就是三十出头，穿着一件大红羽绒服，浓眉大眼平头阔嘴，很精神。但羽绒服不是个正经牌子，还是旧款。他从口袋里拿出的烟是五块钱的“红旗渠”，姐夫连忙截住，递给他一包十块钱的“帝豪”，他没有推让，接住了。

凉菜已经摆上，是赵老师在村里的小餐馆买的。两荤两素：一个拌松花蛋，一个拌黄瓜，一个酱牛肉，一个卤猪头肉。都是最家常的豫北土菜。姐姐在厨房帮赵师母做饭，我坐在席上。姐夫向王强介绍了一句我，王强笑了笑，说：“我说呢，跟嫂子长得像，原来是亲姊妹。”

酒是我在乡里最大的烟酒店买的，双沟珍宝坊，将近一百块钱一瓶。本来我还要买点儿别的菜，姐姐不许，说：“带这两瓶酒尽够了。两百块钱呢。一桌子菜也花不了两百。咱出的算大头。”——姐姐的账总是算得很分明。

热菜开炒，酒也斟上。说了几句来回话，气氛慢慢地柔软起来。赵老师说了一些王强上学时的淘气事，姐夫也和王强聊起了他在日本打工时的情形，王强说日本“远看是天堂，近看是银行，住进是牢房”。收入高的行当每月两三万，低的只有七八千。平素里他们除了干活也就是吃吃睡睡，玩玩电脑，难熬得很，枯燥得很。主要还是语言不通，语言不通就什么都难通。我这才知道，原来出国打工是村里近些年的一股风气，去日本的最多，还有几个去新加坡和意大利的，还有一个去美国的，听说还娶了个美国媳妇，都挣上绿卡了，不回来了。村里说这是“打洋工”。[①]都是签的正当协议，外贸途径的劳务输出。不过近两年出去打工的越来越少，这和张庄被划进高新区有直接关系：挣钱的门路多了，能喝口近水谁想去吃远饭？

王强在日本从事过水产行业，也就是捕鱼；从事过建筑行业，也就是砌墙；还从事过餐饮业，也就是执盘子——豫北方言，也就是端盘子。王强说他做的这几样都属于七八千的行当，太低端，不行，一年总共才收入十万，还要交六万给中介进行培训和办手续，最后剩的净利润就少得可怜。于是他只待了两年就回来了。回来后正赶上老娘有病，动了个大手术，他的钱便花了个精光。之后便去了东莞。

“在东莞成绩不小啊，把终身大事都解决了。”我笑。

“呵呵呵呵！”他也笑起来，“该出手时就出手嘛。”

我问他跟媳妇是不是自由恋爱，他说当然是。说在他的厂子里男工少女工多，就是想不自由恋爱也不成，哪个像样子的男工都要不止一次地“把妹”，有的甚至同时把好几个妹。

“啥是把妹?”姐姐傻乎乎地问。

“就是泡妞，交女朋友，找对象。”我说。

大家全笑起来。

“你把了几个?”我开王强玩笑。飘在江湖多年，我已清楚地知道：有时候，开玩笑的功用如同酒，是一根水做的绳子，不期然间就能把你荡到你想去的地方。

“唉，咱老实，就这一个。怀上了，去观音山上拜观音——我打工的那地方叫樟木头，是个镇。镇里有一座山，叫观音山，上面有个观音，可大，可灵——抽了个上上签，说是个男孩。一狠心，就回来了。在外头打工能打到几时？叶落归根，总还是要回来的。孩子户口，上学，那边总是不好解决的。”他叹口气，“要是不回来，人也在那里落了户了。听说现在那边对打工族的政策改良了很多。叫什么‘新莞人’，做多少年头就有指望进户口，孩子也都能好好读书。我有好几个伙计在那边都买房子成家了。”

“买房子？广东的房子不是都挺贵的吗？是他们的工资高还是镇上的房子便宜?”

“两个原因都占。是他们做得不错，也是镇上的房子便宜。五根指头伸出来还不一般齐呢，还都会像广州深圳那么贵。不过，樟木头的房子便宜也是有缘由的。”[②] 说着，王强侃侃而谈起来，“我的那几个伙计，买的房子均价还不到一千五，一套两居室下来才九万。便宜吧？还带着全套家具呢，两手空空进去就能住。”他眼中精光一闪，露出一丝狠劲儿，“真是捡着了。我要是当时买了，就是光等着升值，就是一笔好买卖。当初的九万，现在少说二十来万！”他抿了一口酒，“我在日本打工的时候落了个关节炎，东莞那边暖和。等老了，干不动了，到了冬天，就去那边养老，像小燕子一样，咱也迁徙迁徙，该多好……”

“看来房子这事，真得是该出手时就出手啊。”赵老师悠悠道。

“那是，不出手容易落后悔。”王强道。

赵老师看了我一眼。我明白他的意思：要进入正题了。

“后悔啥？只要朝前看，机会永远在。”我先垫一步。

“对，眼下咱们房子的事，你抓住机会不就得了？”赵老师道。

“啥房子？说啥呢？”王强说。他闪烁的眼神证明他在装糊涂。演技很蹩脚。

“就是咱这一排的房子往外再加盖起来嘛。”赵老师笑着用筷子敲一下王强的手背，“装啥糊涂呀。”

王强也笑了笑，点点头，吃了两筷子菜，敬了赵老师一杯酒，问赵老师：“你们打算咋办？”

赵老师把每个人面前的酒又斟了一巡，又气定神闲地把球踢给他：“这不是在跟你商量吗？”

大家心照不宣地笑起来。王强抿了一口酒，终于开口了。还是那套车轱辘话，说他哥不可能同意，他不敢，再说也没有钱。

“强啊，这不是你一个人的事，你可千万别有这么大的压力。

这是一个集体行动，是大家伙儿的事，是人民群众的事。”赵老师深深地闷了一口酒，循循善诱地开始了，“不错，你是你哥的兄弟，但你也是人民群众啊。这件事，就看你把自己往哪儿搁了。你要是觉得自己是这一排的群众，就跟大家伙儿有福同享有难同当。你要是认准你是你哥的兄弟，那咱啥都不说了。也别喊老师不老师的，就只看在大家都是乡里乡亲的分上，你别在背后戳告就行。”

“你说的啥话啊赵老师，你把我看成啥人了啊赵老师！”王强嗔怒，给赵老师斟上酒，又缓和道，“赵老师，这是个大事，我得好好想想。”

“当然是得好好想想，不过也得当机立断。那句话是咋说来着？静如处子，动如脱兔。做大事就是这个理嘛。”

王强看了赵老师一眼。我知道“静如处子，动如脱兔”这八个字他没听懂。当然，这个懂不懂并不重要，重要的是该懂的他懂。

“机不可失，时不再来。”我说。这个他一定懂。

“过了这村，没有那店！”赵师母说。这个他更懂。

王强频频点头：“对，对对。”

“这可是有时辰没日子的事，上头说下来量就下来量了，照片咔咔咔一拍，你那几十万可都咔没了。”姐夫说，“我都请先儿看过皇历了。再过两天就是黄道吉日，就可以破土动工了。我跟赵老师正紧着说细节问题哩。”

先儿，在豫北方言是风水先生的简称。

“你们打算一起动工？”

我们一起笑了。

“说得跟真的似的。”姐夫道，“一把筷子掰不断，一群百姓不好惹，团结起来力量大，谁不知道这个！所以啊，大家伙儿一起担责任，要盖一起盖，墙倒众人推！”

“没听老话说？砖连砖成墙，瓦连瓦成房，一根木头架不成个大梁，”赵师母说，“就是这个理儿。到时候要真出了啥事，稻多打出米，人多讲出理，咱这么多家呢，就不怕了！”

“那其他家呢，你们都说过了？”

“也说了好几家，他们都在加紧筹钱呢。实话跟你说吧，有一半多了。今儿特意招呼你，不是因为你是头儿的兄弟。主要是因为你是这一排的群众，不想叫你落单！”

“你想，咱们农民有啥啊？不就是种一些地？占一些地？在地上下把死力气？将来，咱的地越来越少，政府把咱们都挤摞到了一栋楼上，跟鸟似的。那时候咱还有啥啊？”

“对咱们来说，地就是个摇钱树，种地只管饱，摇不下几个钱，只有拆盖这种大买卖才能摇下大钱……”

“这块地咱现在能当家，那就得赶紧盖。只有咱盖了，到时候上头才能包赔。你啥也不盖，白眉赤眼的，让人家上头包赔你啥？地皮是国家的，国家还会包赔你地皮？”

“违建？要按正经的章程，哪家盖房不违建？不违建的有几个？咱一村子的新房都违建！”

"撑死胆大的，饿死胆小的。宁可撑死，不能饿死，更不能叫吓死!"

…………

菜慢慢上着，酒慢慢斟着。大家亲密地团结在以攻破王强为核心的盖楼计划周围，声东击东，声西击西，外松内紧，形散而神不散。我默默地听着，间或说一两句合适的话。我不得不承认：这个世界，谁也不比谁傻。即使是农民。农民有农民的狡猾，农民有农民的智慧，农民有农民的情理，农民有农民的逻辑——农民有农民的一切。而他们的一切，无论是柴米油盐还是爱恨情仇，无论是精神根本还是物质源头，都与土地血肉同体，息息相关。民以居为安，房在地上建；民以食为天，食从地中来。一直是土地，始终是土地，土地就是他们的命。我一直觉得，在我们广袤的豫北平原上，一块块旱涝保收的肥沃土地就如同一只只饱满的乳房，农民们就如同辛勤的挤奶人，随着四季的更迭，他们源源不断地挤出了丰沛甘甜的乳汁，给城市喝，也给他们自己喝。现在，即将成为未来路绿化带的这一长绺土地，这一只小小的乳房，如同已经消逝的灵泉河一样，很快就会干瘪，枯竭，不复往日之能。这一群人，坐在这里，尽其所能地绞尽脑汁，就是为了能从这只乳房里绞尽乳汁，绞尽他们能喝到的每一滴乳汁。

气氛越来越稠，微醺的王强也越来越让我们有底儿。他开始诉苦，不时流露出对王永的怨艾：南水北调工程过山阳郊区的某个村，王永跟村长相熟，他让王永去帮他揽个工程，多小的都行，王永不肯。他有个伙计是市民，想把户口落在村里，出三万块钱，王永也不肯……

“三万，比谁出的都高，又能给村里创收又能了结我的人情，他死脑筋，就是不愿意，气死我了……”

“要说你哥是直正，但是做人，咋说呢，也不能太直正，太直正了就是迂了……”赵老师劝解着。

“是啊，人有时候得灵活些。对别人对自己都有好处……”姐姐也说。

这些劝解的话，大家说得都很谨慎。人家毕竟是亲兄弟，亲便亲，打断骨头连着筋。兄弟怎么说他哥都行，外人就得有所顾忌。

“唉，谁叫咱摊上了这么一个哥呢？花好看，果难吃。”王强举起了酒杯，“不说他了，喝酒！”

那就先放下。大家继续闲话。一道道菜，一杯杯酒。酒酣菜热，闲话也便千头万绪，百花盛开：外出打工的难处，谁谁谁谁都得性病了；新农合，[3]听着是好经，就是念的时候走样，小病还行，大病就只能干瞪眼，能用的药不能报，能报的药不能用；留守的老人女人和孩子在家里的孤单，经常会出点儿匪夷所思的事儿；[4]村里信基督教的人越来越多，有积极分子都把盖教堂的申请递到高新区政府了；什么东西的价钱都涨得比动车还快，就是粮价涨得比乌龟还慢；娶媳妇的成本越来越高，相亲见个面男方都得掏两百块钱的相看钱……有那么一瞬间，我有些恍惚，恍惚自己为什么会坐在这里，听着这些话，这些和我的日常生活天悬地隔毫无干系的话。然而也只是一瞬，我便将恍惚收尽——作为一个从乡村走出来的孩子，我确实跟他们久违了。但是，我乡村的根儿还没死，离他们也就不算太远。于是不坐也就罢了，坐了很快也就能坐在一起。“这件事，就看你把自己往哪儿搁了。”赵老师方才说王强的这句话，放在我身上也同样适用：我是一个农民的女儿，我是一个农妇的妹妹，这件事，我就把自己搁在了这个根儿上。有了这个根儿，此时此事我和他们之间才能应上毛主席的那首《水调歌头·游泳》：“一桥飞架南北，天堑变通途。”

“你这做兄弟的，也真是可以了，替他想得够多了，也得给自己想想了……”酒席上，赵师母正给王强斟酒。万根箭，一个靶。说着说着，就又绕回来了。

“就是，对得起他了。要是错过了这个大便宜，那就是对不起你自己了。”

“这么现成的大便宜，谁不捡谁是傻蛋！守规矩不能当银钱花。村里那些没有临路的人家，都眼红着咱们这一排呢。”

…………

又一轮围剿上演，酒也将近喝完。

“唉，我这个哥啊。”王强一扬脖子，又灌了一杯，叹道，“我要是领头盖了，真是没脸见他……”

我们面面相觑。领头，一词中的。我们心心念念的七寸，可不就是在这里？

“你看你说这话，谁叫你领头了?”赵老师斥责，分贝再高一点点就可以称之为怒喝了，“我说过多少遍了，是一起盖，不是让谁一家盖！更别说领头盖！轻霜冻死草，狂风不毁林！你不过就是林里的一棵树，有林子在，我就不信你哥还能把你咋样?!”

王强放下了酒杯。他的眼睛已经微红。终于，他说出了我们最想听到的那句话：“那就盖?”——不是叹号而是问号，口气随即更是颓下来，“没钱啊。”

终于说到钱了。我心中一块石头落地。看了赵老师一眼，他不看我。

“钱不是事。船到桥头自然直。”赵老师道。

我又看赵师母，她也不看我。

“就是……”赵师母也说。

“想办法。活人还能叫尿憋死?”姐夫的话。

姐姐不说话，看了我一眼。眼神里没有任何内容。酒席陷入微妙的沉默，只听见大家牙齿嚼菜的声音。

不能这样。面对躲不过去的结局，绕圈子只能是浪费时间。

“借嘛。”我说。

“没处借。”王强道，“想破了脑袋也没处借。”

我使劲儿瞪了姐姐一眼。还等什么等?!

“要是真不中，”姐姐终于开口，“我们几个给你想办法!”

“我也给你凑一些!”赵老师也说，终于看了我一眼，“再代表我兄弟表个态!”

“我也代表我姨表个态！”我道。

“那，多不好意思啊。”王强道，“盖房是大事，谁不用钱？”

“谁叫咱们在一个村里一条街上住着呢？谁叫咱们是一根草上的蚂蚱呢？谁叫俺们这几家现在都比你有办法呢？能伸把手就伸把手呗，谁没有用着谁的时候？再说了，钱这东西，生带不来死带不去，就是叫人用的。再说了，你又不是流氓无赖，得了赔偿款，你还不是转手就还了？说到底也就是转一道手的事儿，对不对？”

我不由得微笑，暗自赞佩。要是批卷的话，赵老师这番话能得满分。亲切，温暖，且周全，真是什么都有。连还钱的调子都定好了，由不得他王强不跟着唱。

“那是，那是。”王强迭声道，又是一饮而尽，“赵老师，哥，嫂，你们真亲！话到这儿了，我不能给脸不要脸，那，我盖？”

“把问号变成叹号，盖！”赵老师慨然道。

“对！”我和姐夫同声附和。

瞬间，屋子里温度上升，热流涌动。

“盖！”

“盖！”

“盖！”

几个杯子碰到了一起。

“干！”

“干！”

“干！”

…………

出门的时候，王强有些晃。赵老师也面若桃花，他看着我的脸道：“你还有些量呢。”我笑道：“我还得开车呢。喝的是白开水。”

送完王强，我们几个又坐了下来。像刚打了一场大仗，大家都松了口气。我说还不能太放心，姐姐问不放心什么，我说是钱。要按我的想法，刚才应该趁热打铁，干脆定下说明天把钱凑齐了给他，把事情砸实。赵老师沉吟了一会儿，道：“咱们不是表态了吗？这还不中？”

“可是没说多少，也没说啥时候给。还是留了活口，你们啊，太舍不得说。”

“不到舍得的时候，就是不能舍得。”赵老师说，“这种事，宁可缓些，不能过急。咱已经说到这一步了，不能再往嘴里喂他，得让他自己伸伸手了。要不然咱们上赶着把钱塞给人家是什么意思？不是太鲜明了吗？净叫人家起疑心。”

我默然。似乎也有道理。

“等他的信儿吧。心急吃不了热豆腐。”赵老师又说，“这两天正好定定匠人。”

当夜，我赶回了郑州。姐姐拉着我，好说歹说，想让我住一个晚上。我说我得回去筹钱，我说我不放心孩子，我说单位还有一些碎事……我说了一堆理由，到底还是回去了。其实最真实的理由我没办法对姐姐说：她家没有暖气，很冷。这么多年在城市，我已经不习惯没有暖气的冬天。乡村的寒夜对我来说已经太过陌生。我怕自己会感冒。

注：

①相关“打洋工”的新闻一篇，全文摘录如下：

《河南10万农民工出国“打洋工”》

（2010年3月4日，《河南商报》，记者：邢军）

本报讯　目前，广东、上海等地遭遇用工荒，但我省很多农民工却出国“打洋工”。据称，2010年，河南出国工作人员将突破10万。

刚过完年，南阳内乡县的周国献就和5个老乡一起，来到郑州八方人才资源开发有限公司，咨询出国务工的事。和他们一样，截至3月3日，共420多人报名登记。

昨日上午，在八方人才公司院内，420多名农民工进行了初步培训。他们主要从事泥瓦工、木工、焊工等基建工作。经过培训、考核、体检、筛选之后，将去往沙特、利比亚、阿尔巴尼亚等地，参与为期2年的援建工作。

据了解，像周国献这类农民工，之前都从事过类似的工作。今年43岁的周国献，在郑州等地做泥瓦工。这次出国打“洋工”，是受出国归来老乡的影响。

周国献说，国外工资每月5000多元，但在郑州，每月工资只有4000多元。

这段时间，广东、上海等地，都曝出了用工短缺的窘境，很多单位招不来人。从媒体报道看，外省也有很多农民工出国打工。

这些农民工为何舍近求远，出国务工？

“出去看看呗！”周国献和其他人都嘿嘿地笑了起来。

八方人才公司总经理张春生说，他也没料到有这么多人。“其实，国外的工资并不比国内高多少。我认为，这是前两年宣传努力的结果，很多人不害怕出国打洋工了，反倒有一种好奇心理，想出去看看。以前，每年从公司出去的人只有七八百人，现在有4000多人。”

昨日，郑州商务局外经处的工作人员表示，年后报名出国务工的人比往年多只是个案，并不会出现大规模增长的趋势。随着国内用工需求的增加，工资待遇、福利的提高，很多农民工仍会选择在国内务工。

1月15日，在全省大招商暨商务工作会议上，省商务厅长李清树表示，2009年全省外派劳务4.9万人次，2010年将突破10万人。

另有相关两篇新闻，仅将标题摘录如下，余不一一。

(1)血汗钱被骗　肥东38位农民梦断“洋打工”

(2009年3月20日，民工网，记者：刘甜甜　王恒)

(2)报名打洋工　大冶138名农民工被骗60万

(2010年11月30日，《长江商报》，记者：李海夫)

②“搜房网”上，网友“魔法师”提问：樟木头的二手房为什么这么便宜？

网友“见习魔法师”如此回答：樟木头虽然只是一个镇，在十几年前也曾经繁华过。因为离香港近，被称为“香港的后花园”，很多港人就过来买房度假。于是很多房地产商蜂拥而上，100多个花园洋房楼盘便应运而生。樟木头再好，说到底也只是东莞的一个镇，这么多楼盘很明显是供过于求，再加上买房的人大部分是香港人，甚至有些楼盘规定只能卖给香港人，所以定价都偏高，内地人买得不多。因此当时这些楼盘剩下的就不少。到了2008年，金融风暴开始后，港人立即抛售房产——香港人在改革开放前，比内地人多经历过几次金融危机，他们应对金融危机的一个重要经验就是变卖不动产变现，同时也是在2008年，香港政府出了个新政策，在内地买房的香港人，不可以享受公房，鉴于以上两个原因，大量港人出售自己在内地的房产。而樟木头因为绝大多数业主都是香港人，大量房产一齐涌上市，所以不可避免的，房价大幅下挫。

③新农合，即“新型农村合作医疗”，是指由政府组织、引导、支持，农民自愿参加，个人、集体和政府多方筹资，以大病统筹为主的农民医疗互助共济制度。

④他们说，上个月，吴庄几个少年晚上在马路上闲聚，其中一个刚买了一把新刀，被其他几个撺掇着拿刀刺了一名路人，致使那人股动脉大出血不治而亡。那几个人撺掇他的话是：“看你有没有胆子找个人试试刀。”另有一桩杀人案发生在李庄，说是一个闲汉同时占着村里几个守空房的女人。结果那几个女人不堪其苦，反而共谋着把这个男人给杀了。女人们的男人们，常年在外打工。

7　田庄四二九

星期天下午，我再次来到姐姐家，一是接苗苗，二是送钱。进得门来，我一眼就看见姐姐和一男一女在当院里站着，男人女人都是矮墩墩的，正和姐姐比画着说着。看见我，姐姐笑着向那俩人道："这是我妹妹，在郑州上班。"又指着男人向我道："这是陈师傅，咱这房子，全靠他的手艺了。"

我明白过来：这男人就是姐姐要请的盖房子的匠人头目，俗称包工头。今天应该是来姐姐家看看实地情况，商量着怎么盖这个房。那女人穿着大红棉袄，戴着亮闪闪的金耳环和金戒指，颇有些包工头太太的富丽堂皇，应该就是他老婆。于是我连忙和陈师傅夫妇寒暄起来，问他们是哪里人，陈师傅说是田庄人。我依稀记得田庄还有一个叫陈小玲的女同学，当年我在乡中学读书的时候，和我坐前后桌，便问他陈小玲的情况。陈师傅的话有些迟滞，倒是陈太太语锋爽利，三下两下截过话头，说陈小玲和他们是本家，按辈分得叫他们叔和婶，高中毕业后上了省医学院，现在市妇幼保健站当医生。

"她当医生啦。"我忍不住笑起来，"当年她粗粗拉拉，跟个假小子似的，真想不出来她还能当医生。"

“医生好啊，一家子里有个医生，谁得个病该省多少心哪。”陈太太感慨，“她妈病了这么几年，全亏了她。”

“什么病?”我问。

“偏瘫。”陈师傅说。

“受惊吓了。”陈太太补充，“前几年我们村跟上头闹了一场事，你听说过没有？就是那回吓的。”

我隐隐想起和赵老师闲聊的时候他跟我说的田庄那场事，好像是上头强制拆迁，把警车都开进去了，后来硬是被田庄人把他们统统都赶跑了，还抓了人，判了刑什么的，顿时兴致陡增，对两口道：“听说过一些，不全。你们讲讲呗。”

“我这妹妹，就是一颗小孩子心，打小就热听故事，你们给她讲讲吧。”姐姐道。说着她从屋里端出来两样油炸的吃食：萝卜素丸子，还有小麻花。姐姐的小麻花是一绝，只用鸡蛋和白糖和面，一点儿水不放，炸出来焦酥香甜，十分可口。她边让陈师傅夫妇吃，边对我道：“做了可多，给你留好了。”

就着姐姐的素丸子和小麻花，他们两口开始讲了起来。陈师傅的话短而平，陈太太的话长而烈，两口搭配起来，有些像在说三句半——[①]

“那一天是4月29号，上头叫田庄事件，俺们村的人叫四二九事件。早上五点多，上头就行动了。哪一年？2006年，就是2006，那一年咱孩儿考上了大学，我记得准。”

“五年了。多快。”

“以前上头没说过就直接行动了？”我问。——说，这个字在我们方言里有做思想工作的意思。

“说过。说得可迟，是出了年说的，出了正月，阳历就到了3月份了，满打满算也就说了有一个多月，不到俩月。咋说的？就是来个人，往院子里一站，说一句：‘赶紧拆吧，胳膊拧不过大腿，不要敬酒不吃吃罚酒。’说完就走了。就是这。也就是走个过场。赔多少？好房，新房，就是一平方四百块。旧房，赖房，就是一平方三百六十块。”

“就这俩标准。”

“问他们把房拆了俺们住哪儿？他们都说不知道，说管你们住哪儿呢。俺们说要是俺们不愿意呢，他们就说：‘不愿意不由得你们！’你听听这话，气人不气人！大家就都不拆，没有一家拆。两委会也顶着，那真是干部群众一条心！拖着拖着，事情就到了那天。那天早上五点多，他们人都到了，天还不明呢。后来我们数了数，八辆大重卡，一车有百把人，共有八百来人。警察少，绝大多数都是保安，后来俺们才听说，是从市里好几个保安公司调来的。那些保安公司都不知道上头让他们来干的是这事，事过了都说：‘要是知道来干的是这事，说啥也不会来，给多少钱也不干。’对了，还有特警队的呢，特警队还有一百多人。俺们村？俺们村不到一千口。”

“听说特警队还准备了两车催泪弹。”

“没有用上。后来那阵势，他们哪敢用！是从村东开始的。为啥从村东？首先，村东不临大路，僻静。他们也怕路上过来过去的人多啊，万一碰上啥大人物看见，影响不好。其次，村东这一片，也就是娘娘庙往东这一块，算是我们村里的新区，都是新划的宅基地。这些都是生二胎的人家，没啥本事，也没啥钱，好整治。吃柿子捡软的捏呗。他们就从娘娘庙那里用一道警察常用的那种绳子一拦，就开始行动了。”

“那叫警戒线。”

“对，就叫警戒线。他们拿着长梯、链子锁、撬杠，还有大锤，就来了。链子锁是用来锁大门的，先把大门朝外给你锁上。长梯是用来翻墙的，翻进了各家各户的墙，进了家之后，没有起床的人，就被他们按到了床上，不准起床。在厨房做饭的，就不准出厨房，在哪儿坐的，就得坐在哪儿，反正就是原地不准动。我那个本家嫂子，对，就是小玲的妈，那两天正拉肚子，紧着跑茅房，他们就是不让动。我嫂子就当着他们的面解了手，她对那些保安说：‘反正你们就是从女人肚子里爬出来的，我就不避着你们了！’解完了手，她血压就上来了，躺到床上就不会动了。从那以后就偏瘫了。”

“真造孽。”

“把人都看住，他们就开始用撬杠和大锤拆你家的房了。当然他们也拆不了那么多，也就是毁毁你的房，败败你的兴，叫你住不踏实住不成，叫你知道，他们有本事这么整治你，你最好识相点，赶快听他们的话！心疼啊。看他们那么去糟蹋自己辛辛苦苦盖起来的房子，真是心疼啊。有男人上前阻拦的，就被他们的警棍打了，也就不敢动了。女人们不敢上前动手，只有哭，有性子暴的就骂。家家户户都有哭声，都有骂声。农村女人，不会说什么大道理，也只能骂几句解解气！也有人想打电话，跟外头联系联系，可是没有信号，固定电话和手机都打不出来，后来才听说人家不知道使了啥办法，把俺们村这一块的信号都覆盖了。想打电话，根本不可能！”

“人家上头啥都想到了。”

“就这么闹着的时候，孩子们都该上学了。这一片的孩子们都不让去上学，这一片还有几个老师，也去不了学校。学校里老师不齐，学生不齐，到了学校的人就都奇怪了，就想出去打听，可是，人家把学校大门也锁上了，不让大家伙儿出来。没有不透风的墙，这时候，全村人你传我，我传你，都知道发生了啥事，可也都不敢确认。老人们都说，这都解放多少年了，怎么像解放前跟日本鬼子干仗一样！”

“谁能想到上头会来这么一势啊。”

“正这么僵持着，孩子们不知道怎么想办法出来了。他们不知道害怕，朝那些警察和保安扔土坷垃，把他们车胎的气都放了。人家还手！用警棍驱赶孩子们，有的孩子就受了伤，这把大家伙儿逼急了。除了村东被关住的家户，村西村南村北的这些家户们就都上前去保护孩子们，都上了手。上头就连忙集中人来对付学校这一块，就有人得空把那些被锁的家户都放了出来，大家伙儿全都集到了街上，他们人在西边，我们人在东边，两边对阵，我们就往外撵他们，一步一步撵，他们开始还猛动手，用警棍把俺们的人捅得满脸流血，可这时候俺们全村人都在一股绳上，俺们不怕！这是俺们村，俺们家门口，哪能怕那些龟孙们！俺们舍命上了！俺们没有警棍，老人和小孩就朝他们扔砖头，扔土坷垃，大人们就拿锄头、镰刀，就拿铁锨、扫帚！那时候，喊杀声震天响！”

“后来就轮到他们害怕了。”

“他们往后退着，一步步退到了西边的大路上，这时候已经快中午了，特警队也来人了，乌压压一大片啊，就在那路边守着。那回俺们算是见识了啥叫盾牌。以前有个电视剧叫《便衣警察》，里面有首歌，有句歌词叫：‘金色盾牌，热血铸就。’俺们可看见了，这盾牌可不是金的，是透明的。只有中间一条横杠上写着‘警察’俩字，横杠上下都是透明的。真真的。特警队一来，保安们就又往前冲，又打伤了俺们可多人，这时候，大路上的交通也断了，好多车都停了下来，好多人从车里出来看热闹，邻村的人也都听说了，也过来了好多人，你知道吗？这些外人本来是看热闹的，后来有好多都加入到了俺们村的队伍里，跟他们干仗！”

“后来，他们就退得越来越远，再也不敢往前冲了。在这个过程中，来了辆警车，里面坐着俩穿着警服的警察，看样子像俩大领导，可能觉得自己官大，不知死活地把车开进了村，开到了俺们这边。可他们没有下车就被俺们村的人把车胎里的气给放了，车玻璃也砸了。他们就不敢下车了，就坐在车里不敢出来了。后来俺们就推着他们的车往外走，俺们村西边原来有个大水塘，早就干了，俺们就把他们的车推进了干水塘里！他们硬是不敢出来，一直到特警队的人慢慢上前围着了车，他们才慢慢出来，让特警队的人护着回去了。”

“从始到终，他们没说一句话。”

“说话？他们俩连个屁都没敢放！后来那边就彻底消停下来了，后来看俺们村那些受伤的人流血流得厉害，俺们就想去市里给他们包扎，可是他们就是拉着警戒线，不给放行——北边，他们的警戒线只卡住了北边，北边不是市里吗？他们怕俺们去市里闹。没办法，俺们就只好往南去乡里的卫生院。总不能叫俺们的人流血流死吧。”

“有人死吗？”

“没有。要是死人，这事就大了。”

——这还不算大吗？我想。不过，再一想，某种意义上他们的逻辑也对。很多时候就是这样，只要不死人，就不算大事。

“后来呢？”我问。

“后来……”陈师傅笑了笑，“后来，村里还是拆迁了六十来户。”

“这六十来户的情况是这样的。”陈太太道，“一是村两委的干部和他们的亲戚。这占了二十来户。四二九之后，村两委的人都被上头软禁了。当然不叫说是软禁，说是学习。怎么学习的呢？

不让吃饱，不让睡觉，就让他们没明没夜反思，写材料，写汇报，反正最后不在拆迁协议上签同意就没个完。二十天，谁受得了这个？铁打的人也不中。他们就都签了字。签了字还不中，还不能回去，还得叫他们的家人来拿协议回去拆房，拆了房才放他们。就这么着拆了二十来户。二是吃公家饭的那些。包括老师有十来个，还有十来个是家里有人吃公家饭的，或者自己家的实底儿亲戚有吃公家饭的，像俺家隔壁的老贾，他女婿在乡里工作，乡里就停了他的职，叫他来做丈人的工作。类似这种情况的，又拆了十来家。俺们管这叫‘株连九族’。还有一种拆房的，就是因为四二九事件被抓的那些人，也有二十来个。”

“他们是当时被抓的吗？”

“只有一个女的是当时被抓的，其他都是后来被抓的。她也是太没眼色，”说着说着，陈太太大笑起来，“她呀，骂着骂着，骂过了龙源路。人家拉的警戒线就是以龙源路为准的呀。龙源路南边，是俺们的人，龙源路北边，就是人家的势力了。她的脚一过龙源路，就被人家抓起来了。不抓她抓谁？鸟不能离群哪。”

“当时那么乱，后来抓的那些人，上头是按什么标准抓的？”

“录像！人家上头有录像！人家上头当时就带有机器，回去后，人家是按着录像抓的人。是一个一个抓的，悄没声息抓的。这回人家可学精了，不出动静。这些人被抓起来之后，上头就传下了话，说只要把房子拆了，就放人。没办法，这些家户就都把房子拆了，就这么着，又拆了二十来户。现在，五年过去了，就是这么多家。剩下的都是钉子户。你回头去俺村看看，家家户户的房顶都插着国旗，那就是钉子户的证明!”[2]

“真的，家家户户都有。”姐姐说。

“你们，为什么要插国旗呢?”

“叫上头知道，俺们爱国！俺们都是良民！也给上头那些人提个醒，叫他们代表国家做事的时候，也爱爱俺们！有人还说我们插国旗是犯法的，哼，俺们都上网查了，说挂烂国旗的破国旗的拿国旗去做广告的才算犯法，俺们这，不犯法!”

“听说还有判刑的?”

“两个判刑的，一年。都是缓刑。没有真住。房一拆人就放，可灵。”

“这六十来户现在都住在哪儿?”

“上头在村东边建了个安置小区，盖了六栋楼，就住在那儿。”

“听说今年上头还要在那儿再给你们加盖三栋楼，真不真?”姐姐问。

“真。”陈师傅说。

“俺们也在一起商议了，想给上头提提建议，让盖成浇铸结构的。咱山阳不是地震带吗?去年还闹了两回小震。先前盖好的那六栋是砖混的，没几根钢筋，跟老鼠拍子似的，地一震肯定就把人拍住了。要是浇铸结构的房子，抗震就好。可是那些先住进的人听说了就不让，说凭啥让他们先搬的人住赖楼，让后搬的人住好楼?你听听，是高新区出钱，又不花俺们村一分，就这他们就气不过，这人心怎么齐啊?”

“那人家先搬走的人，心里肯定不得劲儿。”姐姐说。

“你们心里其实已经做了搬的准备吧?不然干吗管安置楼的质量?”我疑惑。

“是啊，迟早是要搬的。胳膊拧不过大腿，这话说到天边也没错，是不是?咱知道这个。拧不过，能多得些好处，也就对了心思了。可是后拆的这些要是多得了好处，先拆的那些家心里就会不舒服，这咱也知道。话说回来，我要是先搬走了，心里肯定也不得劲儿。拆过的这些家，和没拆的这些家，就是没办法一心。隔壁老贾不是拆了吗?前些时路过我家，还进来看了看，说：‘还不拆啊?’我没好气儿，答他：‘就是不拆!’”

“熬到什么时候，有底儿吗?”

“没有。反正俺们就这么扛着，也不是死扛，俺们村年年都派代表去北京上访。去陶然亭那里，离西站不远，国家信访局。他们态度倒是挺好，每回接待时都说：‘你们就放心回去吧，我们会把公函寄到你们当地政府，让当地政府给你们解决。房子是你们的，只要你们不同意，他们不敢拆你们的房子!这一点我们可以给你们保证!’准打准儿，现在的新条例不是已经出台了吗?不准强制拆迁!新条例还说了，赔偿标准让参考当地的商品房价格，如今周边的商品房价格越来越高，跟安置小区隔路的那家楼盘都卖到一平方四千了!俺们的要求当然也会水涨船高。要说是好处应该更大了，可是还有拆过的那些人呢。情况肯定也是更复杂了。

政府这边的事，肯定也就更难做了。前些天他们又派人来做工作，态度倒是很好，说这说那，可俺们就是不松口。不趁俺们的心思，俺们就是不松口！往后政策越来越好，牙咬得越紧，到嘴里的肉就越多！”

“你有千条计，俺有老主意。呵呵。”

“要是人家放弃了呢？你岂不是吃不着肉了？”我打趣。

“才不会呢。上头才舍不得呢。”陈太太胸有成竹，“上头要是真舍了这个念头，那倒好了。俺们就住俺们的小院子，一修一整，就赶上市里人说的别墅了。前两天我上网看了，人家外国就是好。世界大战，部队要修飞机场，让一个人家搬，人家不搬，飞机场都修不成，也不敢强来。好像是在英国，那个领导叫‘丘比特’……”③

我笑。丘比特肯定不对，但我没有纠正她，只是把话岔开道：“这情形，还真是难缠。对谁都不好。”

“俺们也都知道，这么下去，对谁都不好。俺们拿不到钱，政府花了钱盖了安置小区，白白空着，放都放坏了。开发商呢，白白耗了恁长时候，也开发不了。政府跟开发商也没法子交代，听说最后还赔了开发商不少钱……”

“是哪儿的开发商？”

“山西的。煤老板。”

“听说是市长的什么拐弯亲戚，来这里玩，路过俺们村，看见俺们村在新区规划里头，又离老市区近，还临着大路，就说：‘不错啊。开发个楼盘吧。’市长就答应了，说这也算招商引资，就给高新区下了死任务，要求两个月必须把俺村拿下。谁料想没把俺村拿下，‘四二九’之后，他倒被拿下了。上头把他调走了。高新区的书记也让拿下了。”

“调哪里了？”

“省里。”

“那也不错啊。”

“哼，只是名儿好听，他没实权了。明着是平移，实际上是暗降！他走的时候还特地来俺们村转了一圈呢。说来看看大家。说没把俺村的事情办好，对不起大家。还掉了泪呢。猫哭老鼠假慈悲！”

…………

两口子说得唾沫星儿飞溅，我却想起记者闺密曾经转发的短信来：“你和他讲道理，他和你耍流氓；你和他耍流氓，他和你讲法制；你和他讲法制，他和你讲政治；你和他讲政治，他和你讲国情；你和他讲国情，他和你讲接轨；你和他讲接轨，他和你讲文化；你和他讲文化，他和你讲孔子；你和他讲孔子，他和你讲老子；你和他讲老子，他和你装孙子……”

“刚才说的政策，你们都是在网上看到的？”最后，我问。

“是啊。有网真方便，一搜就中，啥都能搜到。”陈太太眉飞色舞。

“你们还真火色！”姐姐说。火色也是豫北方言，意为时髦时尚。相当于90后们说的“潮”。

"耍嘛。放钱干啥？有钱不花，死了白瞎。"陈太太笑道。

"你们常上哪个网站搜？"

"还有哪个？百度嘛。可简单了。像俺村这种事，打一个字就全出来了。"

"哪个字？"

"拆！"④

注：

①百度解释："三句半"是中国民间群众传统曲艺表演形式。每段内容有三长句一半句。一般由四人演出，三人说三长句，最后一人只说简短几个字的半句，故称"三句半"。三句半一般押韵、同调，诙谐搞笑，是群众喜闻乐见的说唱曲艺。举例：喜看奥运东风共，欢声笑语一重重。五星红旗看更红，太激动！

②钉子户插红旗，似乎已经成了一种风尚。例举新闻标题如下：

(1)重庆最牛钉子户屋顶插国旗 决心要一钉到底

(2007 年 3 月 22 日，四川在线)

(2)河南洛阳最牛钉子户插国旗护家

(2008 年 10 月 14 日，大河网)

(3)南京钉子户窗插五星红旗，称想活得更有尊严

(2010 年 4 月 9 日，新民网)

③在网易新闻论坛查证到这个资料的时候，顺便看到两个网友打了一场笔仗。部分摘录如下：

甲：二战的时候，一个钉子户不搬，导致军用机场没法建设，受到其

他居民和媒体的谴责。丘吉尔说："我们和德国人打仗就是为了保护合法财产不受侵害，如果拆了他的家，那我们为什么要打仗?"

要在我国会怎样?

乙：后文你知道吗?因为这个内陆军用机场没法建设，而英军沿海的机场遭到德军空军的"拔钉子"式逐个打击，使得德军轰炸伦敦成为可能，后来德军的飞机轰炸伦敦长驱直入，伦敦多次被炸房屋焚毁上万，平民、士兵、消防队员死伤数以千计，丘吉尔追悔莫及，优柔寡断，因小失大，愤而下令建设机场，并颁布了战时军事工程令……这个法令直到二战结束后2年才解除。

甲：首先，是战时军事工程法令。其次，是二战结束后2年解除——这两点是关键！一、说明在20世纪30年代万恶的资本主义英国是法制国家，没有相关的法律是不能强拆民房的，要拆必须要有法律依据。二、说明这种法律只适用于战时，不适用于和平时期。

你的脑袋是不是叫驴给踢过?

乙：中国也有法律，没有私人土地和私人永久占有土地，那些国计民生征用的土地移民都有国家依法给予的补偿和安置，那些以权谋私，假公济私，大私吃小私的拆迁不代表国家，不得人心，是管理的问题，不是私有制的问题，在土地公有制的框架下国家一定能不断地完善拆迁的法律法规。而在资本主义的英国，一条40多公里的高速公路建设用了25年，这就是他的社会体制和它保护的"私有财产神圣不可侵犯"打下的死结，在经济建设和国家和个人利益上自相矛盾，明明白白作茧自缚，搬起石头打自己的脚!

甲：你所举的现象或许存在，但那都是一时一事的损失，如果不坚持

“私有财产神圣不可侵犯”，那么对整个社会带来的损害将是长远的不可估量的！被驴踢过的脑袋能想明白这个问题吗？另照你的说法“在资本主义的英国，一条40多公里的高速公路建设用了25年”，英国早就该沦为殖民地了，何以成为日不落帝国？同理，中国也早就赶英超美了，可事实呢？这样对比，被驴踢过的脑袋是否能开窍呢？

乙：你没有一点尊重他人的概念，不人身攻击你就说不了话。什么“驴踢”“马踢”并不能证明你懂“民主”，这种言辞恰恰说明你无能。2012年伦敦就要举办奥运会，他们正在为无法超过中国奥运会而伤脑筋哪，中国已经在国力上超过英国，而且中国人均收入超过英国也是必然的，20年不行就50年。欧盟经济委员会主席上个星期说：“无论现在中国有多么大的问题，多么复杂，多么困难，50年以后中国一定是世界经济领袖，你们(欧盟成员国掌门)现在就要认清这点，做好准备。”

最后甲气得无语了，道：你在进一步向世人证明——脑袋确实被驴踢过!!!

④晚上回家，我果然在百度上搜了一下“拆”字，相关结果有100000000个，也就是一亿个。我以为拆字的范围太小，所以结果才会多，就又搜了一下“拆迁”这个词，相关结果依然是100000000，一亿。又搜“中国拆迁”，相关结果2820000个，搜“强制拆迁”，相关结果是3630000个。

8 合作

之后几天，我的手机上天天都有姐姐的短信。每天的短信都在汇报王强。

第一天：王强没消息。赵老师让再等等。

第二天：还没消息。再等等。

第三天：没消息。等等。

第四天：没。等。

第五天晚上，姐姐没有短信了。我打电话给她："你们要等到什么时候?"

"我刚去问了赵老师，他说让问问你。"

"那就别再等了。马上把钱凑好，给他送去！再等下去，黄花菜都凉了!"挂断了电话，我气得手冰凉。什么等，不就是抱着侥幸心理心疼那点儿钱吗？还想成事呢，嘴边的肉都能嗆丢了！

第二天又是一个周六。到底不放心，下午，我又给姐姐打了个电话。姐姐说："今儿上午送的钱，人家不收。"

"送了多少?"

"六万。一家一万五。"

我心一沉。

“谁去送的？”

“我跟你姐夫。”姐姐说，“赵老师说他没空，叫我去送。我跟你姐夫去了，王强接过钱看了看，就又递给了我。我当他是客气，又给了他，你姐夫半开玩笑叫他打条，他的脸立时就拉下来了，就不高兴了，说：‘是信不过我啊。算了算了！’就把钱又塞给了我，我再给他就给不出去了，他死活不要。”

“当时他家里还有别人没有？”

“没有。”

“钱数是赵老师定的？”

“我也跟咱姨商量了。是俺几家的意思。总共六万呢，不少了……”

我沉默。

“我不是跟你算过账吗？咱盖两层，满打满算也就是六万五，最多七万，”姐姐在电话里自顾自地说着，“六万咱都给他凑齐了，他自己会没有个五千一万？他也不能太欺负人了……”

“我明天去。”我说。一直担心的事情终于变成了现实，我不得不承认，人与人之间，就是有一种不可沟通性，哪怕是亲亲的姊妹。我怎么才能让她明白：六万在她眼里肯定是太多太多了，但在王强眼里，很可能还是不够；我怎么才能让她明白：有时候，人家愿意欺负你是在给你机会；我怎么才能让她明白：这盘盖楼的棋局，从一开始我们就都是彼此的棋子，既是我们想攻下王强，实质上也是王强想操控我们；我怎么才能让她明白：这笔盖楼的大账，乍一听是我们在热热闹闹地打着算盘，实际上王强才是最关键的算账先生；我怎么才能让她明白这些啊，弯弯绕的这些，恶心人的这些，我讨厌至极又心如明镜的这些！

还是不说吧。

有那么一刹那，我真想告诉姐姐：别再抠抠唆唆，计计较较，每家两万，要干就干，不干就算！还有那么一刹那，我的脑子里甚至蹦出了一个更极端的想法：实在不行，我把这八万全掏出来！——不由得想起一个男人。我二十八岁那年碰到他后，曾经对他迷得要死，可他看不上我，我只好单相思。于是在绝望之余，我常常暗暗诅咒让一向春风得意的他赶快倒霉，倒大霉，倒血霉，除了健康之外什么都不顺，最好到饥寒交迫众叛亲离食不果腹喝水塞牙雪上加霜的超惨地步，然后呢，我将奋不顾身地出现在他面前，拿出荷包里珍藏的存折，为他买这买那，花钱如水，挥金如土，用我春天般的爱柔情横溢地把他融化，用我海啸般的爱摧枯拉朽地将他打倒……那时候我方才明白，对我这样不大方的人来说，爱极了的显著标志，就是想花钱。而现在我又方才明白，原来恨极了的显著标志，也是想花钱。二者的不同只是，一个想用花钱得到，一个想用花钱了断。

当然，我终是没有。一是我还没有恨极，二是我知道，目前还只是钱的问题。如果我要是这么做了，就不仅是钱的问题了，就成了我的问题：疯的问题，不靠谱的问题，神经病的问题，二百九的问题——二百五加三八再加二。

不能那样。决不能。

星期天，我再次来到张庄，来到赵老师家，强硬地表达我的意见：要想办成事，每家两万，借王强八万。今晚必须成事。心理较量不是什么时候都可以进行，要看你有没有和人家较量的资格。没有资格较量而硬要较量，那就不是较量，而是搬起石头砸自己的脚，是愚不可及的蠢。目前而言，王强有我们最想要的资源，这就是人家的撒手锏。他固然想套我们的钱，但我们也想通过他来套上面的钱。我们和他看似是对手，其实只是小对手，是人民内部矛盾。我们共同的大对手就是上面。上面的钱才是我们双方都应该去瞄准的大钱。所以，此时此刻，绝不能让小心眼坏了大目标。如果必须有一方退让妥协，那就让我们来好了。内耗必须止于智者。这时候，我们就得舍出孩子去套狼——只要人家要孩子。空手套白狼？这根本就不符合市场经济的规律。如果不是奇迹出现，空手只能套白忙。

“如果我的判断没错，咱们再往前走一步就到他的合作线了。”最后，我说，“别因小失大。”

“那，就这吧。”赵老师的神情还是很“被”，“那借条呢？他要是坚持不打呢？”

“这个问题交给我。”我说，“今天晚上，你再请他过来。”

“这小子，真可恨！”赵老师咬着牙说。

我笑。当然王强是很可恨。但就现状而言，他的可恨程度还没有抵达我的底线。他还只是巧借而非直讹——直讹，这就是我的底线。就我目前的推测，王强还不至于这么大胆和不要脸。不过退一万步讲，即便他真要直讹，我也会暂且由他。但这个想法我没有对赵老师说。怕会吓坏他。

夜，赵老师再设鸿门宴，王强仍是刘邦。仍然是姐姐、姐夫和我相陪。酒仍然是我去买的双沟珍宝坊，菜比上次的还要丰盛。到底是一回生两回熟熟能生巧，大家絮话的升温过程简约了很多。酒至半酣，姐姐将钱拿了出来，递给王强，道："八万。"

"你看嫂子，说给就给啊，"王强笑着，把塑料袋接了过来，溜了一眼，放在了脚下，"感动，感动，谢谢，谢谢。"

"真是有时辰没日子了。"赵师母道，"咱就赶紧盖起来吧。"

"就是，选个黄道吉日，盖吧。"

"黄道吉日？"王强眯着眼睛笑了，"这个得让我来说。"

"你啥时成了先儿了？"赵老师说。

"别的事上我不是先儿，在这件事上我还就是个先儿。"王强道，面露得色。

"这话咋说？"赵师母问。人人一脸好奇，等待王强解谜。

"要我说，啥时候俺哥有个三五天不在家，那啥时候就是咱的黄道吉日。赵老师，你说我说得对不对？"

我们恍然大悟。

"对，对，对！"赵老师连声道。

"他要是在家，我肯定不能动。我动就是我不仁。他要是不在家，我动就不碍了。等他回来，我也盖得有样了，那时候他要拆我的房子，那就是他不义。”他进一步阐释，“到那时候，我就能豁出去跟他闹了。”

“对对对！”我们异口同声。

“不过，到时候我也不能闹得太狠。他到底是我哥……你们得多往前冲着点儿。”

“中中中！”

“你们也看着点儿情况，也别没了分寸，不然对你们也不好，胳膊总是拧不过大腿，[1]再说到底是咱们理亏……”

“对对对！”

“这些天，我勤往他那里探探。”王强的表情很受用，“你们就等我的信儿。”

“他要是老不出门呢？”

“不会。”王强很有把握地说，“他那人，我还不知道？会多，学习多，参观多，为了咱村的土地项目，他还三天两头地往外溜达！”

我和姐姐对视一眼。钱花到哪儿哪儿值，老话真是没错。不说别的，单为了他能自然潜伏在王永身边探听宝贵信息的分儿上，这八万借给他，就值。所谓的“万事俱备只欠东风”，最贴切的旁注也许应当是：有了东风，才是万事俱备。没有东风，万事再俱备也是俱废。

满座皆欢，觥筹交错。即使是乡村的粗瓷大碗，推杯换盏的时候也丝毫不减其乐融融。雪亮的白炽灯下，我看着大事初定后一张张舒展绽放的轻松笑脸，微微释然的深处是似曾相识的幽深难过。我起身去厨房倒了碗开水，慢慢喝下。此时的难过很奢侈。我知道。我得勤俭节约。我知道。

盛宴将散，杯盘零落。眼看着王强把脚底下的塑料袋口紧了两紧，却还是没有提打借条的事。到此地步，他确实是有点儿接近我的底线了。

那就别怪我啦。

“天不早了，我这就回去吧?”说着话，王强就站了起来。

“对了，还有个小事得麻烦你。”我笑道，“你看，喝得这么高兴，我都差点儿忘了。”

“啥事?”

“我姨千叮咛万嘱咐说，请你给她打个借条。”我从包里掏出纸笔，“我使劲劝她来着，说都是一个村的，人家王强是什么人，还会赖你？不就是两万块钱吗？还会不还？再说又不是你一家，我姐，还有赵老师兄弟，一共四家呢，怎么偏就你这么多事？可她也是老糊涂了，非得让打，说这是规矩，打了她才放心。”

“哦。”王强的表情有些僵硬，没有说话。屋子里的空气似乎一下子稀薄了。

“所以就麻烦你帮我这个忙，把我姨交代给我的任务帮我完成。”我把纸铺好，笔打开，笑吟吟地看着他。

“你也别怪俺姨。她上了年纪的人，心眼小。再说在市里住时间长了，跟市里人都学会了，太薄气。[2]你就担待她吧。”姐姐的话适时补上。

“中，没问题。”王强拎了拎手中的塑料袋，挠了挠头，终于重新在桌边坐了下来，“怎么打？”

知道怎么借钱还不知道怎么打借条吗？笑话。

“写明白借了谁多少钱就中了呗。”

“咱姨的名儿？”王强开始在纸上唰唰地写，头都不抬，“利息呢？期限？”

“免息。啥时候有啥时候还。”

一边说着话，他已经把借条写好了。字体虽然难看，但却是一点不错：“今借到吕月娥人民币两万元整，用于盖未来路房屋。免息。等到房屋赔款到账后三个月内归还。王强，某年某月某日。”

真是水晶心肝玻璃人啊。

“这字写得真有力道，跟省里有个书法家的字可像呢。”我昧着良心夸，然后问正愣着的赵老师、姐姐和姐夫，“这么好的字，我建议你们都收藏收藏。”

“收藏收藏，是得收藏。”赵老师回过神来，“王强啊，照样给我们写一份，让我们也都收藏收藏！”

借条打毕。姐夫负责送王强回家。好歹八万块钱呢，人钱到家我们才能彻底踏实。辞别赵家，我和姐姐默默地走在漆黑的街上，突然，姐姐使劲儿拽了我一下。我这才看见自己差点儿撞到一堵墙上。那堵墙，也是一户人家盖到了街上的屋墙。

我走神了。我在想什么呢？

后来，姐姐就一直抓着我的手，她那双粗糙的手，那双手的粗糙，让那种似曾相识的幽深难过再次袭来。

“八万，”姐姐说，语音里仍有隐隐的恨意，“他根本用不完！”

“盖两层是用不完，可人家要是想盖三层呢？”我说，“就是只盖两层，剩下的钱也不会放馊。没利息的钱，不用白不用。”——这不过是最简单的推理。

暗夜沉沉。偶尔会有一个人的黑影与我们擦肩而过。

“亏了你……”姐姐终于又说，“我真怕他坚持不出借条。到时候无凭无据的，一百张嘴也说不清。”

我沉默。我当然设想过这最坏的可能。如果真是这样，钱当然还是要借给他。不过我也不是无计可施。我外套的衣袋里还装着一个相当于借条的东西：录音笔。

录音笔一直开着。

如果说在市里浸泡了多年的姨妈薄气，那么，毫无疑问，浸泡在省城多年的我更薄气。

薄气不好听，但很有用。

注：

①“胳膊拧不过大腿”，张庄事件中，我听到这句话的频率非常之高。几乎人人都说过，人人都在说，包括我自己。为什么拧不过？一个当医生的朋友告诉我：因为胳膊不过是上半身的附庸，而大腿是下半身的主体。

一个附庸怎么能和一个主体抗争呢？要让胳膊拧得过大腿，只有两种可能：一、大脑一定要让胳膊拧得过大腿；二、大腿不再工作，废了。

②薄气，豫北方言，意味吝啬，没胸怀，气量小。

9 后来

一周之后的一天晚上，姐姐打来了电话，口气很兴奋："好消息！"

"王永要出去了？"

"王强说，王永后天跟着高新区的人出差，去陕西和四川学习啥土地流转经验，[①]得七八天呢。咱可以放心大胆盖咱们的房了！"

"那就抓紧时间吧。"我说，"真是有时辰没日子了。"

"还有一件事，想跟你商量一下。"姐姐的口气有些犹豫，"我还想往外再多盖一米。"

"你什么意思？"一时间，我没听明白。姐姐仔细解释说，她想在和大家伙儿原来说妥的那道线上，再多盖出一米。"一米就是三十二平米，最少能多挣两万多块钱呢。反正是占一回便宜，还不能多占点儿？"

"姐！"我喊道。怒火中烧。

"看不出来的。不碍事。"她在电话那边笑，"一米，就一米。"

"那到时候人家找起事来，你自己负责！"

"你别生气，我也就是说说。"姐姐的口气软下来，道。

挂了电话，我胸口一阵沉闷。占便宜也得有底线啊，我亲爱的姐姐！

后来，姐姐打电话说，她严格遵守我的指示，动工那一天，她到底还是看着王强家先动的工，才开始挖自己家的地基。

后来，姐姐打电话说，他们四家动工后，这一排的许多家都开始动工了。

后来，姐姐打电话说，王永听到了信儿，给王强打了电话，这几天，王强把手机都关了。

后来，姐姐打电话说，王永回不来，就让其他的村干部去拦这些盖房的人家，尤其是王强家，但那些村干部都只是笑着看了看就走了。

后来，姐姐打电话说，一层已经盖好了。

后来，姐姐打电话说，王永回来了，叫不动别人，他就自己拿了把洋镐，把王强家新砌的墙敲掉了一个角。兄弟两个打了一架，不过都没伤着。

后来，姐姐打电话说，二层的墙也已经砌成了平口，只差上水泥板了。

后来，姐姐打电话说，其他家都盖好了，只有她家二层的水泥板还没有上。因为原来定的那家水泥板厂不讲信用，一拖再拖。她催了很多次，厂长说盖房子的太多，要板的太多，早就定好的太多，怎么赶都赶不出来。她的板得一个月之后才能送货。姐姐又找了其他厂子，最快的那家也得半个月才能送货。

“那就现浇吧。”我说，“现浇比等板快吧。”

“那是。可现浇又费钢筋又费水泥，比水泥板还贵四五千块，到时候一拆还一文不值。水泥板拆下来还能用……”

“我再给你送五千！”我朝着电话大吼。都什么时候了，还敢拖！

后来，姐姐打电话说，她的房子终于盖好了。

“你回来一看就知道了。一整排新房，可好看啦。也真巧，”姐姐的声音喜不自胜，“咱昨儿才盖好，上头今天就开始贴告示，宣传车也开始上街宣讲说不叫盖。都盖好了才开始严起来，一群迷瞪！”

我问姐姐那些家境很差的人家是怎么盖起来的，姐姐说那些人家都和村里的一些有钱户签了协议，让那些人出资盖房，等到赔款到账的时候彼此按比例分成。

“这边有机会没钱，那边有钱没机会，大家就合作呗。”姐姐道，“双赢。”

“对。”我点头。是双赢。没有输家。尽管政府那边是“被赔款”，但是，似乎也算不上是输家。

可是，真的没有输家吗？这等待着拆迁的盖，这为了拆迁的盖——这个句式忽然让我想起鲁迅先生的文章《为了忘却的纪念》。[②]此时此刻，居然能想起来鲁迅先生，我不由得笑起自己来了。不该笑吗？可真够无厘头的。

——姐姐电话里还说，盖三层的人家有七户，王强家就是其中之一。

半个月后的一个下午，我早下了会儿班，带着五千块钱，再赴张庄。到了张庄天还没黑，正赶上陈师傅领着两个匠人在收工具，一辆农用三轮车上满当当地堆着架子板、小推车等零乱杂物，委实无法坐人。陈师傅问我是否可以把他送到田庄，没的说，这种顺水人情得做。

“你看。”车过王强家的时候，陈师傅道。

“知道，一起盖的呀。”我说。

“不是说人家的房子，是说前头这个大楼。”

我把车放慢，朝外看去。在王强家的东侧，离他家大概五十米的地方，一道长长的围墙将一片很大的地方拉成了一个院落，每隔一段距离，围墙上就很规律地写着四个蓝色大字：同仁医院。大院里面，高高的红色塔吊正徐徐转动着长长的轴干，绿色防护网内隐约可见密密麻麻的钢筋丛林支撑出一栋大楼的灰色轮廓，已经有两层高了。驶过工地大门的时候，我看见一辆巨大的黄色挖土机正抱着一堆新鲜的黄土在院里轰轰前行。

“我听姐姐说过，两万一亩。”我道。

“前两天在这里抓了一个人，你听说了吧？”

我笑了，这才明白陈师傅所指。他断定我喜欢听这些火爆的八卦。

“不知道，我姐没说。咋回事？”

“这院占的就是那人的地，那人嫌钱少，一直闹。前两天把这块围墙给扒了，”陈师傅指着一处破了口的围墙，“就被抓了起来。”

“哦。”

“不能单个儿斗。吃亏。你姐这房，盖的时候团结还不中，拆的时候更得团结。到了这时候，无论如何不能白费了前头的功夫，摆渡得摆到江边，造塔得造到塔尖。”

“当然。”

“别像俺村一样，叫上头偷袭了。后来俺村就得出了经验，印了一个电话号码本，家家号码都在上头，家家都有一本，壮劳力们出去了，就叫闲人们盯着点儿，有啥不对就打电话。一声招呼，人说回来就都回来了。都回来了就好办了。”

“哦，”我有些意外，“这办法不错。”

“上头精着呢。咱可不能大意。没见网上说，你去买个菜人家都能把房给你拆了，还说是误拆。这种误拆可不少呢，呵呵。”他兀自笑了起来，“另外，你不是在郑州吗？有关系，认识人多，到时候可以找报纸跟电视台来，影响越大，上头就越忌讳。”

“哦。”我看了陈师傅一眼，彻底明白了他的心意，“谢谢。”

“都不容易。”他说。

说话之间，田庄已到。我把他送到地方，便在村子里慢慢地溜达着车细细查看，果然看到了村里的奇异：隔三岔五就有一家被拆掉，荒草已经长满了废墟。更多的人家还都炊烟袅袅地生息着，一派泰然。而在这些家户的房顶，真的都插着一面面鲜红的国旗。更有意思的是一些墙上的字。有一面墙上只有两个字，字后面的标点符号却一直漫延到墙的尽头：还拆?!?!? ……

从字迹来看，显然原来只有一个“拆”和一个叹号，“不”是后来被人加到前面去的。“还”字又是由“不”字生发而来。叹号和问号的延长则越来越娱乐化了：叹号越来越大，问号也越来越大。到这面墙尽头的时候，叹号已经大如重锤，而问号已经悬如巨钩。与这面墙相对的另一面墙上也有些字，也是横写的。也只两个字：拆，盖。拆和盖依次放大，直至墙面尽头。

两面墙如此相对，倒是好玩。我心思一动，下了车，打开手机，调到拍照模式，想要拍下这两面墙。忽然，一个声音呵斥过来：“干啥呢?！拍啥呢拍?”

是一个粗粗壮壮的中年女人。乍一看，跟陈太太像亲姊妹。

“拍着玩呢。”我赔笑道。

“谁叫你拍着人家的房子玩？你到底是干什么的?”女人叉着腰，不依不饶地问着，边问边走过来。

“我来找陈……”我努力地想着陈师傅的名字，却怎么也想不起来。我忽然明白了自己的徒劳：我根本就不知道他的名字。

“你是不是上头的？让我看看你拍了啥!”女人离我越来越近。此时，手机里传来了短信铃声，我也不敢去看，只顾着迅速上车，仓皇逃窜。

回到姐姐家，我立马就把陈师傅的意思转达给她，让她明天就联系各家去印号码本，同时安排人轮流值班。姐姐有些不以为然：“那是五年前的事了，现在上头还敢?”

“这可说不准。还是小心点儿好。”我说。

“不过，风声真是越来越紧了。高新区的车天天都来巡逻，布告到处贴。现在在自己家的宅基地翻盖新房上头都不叫了。有几户大胆的人家只好夜里开工。”姐姐道。

我沉默。乌云密布，风雨欲来，我们必得厉兵秣马，严阵以待啊。

手机短信提示音再次响起。已经两条了。我打开手机。都是住建局公务员发来的，都和拆迁有关。他发的短信品质都还不错。

第一条——

妻子：“干吗哭啊？”

警察：“下午拆迁户示威，我拦他在警戒线外，他骂我狗东西。”

妻子：“那不是很正常吗？至于哭吗？”

警察：“你要是碰到以前同住一院子的街坊，小时候特喜欢你，什么好吃的都分你吃，亲滴滴地叫你狗剩，现在却朝你扔砖头，恶狠狠地叫你狗东西，看你哭不？”

第二条——

一个老外拿着地图在中国某城市问路。

“请问这个地方在哪里？”

施工的民工疑惑地看着老外：“拆了！”

“那这里呢？”

“拆了！”

“这里呢？”

“拆了！”

“是新版地图啊，怎么说拆就拆了？”

“拆哪，没谱。”

老外看了看地图，激烈点头：“China Map(中国地图)，拆哪，没谱！”③

我淡淡一笑。拆迁，看到这个热词，我的心情非常平静，仿佛波澜不兴的大海。当然，这是伪平静。正如已经积极参与到盖楼事件中一样，我知道，在不远的将来，我一定还会不可避免地参与到姐姐家的拆迁事件中去。我的角色很可能还会是眼下这个举足轻重的狗头军师。从他们的盖开始，向他们的拆出发，我已越来越游向大海深处。

将短信删掉，我立马拨通公务员的电话，先夸他短信发得特别，又向他请教：高新区的通告上语气很严厉，说违章建筑一律不予补偿，还说将依法予以强制拆除，由此产生的一切经济损失由违法者自行承担。这种语气到底意味着什么？他哈哈大笑，说：“什么也意味不了。说是那样说，也就是那么一说，也只能那么一说。你让他们怎么说？”他叹了口气，“放心吧，现在到处都是景阳冈，景阳冈里到处都是大虫，武松？没有几个武松。除非喝昏了头，以为自己是武松。”

挂断电话，我摩挲着手机，觉得好像还有一件事没有办。想了又想，是了，得再发个短信给我的记者闺密，向她预告一下张庄的情况，请她务必在关键时刻大驾光临。她马上回复：“得令。

叛逃者回归了?”我答:“回归不了，只是亲戚。”

注:

①相关新闻两则，摘录标题如下:

(1)兴平土地流转催生“工人”十余万

(2009 年 12 月 23 日,《陕西日报》，记者:程伟　通讯员:王长安 许建刚)

(2)土地流转制度改革　成都做出有效探索

(2010 年 2 月 27 日,《成都晚报》，记者:胡锦枫)

②早年读过鲁迅先生的这篇文章，有些段落似乎是能背下的，现在重新读来都觉得有些生涩。但也领略了以前不能领略的那种好:“……我只能用这样的笔墨，写几句文章，算是从泥土中挖一个小孔，自己延口残喘，这是怎样的世界呢。夜正长，路也正长，我不如忘却，不说的好罢。但我知道，即使不是我，将来总会有记起他们，再说他们的时候的。”

③关于这个段子，其实还有一个更丰富的版本，摘录如下:

China 这个词，不同的人有不同的读法——

光棍念“妻哪”。

恋人念“亲哪”。

乞丐念“去哪”。

穷人念“钱哪”。

医生念“切哪”。

商人念“欺哪”。

官员念“权哪”。

强盗念“抢哪”。

城管念“踹哪”。

开发商念“圈哪”。

平民念“迁哪”。

10　王永

夜幕深垂，我在姐姐家吃过饭，返程回郑，刚离开姐姐家就看见迎面一前一后开来两辆车，前面的车上架着一个大喇叭，正在呜里哇啦地放着什么，后面是一辆巡逻警车。两辆车都很慢，因为慢而显得特别威严，仿佛王者在检阅国土，又仿佛航母在视察领海。

路过王强家的时候，犹豫了片刻，我停住了车。房子大门还没有安，我走进了院子。很快，屋子里传来了王强的声音："谁？"我没有应答。王强却走了出来，看见我，很喜悦地说："你呀。"便不由分说地把我向屋子里让，我走进屋，看见沙发上坐着一个男人，和王强几乎是一模一样的眉眼，只是看起来比王强老了十岁。我刹那间便确认：是王永。

果然，王强向我介绍，说是他的哥哥。然后又对王永介绍了我。

"你好。"我对王永笑道。

王永点点头，没有说话。王强又对王永笑道："这是我的债主，自己人。"

王永还是没有说话，只是提筷吃菜。我却有点儿意外。这么说王强很知道姐姐借给他的钱都是我的？再一想，这种事情对于他这样的人来说，自然应该是和尚头上的虱子——明摆着的，倒是我的意外显得有些失水准。

饭桌上摆了两个凉菜，两个酒杯。厨房里的油锅正刺啦刺啦地响着，先是一个虎头虎脑的小男孩从厨房门里探出头来，用袖子抹了抹两行鼻涕。然后是一个女人的脸，三十来岁的样子，头发虽然乱蓬蓬的，但是染成了红黄色，很有些时尚。她朝我挤出了一丝笑容，又关上了厨房的门。

这情形俨然是老婆下厨，王强和王永正在对酌。我不由得笑了。这哥儿俩。

王强让我坐下，我知道他是虚让，我也知道在这样的场合自己坐下很不合适，但是，我让自己很不知趣地坐下了。我控制不住当然也不想控制自己的好奇心。可以说，我和姐姐、姐夫以及赵老师处心积虑地谋划盖楼这一场事，最在意的敌人就是王强背后的他。这样一个人，我是想和他坐一会儿，对他多那么一点点的认识和了解。

胖墩墩的小男孩一步一摇地走了过来，像个小企鹅。我一把抱住，逗他说话。他指着电视机边的相框，说要看。我便拿下来。是个挺大的相框，是用电脑精心合成的，格局是八张小照片围着一个大照片，都是王强两口的合影。王强走过来一一介绍，说都是他和媳妇在东莞打工时玩过的地方，这是松山湖，那是旗峰公园，这是威远炮台，那是可园……正说着，他媳妇从厨房送菜出来，也跟着搭上了话。我夸他们人漂亮，照得也好，尤其是她，白。她笑道："那时候天天两头不见太阳，咋会不白呢？"

"你是不是相中人家白了？"我问王强。

"那儿到处都是白妞，白不稀罕。主要是人好。"王强道，"挑媳妇，人好是第一。过日子呢。"

"咦？谁挑谁呢？谁挑谁？嗯？"女人不依，撒起娇来。两人打情骂俏，我逗孩子："宝贝乖，你说谁挑谁？"

"挑——肉！"孩子的小手指指饭桌，我们几个大笑起来。王永也微微笑着，挑了一小块肉送进了孩子嘴里。我也在饭桌边重新坐下。

"听说你在省城工作？"王永问，不容我回答就又道，"见识多啊。"

我笑笑。

"农村工作不好做，在省里碰见省长省委书记的时候，多给我们说说好话。"他笑着呷了一口酒，很幽默地说。

"没问题。"我道，顺着他的口气道，"省长住我家左隔壁，省委书记住我家右隔壁，我们每天都共搭一趟电梯呢。"

王永哈哈大笑起来，喷出一股浓重的酒气。看样子已经喝了不少。我说他今天好像很高兴，他笑道："是有个好事让我快办成了。"我问他是什么好事，他却笑着抿了口酒，不再说话。

有些尴尬地沉默中，我们都把目光投向电视。正播的频道是山阳电视台，放的是一个专题片，宣传的是南水北调拆迁的事——在南水北调中线工程的线路图上，山阳是唯一被工程穿越城区的城市。因为要穿越城区，拆迁自然是头等大事，听说涉及的城中村就有十三个。此时的画面上正是王褚、于村、恩村等城中村的街景特写，角落里的花木，小卖部，鳞次栉比的民房……悠扬的音乐声里，村民们的面容淡入镜头，男女老少兼有，平静和欢乐兼有，动静兼有。

接着是记者采访。

记者：你们最关心的是什么问题？

村民甲：补偿款能不能按时足额到位？

村民乙：没有地了，以后的就业问题政府会咋考虑？

村民丙：安置小区的房子不知道质量咋样？

镜头推近市政府的办公楼，特写出一个大大的国徽。画外音响起，是一个厚重沉着的男声，音质颇有央视男主播郎永淳的味道：如何让他们能因南水北调的征迁而过上比以前更好的生活，是相关的政府职能部门日思夜想的头等大事……

征迁——念叨着这个词，我忍不住微笑。拆成了征，换得好。

一个国字脸的男人很显赫地出现在屏幕中央，胳膊放在阔大的老板台上，前方对插着两面国旗。屏幕下方淡入的一行字标明着他的身份：副市长。他的眼神稍微有些游离，显然是在瞄对面的提示板。不过声音倒是很铿锵：都说征迁工作是工程建设中的难点，我想问题的关键是要从哪个角度上去看。只要我们不把征迁工作看作是和群众利益对抗的过程，而把这项工作看作是我们服务群众的过程，看作是增进党群干群关系的过程，看作是促进社会和谐的过程，设身处地地为群众着想，深入细致地做思想工作，尊重他们的意愿和合理诉求，实现刚性政策，柔性操作，我想，我们的征迁工作就一定能做到以人为本，和谐征迁！

“吃菜，吃菜。”王强热情地给我递着筷子。厨房门响，女人又端出一盘蒜薹炒肉片。

“喝点儿?”王永也道。

“不喝。开车呢。”

“哦，那算了。”

无话。王永手端酒杯，看着电视。我也继续看电视。此时的音乐突然轻快和紧张起来。画面上，工作人员笑容满面地来到村民家中，拿着本子记录村民的财产情况，用照相机拍照，将宣传册页分发给村民；微机室里，工作人员坐在电脑前，打开相关页面，关注网民们发表的关于拆迁的帖子和言论；律师在工作人员的带领下来到村民家，向村民展示律师证，并向村民递送相关的法律法规的册页和书籍；村委会的会议室里，村民们正在参加“被征地农民就业培训班”……

同步画外音：时光荏苒，沉淀在移民心中的是深情的记忆。人间有情，政府奉上的是一片赤诚熨帖的心意！这些笑容绽放的诚挚，这些身影传达的深情，这些脚步丈量的意志，所有的政策和措施传达出的决心，都如一条条无形的渠道，将政府的爱民之水引向家家户户……

接着又是记者采访。被采访的村民是一个中年男人，很瘦，眉眼都透着紧张。

记者：请问，房子的补偿款是怎么补的啊？

村民：有政策呀。你看，这上头写得明明白白的，（展示宣传页）砖混的是七百零一元，附属房是二百七十四元。俺家的是砖混的，是七百零一。其他这些附属房都是二百七十四。

记者：还补了什么？

村民：有啥补啥。有个来路的都给补。这院里的围墙，一平方补四十。要是土围墙的话是二十六块。水池一个一百六十五，门楼一个五百。一个灶是一百六十五，压水井是四百五十，有线电视费和接收器安装费加起来是二百，电话还有移机费，是一百。就连粪池都补一百一呢。要是有牲口的话，牲畜栏一个补一百六十五。

画面一一显示：水池，门楼，灶，电视，电话，围墙……

记者：这些价钱中不中啊？

村民：中，咋不中？！听说目前是咱国家最高的补偿标准了。比以前的补偿标准高出好几倍哩。

记者：您对补的标准满意吗？

村民：满意。可满意！

随后是一个城中村支部书记的发言：作为山阳人，服从国家的安排，服务好南水北调的大局，这是我们义不容辞的责任！何况政府的措施这样得当，没啥可说的，搬！

看到此处，我们三个纵声大笑。

接着说的是安置小区。画面上呈现出十三个安置小区在地图上的位置，镜头推近，是十三个安置小区的全景规划图。若干群众在研看规划设计图，若干群众在研看户型，若干群众在工地现场查看建材，若干群众在看楼盘的分配表……

记者采访。

记者：觉得这房子怎么样？漂亮吗？

村民：美气得很！比老房强多了！

记者：按标准一人多少平米啊？

村民：生活安置用房是每人二十五平方米，生产安置用房是每人十五平方米。

记者：啥是生产安置用房？

村民：就是门面房。政府为我们以后的生活考虑，除了给每人二十五平米的生活用房之外，再给每人十五平方米的生产安置用房，到时候，我们可以做生意……

"这个还有些意思，"王永将杯中的酒饮下，说，"长远。"

"这个模式咱们村以后能不能学学？"我终于搭上了话。

"已经开始了。"王永说，"我说的好事，就跟这个有点儿关系。"

说着，他便从口袋里掏出了两张纸，展给我看。我接过来，仔细看着。标题是七个二号黑体大字《联合开发合同书》，下面是两个带括号的小字：草案。甲方是张庄村委会，乙方是山阳市湖林置业有限公司。大致内容是甲方以土地入股方式投资，乙方以项目开发所需资金方式投资，共同对张庄村的一块面积为一百七十亩的土地进行商住开发。具体方式是，土地入股定价为每亩一百二十万，一百七十亩约合20400万人民币，也就是两亿多人民币，乙方照着这个数额按目前建筑成本价每平方米一千九百元折合成房产交付给甲方，这些房子除了住宅之外，还有生产安置用房。

“那到时候，这些门面房都会分到每家每户？”

“当然了。按人口，每个人最少二十五平方米。”王永的神情笃定，“你想想，我们的土地肯定会越来越少，到时候没地了，大家都去干啥？去踢响屁股？”

我大笑。在我们豫北乡下，“踢响屁股”是逗孩子的游戏，就是没事儿踢孩子的屁股玩，言外之意是无聊，很无聊，无聊至极的那种无聊。

“没有地了，总得让大家有事干，有钱花。得有长长远远的事，细水长流的钱。不能光会卖地卖地卖地！你说我想得对不对？”

“对。不过，我觉得，”我说，“你们的地价合得有些低了。”

“是有些低。不过，你知道吗？”他的眼睛里有什么东西在闪闪发光，“我们这块地上有高压线呢。有高压线的地能合到这个价，可是高新区头一份儿！高压线可麻烦着呢。要是不移走高压线，开发商再大能耐，他也成不了事！你看，我这合同里写得多清楚：移走高压线是本开发项目的一大难点，约需资金九千万元，乙方应负担移走高压线的一切费用……”

我又问他学习土地流转经验的情况，他摇摇头：“各地情况不一样，不好照搬。不过，总也长了见识。”他说四川成都的试点都给农民办了土地证，有的地方还允许农民把土地抵押到银行……

聊了一会儿，我起身告辞。我站起来的时候，电视里的专题片也已经到了尾声，各种镜头杂糅在一起，主角当然都是移民：三峡工程的移民，黄河小浪底工程的移民，当然更多的是南水北调中线工程的移民，从渠首南阳淅川县的移民开始，一路北上，郑州，新乡，鹤壁，安阳，邯郸，邢台，石家庄，直至北京……随着三维动画做出的水波，画外音抒情得越发富有诗意——物华天宝，膏腴山川。盛世华彩，春水绵绵！巍巍太行做证，浩浩黄河做证，诸多造福千秋的工程镌刻出的例证告诉我们：离旧移新，是科学的选择，是历史的选择，也是人民自己的选择！对于他们火热的奉献和无私的付出，历史和人民将会共同铭记！

王永和王强一起送我到门外。我回身看着王强新加盖的房子，对王永道：“听说你扒你弟房子了？”

兄弟两个呵呵笑了起来，王永沉吟片刻，道：“这个么，该扒就得扒。”

“该盖也就得盖。”我说。

“是啊，该扒得扒，该盖得盖，该拆得拆，该赔得赔……”王永点点头，“好在不是村集体的土地。集体的土地，是千万不能的。村里人也就这么点儿地了。”

“那你多费心了。好好协调一下，能让上头多赔点就多赔点。”

“那是肯定的。不单为他，还有那么多群众呢。不过丑话说到前头，能叫大家顾住本儿，少挣些就中了。世上的事，就是这。不能太过。哪条道上的理儿，都得顺……”

都是些家常话，都是些家常理。我默默地听着，这些话，这些理，黯淡得如同土地。但是，我也清楚地知道，它们的坚韧，也如同土地。

在王强家的大门口，我略站了站。往西看去，没有路灯，一排新盖的房子，都只是黑黢黢的轮廓。远处有车驶来，明亮的车灯照亮了这排新房，一瞬间，我仿佛看见这排房子都被镀上了一层黄澄澄的金色。车灯过去，金色消失，四周便重新陷入了黑暗。更黑的黑暗。

我下意识地抬了抬脚。这下面，就是曾经的灵泉河吗？

“看啥呢？”王强问。

“不看啥。”我说。

把车启动，我看着倒车镜里弟兄两个的容颜，虽然酷肖，但终有别，王永有一种难以言喻的朴实，王强则有一种难以掩盖的伶俐——或是奸诈。一刹那，我心中腾上一股不祥的阴影：这个王强，双刃剑，就是他。我们会使他，上头难道不会使？如果到时候上头也拿他开刀，偷偷补给他一笔赔款让他带头拆房，他未必会不听话，反正他既可得利还可以成全他哥，还可以赖八万块钱的债，还可以在我们面前装可怜……

我打了个寒噤。不会吧？不至于这么坏吧？

——可是，谁知道呢？

我甩甩头。不管他，先搁在心里，走一步说一步吧。

难过的感觉再次袭来。是的，仍然是那种似曾相识的幽深难过。

11 心跳

我开得很慢。可是再慢，也还是看不清楚道路两边的大地。毕竟已经是夜晚了啊。这万家灯火的夜晚。

离开张庄的地界，在乔庄和张庄中间，我找了一个地方，把车靠边停下。在灵泉河的遗址上，我坐定，闭眼，一个大大的深呼吸后，我仿佛真的依稀嗅到了一股清鲜的水气——当然，我知道，这是幻觉。只是幻觉。再也没有灵泉河了，甚至连它的遗址也将永久消逝。它将会成为未来路的绿化带——对于一条河来说，这被更新的命运也还不是那么惨，是吗？

我又看看左边的乔庄和右边的张庄。两个村庄的灯光从树丛里闪现出来，看起来十分祥和，温馨，甚至有些浪漫。在不远的将来，这些村庄也会和灵泉河一样消失。无数个这样的村庄都会这样消失——我忽然觉得无法想象。没有了村庄的大地，我无法想象。不知怎的，一些很久以前的文字片段此时明明暗暗地浮进了意识，是我上师范时写的一篇词句优美的小作文，因为被老师批了满分，还在课堂上被当作最标准的范文朗读过，我曾为此得意过很久。老师的命题是《亲爱的××》，我便写了《亲爱的土地》，[①]记得我似乎进行了如此华丽的排比：最喜悦的事情是秋天播种，土地如怀孕的女子；最诗意的事情是夜晚浇田，溶溶的月光在土地上铺玉流银，土地如一块时时变幻着色彩的巨大丝绸；最欣慰的事情是收获，六月的麦垛如一个个胖墩墩的小孩儿……

最后我言之凿凿地说："我真的爱这土地，一贴近她，一听到她心跳的声音，我就不想起来……"

"你们好好品品这个词，心跳，多好！土地有心跳，你们谁能想到？"老师在课堂上读完之后，曾经这么喋喋不休地夸。下课之后，有和我不睦的同学特意找到我非难："你真听见土地的心跳了？什么样的声儿？"

"跟人一样，扑通，扑通，扑通！"

"那我怎么听不见？"

"那是你耳朵有毛病！"

也有关系好的同学来问。我的答案就老实起来："没听过，也就是那么写写。"

"那怎么能写得出来？"

"想象嘛。"

…………

我微笑。我居然曾经这么厚颜无耻大言不惭。居然。

然而，此时，此刻，我却想为少年时的轻狂想象补上过晚的实践。我又往后退了几步，直至退到脚底松软，然后再次坐下，侧伏身，把耳朵向下贴去。向下，向下，再向下。是的，我当然知道自己很可能什么也听不到，但我还是想听一听。

天啊，听到了！我居然真的听到了大地的心跳！好像从极远极远处传来，又好像是从我的胸膛里发出——轰塔，轰塔，轰塔，轰塔！野蛮，强悍，势不可当。如同一双穿着钢铁巨鞋的大脚在阔步行进。

一瞬间，我几欲堕泪。但是，终是没有。我很快在这声音中听出了异样的突兀和微妙的疯狂：它偶尔会静歇片刻，之后再继续响起。仿佛是一颗心律失常的心脏，一颗得了心脏病的心脏。

重新坐起，环视四周。我明白了这声音的真相——这是刚刚开始工作的电夯。是张庄的村民们夜间盖房的声响。

土地没有心跳。土地沉默。当然，也许它真的有自己的心跳：生生不息的心跳，蓬勃有力的心跳，雄浑稳健的心跳，恒定绵远的心跳。我听不见只是因为我的耳朵有毛病——对于一个聋子来说，再大的声音都归于零。

听不见的，只是我吗？

我默默地、慢慢地行驶在未来路上。偶尔有辆车相向开来，速度都非常快。但我就是不想快。我想在这条路上仔细地走一走，认真地看一看。我已经聋了，不想再瞎——在不太远的远处，忽然有越来越密集的小小花朵在暗夜中闪烁，红的，绿的，黄的。简单而艳丽。

那是什么？

我一点一点地靠近，再靠近，终于看清楚了，是红绿灯。

注：

①我的作文。

亲爱的土地

我曾经在乡村待了很多年，然而很少和土地真正地亲近。只有偶尔空闲且恰逢农忙之时，才会“晨兴理荒秽，带月荷锄归”，和家人到田间去劳作一番。现在回想起来，仍然有一种无法言喻的沉醉和温暖。

最喜悦的事情是播种。将手中的种子一粒粒地数好，然后因坑投籽。这一个坑放三粒大的，那一个坑放五粒小的，似乎大的少放小的多放心里就很平衡。松润的土地被锄头翻起，又深深地埋下，在一翻一埋之间，土地却暗暗地转换了神情。我当然知道她的秘密，于是在行走的时候，就会分外地小心翼翼了——仿佛她是一个怀了孕的女子。其实，她真是一个怀了孕的女子呢，我怎么敢重重地踩她的肚皮呢。不仅是我，所有懂得土地的人，此时都会落脚轻轻，轻轻。

最有诗意的事情是浇田。种子种下去，如果久不发芽，农人们就要在井边架起大泵，准备浇田了。我承认，我之所以说浇田最有诗意，那是因为在这项劳动中，我干的活儿往往分量最轻。一般情况下我的事情就是看泵，以便在遭遇停电或者泵管崩时能够进行紧急处理。白天，我一边看泵一边就着清澈的井水洗衣服，一边还听着咿咿呀呀的收音机。洗完了衣服就看书，看累了就躺在草坡上眯一会儿，惬意极了。到了晚上，我顺着水渠慢慢地走啊走，任溶溶的月光在土地上铺玉流银。这时候的土地，宛如一块时时变幻着色彩的巨大丝绸，只是没有人能够把她俯身拾起。

最难熬的事情是给半大的玉米苗施肥。正值盛夏，密密的苗儿刚好齐头高，走在田里，一丝风都别想透，一抬头，粗大的玉米叶就会划疼人的脸。挎着沉沉的化肥篮子，忍着呛鼻的化肥味儿，汗水如雨一般不停地倾泻下来，却不敢擦一擦，因为擦汗的时候，手上的化肥会趁势沾到玉米叶在脸上划出的小口子上，只要一丁点儿就会把脸蜇得生疼……那时候，我疲惫不堪地走在似乎永远也走不到尽头的玉米田里，常常有一种想要诅咒土地的念头。但是，我从来都没有让我的诅咒出口，我知道我不配。我的诅咒会让我丧失起码的良知和做人的根本，因为，诅咒土地，就如同诅咒父母。我不能诅咒，无论我多么艰难。我唯一能做的，就是摈弃虚荣、浅薄和侥幸，去默默地默默地承受。

最欣慰的事情当然是一年两度的收获。六月，将麦子捆绑成可爱的垛子，它们仿佛是一个个胖墩墩的小孩儿。我把他们爱惜地搁到车上，生怕掉了一个穗子。经过的碾、压、扬、装的程序之后，麦子们终于回家了。我常常把手插在热乎乎的麦子中，让它们的体温和我的体温悄悄合唱。十月，玉米叶一天天地黄萎了，而玉米棒子却当仁不让地显露出来。我们将玉米秆子一根根地砍倒，将棒子掰下来，放到箩筐里。运到家后，再将它们编织成一串串金色的大辫子，挂在屋檐下，整个农家小院都在这一瞬间熠熠生辉。紧接着，黄豆、棉花，一样一样都回了家。农人们一身尘土，却从不在此刻换洗衣服，仿佛这尘土是土地赐予他们的最吉祥的徽章和最宝贵的标记。

这一切过去，就又回到了田里，开始为下一轮的播种做准备。耕、犁、耙、种……之后，我喜欢静静地坐在田埂上，看着安静如初的土地。什么也不说，什么也不想，唯一的冲动，就是想亲亲这无语的土地。然而，我不敢，我知道自己会被农人们嘲笑。与他们内心对土地的感觉相比，我只能把自己归于羞愧的矫情。

但是，我真的爱这土地，一贴近她，我就不想起来。她教会了我最原始最质朴的生活原则，也给予了我最丰富最宽阔的幸福手册。我一直都觉得，自己其实是土地生出的一个笨孩子，早就在她的身上扎下了根。而有一天，我死了，她一定会默契地把我覆盖起来，就像当初孕育我那样。

下部　拆楼记

1　告示

“告示换了！比原来的大好几圈！比原来的内容也多了可多!”3月底，姐姐打电话说，“村里到处都是。咱们这一排，每家门口都是两张！左一张，右一张，像两个门神!”

我在电话这边无声地笑。现在，姐姐动辄就和我“咱们”起来了。

“开始说了吗?”

“还没有。开始了还能不对你说?”

“应该快了。”

“都等着呢。赶快开始吧。早开始早了。最好麦头都弄利落。”

麦头，豫北方言，意为收麦之前。阳历6月初是麦熟季节。两个月，能了吗?

4月5日清明节，我回老家上坟，祭扫结束之后，跟姐姐回村。果然，到处都是新贴的告示。不是一般的新，是崭崭新，用老家的俗话，是可以割耳朵的新。贴了这么多天，怎么还会这么新呢？我仔细研究，在墙上看到一些斑驳的纸痕，纸质和新告示一模一样。

“被撕毁的。”姐姐说，“他们贴一茬，这边撕一茬。他们就再贴。”看我小心地揭着告示的边儿，她惊异起来，“你干啥呢?”

“拿回家研究。”我笑道，“知己知彼，百战不殆。”

灯光下——因为院子都成了房子，原来的主屋白天就变得很暗，一进屋就得开灯——白底黑字的告示显得分外夺目：

山阳新区管委会关于进一步整治违法占地违法建设的通告

为了加强新区土地、规划管理工作，进一步规范城乡建设，彻底遏制违法占地违法建设行为，根据《中华人民共和国土地管理法》《中华人民共和国城乡规划法》等相关法律法规和《山阳新区建设总体方案》，新区党工委、管委会决定进一步开展对违法占地违法建设行为的整治工作，现将有关事项通告如下：

1. 辖区范围内的土地、规划和建设工作，必须服从《山阳新区建设总体方案》，实行统一建设，统一管理。

2. 辖区内各行政村不得擅自与任何单位或个人协商征用、出让、租用土地。

3. 未经区国土资源主管部门、城乡规划主管部门批准，任何单位和个人不得擅自占用土地或改变土地用途进行建设，否则视为违法占地违法建设，将依法予以拆除，在区城乡建设拆迁中一律不予赔偿。

4. 辖区内农村村民新建、翻建、扩建房屋，必须按照相关法律法规规定的程序和要求进行审批，凡不符合规定的条件，不按规定的程序，未经审批同意而擅自进行建设的，均为违法建设，在城市建设过程中应无条件自行拆除。否则，将依法予以强制拆除。由此产生的一切经济损失由违法者自行承担。

5. 对非法占用基本农田，非法占用耕地、林地等农用地，改变被占用土地用途，数量较大，造成耕地、林地等农用地大量破坏的，将依法追究违法单位和个人的刑事责任。

6. 违反上述规定进行违法占地违法建设的，依法予以查处。在整治违法占地违法建设行为执法过程中，凡阻碍行政执法人员依法执行公务的，将依照《治安管理处罚条例》的规定，予以处罚，构成犯罪的，移交司法机关依法追究刑事责任。

7. 各级党员干部、国家公职人员应带头维护法律尊严，自觉执行本通告精神，凡有违法占地违法建设的，必须带头自行拆除；对不听劝阻、拒不执行本通告要求的，除依法强制拆除外，一律给予党纪、政纪处分。

8. 为便于广大人民群众实施监督，管委会设立举报电话，号码为××××××。

9. 本通告自发布之日起执行。

落款日期是3月16日。

“你看，上头多毒！”姐夫拿着一支笔，在告示上画着那些烧眼的句子，一边画一边念，“在区城乡建设拆迁中一律不予赔偿……在城市建设过程中应无条件自行拆除。否则，将依法予以强制拆除。由此产生的一切经济损失由违法者自行承担……凡阻碍行政执法人员依法执行公务的，将依照《治安管理处罚条例》的规定，予以处罚，构成犯罪的，移交司法机关依法追究刑事责任……”到第七条的时候，他的眉头舒展开来，“这一条还像回事，吃公家饭吃得恁得劲，这时候就该带头，他们不带头谁带头？”

“对了，昨儿信传下来了，咱们都被分包了。”姐姐说，“每家都是三层包。”看我不明白，她便又具体解释：区干部包一层，办事处干部包一层，村干部再包一层——自从被划进高新区后，像所有城区的行政设置一样，区下面便成立了三个办事处。张庄、乔庄这几个村子便属于第一办事处。姐姐说包她家的村干部是妇女主任，娘家也是乔庄的。显然是被特意安排要和姐姐近一层的意思。

“上头还挺会用人的。”我笑，“谁包王强家？”

“王永呗。还会是谁？”

我又笑。当然应该是王永。我这话问的，太没有智商了。

“上头没说把拆迁户集中起来开个会？”

“没。”

“那你们也不商量着开个会？”

“没。”

那得开。不过在开之前，必须得先去给父母上坟。豫北规矩，上坟必须得在上午。

坟地在乔庄村东。来到坟地所在的那片田野，我把车停在路边，和姐姐拎着祭品下了车。祭品我准备得很丰厚：一整只道口烧鸡，一大份口福居的红烧肉，一大包好利来蛋糕，二十根肯德基的油条，香蕉、苹果、梨、橘子四样水果，纸制的长袍短褂西装旗袍床单被罩应有尽有。还有品种齐全的冥钞：美金欧元人民币，整的都是亿，零钞也都是一百元起。当然少不了最经典的金元宝和银元宝——说是丰厚，但因为每年就上这么一两次坟，再丰厚也丰厚得有限。而且，相比于姐姐经常来坟地修整打扫，我知道自己的这种丰厚其实也是一种无耻，如同那些父母在时不能膝下承欢侍奉的孩子一样，只寄钱就可以心安理得了吗？

“爹，娘，清明了，我跟二妞来给你们上坟了。”我把供品摆好，烧上了纸，姐姐便开始絮叨。老规矩是不能烧哑纸，不然地下的人听不到。

烧完纸，我们在坟前静立了一会儿。不远处有一片灰蒙蒙的房子安宁地矗立在那里。那就是我们村的啤酒厂，据说早就包给私人了。看起来似乎离村子又近了一些——就是这样。村子越来越大，村里的房子越来越多，每回村一次，我就感觉啤酒厂离村里又近了一些。在很久很久以前，我很小很小的时候，这个啤酒厂所在的地方原来是一座苹果园。现在我依然清楚地记得，那时我弟弟刚刚出生没多久，妈妈坐满了月子就开始下地干活挣工分。每到半上午和半下午，奶奶就一手拉着我，一手抱着弟弟，挪动着解放前裹就的小脚来田里找妈妈给弟弟喂奶。老老小小，我们走得很慢。不过我的小脚步已经很硬实了，不时地会掐个草叶逮个蚂蚱。

春天时分，苹果花正绚丽地开着。奶奶抱着我从苹果园的墙外走过，微风吹来，有一些花瓣因风而起，越过了墙头，飘落在我幼小的眸子上。就是那些绚丽的白花，让我的小鼻子闻到了世界上第一种植物的香气。那种香，清凌凌的，湿润润的，还是蓝莹莹的——我一直固执地认为，苹果花的香气就是有颜色的。它的颜色，就是和天一样，蓝莹莹的。

后来分了地，不过终归还是有一块没有分，那就是苹果园。苹果园是集体的。没分的苹果园年年结果，结的是集体的果。可地都分了，哪个傻瓜还把自己当成是集体呢？在大家伙儿的意思里，集体不就是干的时候人人不管，拿的时候人人有份的物事吗？于是每到开始成熟的季节，苹果就开始丢了。随着滋味越来越好，苹果就会丢得越来越多。当然是村里人偷的。到后来简直不是偷了，就是大摇大摆拎袋拉车地来拿了。我也跟着去拿过。大哥带着姐姐、二哥和我，黑漆漆的路上，我们默默地走着。前面看看，有默默走着的人，后面看看，还有默默走着的人。迎面过来的，也是默默走着的人。大家都不说话。到了地方就摘果子，摘完了果子就回家。回家后把苹果放在床下。那些日子里，我的小木床下经常放着一篓一篓的苹果。苹果园的苹果就两种，一种是“黄香蕉”，一种是“青香蕉”。黄香蕉的酸中带甜和青香蕉的甜中带酸在我的床下搅和得匀匀的，就混成了一股迷人的味道，后来我知道，这味道很接近于酒。在这酒一样的味道里，我常常会睡得很香，很香。以至于一直到现在我都习惯在床头放上一个苹果。苹果的作用，对我来说相当于安眠药。

上完坟，该回张庄了。我从乔庄村里慢慢地绕了一圈。房子盖得也是密密麻麻，但越界的不多，情形比张庄稍微好些，没有那么乱。不时有人路过，因为有姐姐在旁边坐着，便会有人和她搭话，看见我，往往会狐疑地瞟上一眼，顿一顿，接着再提高嗓门打个招呼：

“这不是二妞吗？”

“是。”我停下车，走下来。

“回来啦？”

“回来了。”

“都多少年不见了！走在街上都不敢认了！”

我笑。

“多住几天！”

我再笑笑：“一会儿就走。”

无非如此。小的长大了，年轻的变老了，瘦的变胖了，胖的更胖了。熟人变生了，亲的变远了，原本就远的基本就不认识了。

在一家小餐馆门口，我碰见了东街的五婶。我和她二女儿是小学时候的前后桌，一直腻了六年。每年夏天她都用指甲花给我们俩染指甲。她走到门口，看见了我就止了步，眯了眯眼。

“五婶。”我叫。

她一把抓住我的手，泪就下来了：“我看着像你……我家二妞没了……去年，生了癌，[1]来得可猛。开始只是肚疼、恶心、拉稀，我想着不要紧，后来说不中就不中了……今儿清明呢。”

我惶然。此刻，我知道也该让自己的泪落下来。可是，没有。我没有泪。我从口袋里掏出纸巾，递给五婶，她不接。她只是用手背擦着泪。我的泪腺却毫无配合的意思，没有一丁点儿工作的动静。五婶的泪让我为难。好在她很快就停止了哭泣，努力像什么都没有发生似的对我勉强笑了笑，道：“回来上坟了？”

“嗯。”我连忙找话，“来买点儿什么？”

“好歹是个节，孙男嫡女都在家。买几个现成好菜。”她说着走进去跟老板要了一份海带卷，一份豆腐干，还有一份大拉皮。我跟了过去，又向老板报了大盘鸡、卤耳脆和酱牛肉这三个荤菜，老板很快装好了，递给五婶。我让五婶拿走，她死活不肯，我死活要给。当然最后是我得逞。她有些怯怯道：“我知道你有钱，可你再有钱也不能轮到我花啊。”我把她推到门口，灿烂地笑道：“怎么轮不到你花？我说轮到就轮到。难不成白叫你这么些年婶？”

看着她远去的背影，我舒了口气。仿佛方才没哭的愧疚让这几个菜钱给抵了。

注：

①后来我辗转确认了一下，是胰腺癌。

2　开会

吃过午饭，我便和姐姐来到赵老师家商量开会的事，恰巧赵老师弟弟也在。赵师母把茶水倒上。我刚一提头，赵老师摆了摆手："开啥会呀。没必要。"

"怎么没必要？"

"那些人，会有啥主张？"赵老师很不屑。

"没主张的人才更需要开会。有主张的人开了会就更有主张了，这有什么不好？"我坚持。不知道怎么了，我就一门心思地想开个会。或许在郑州参加的会议太多，上了开会的瘾中了开会的毒？——仔细想想，当然也有正经缘故：不仅是为了集思广益出谋定计，更重要的是汇总诚意凝神聚气。若说这排人是一根绳上的蚂蚱，那根绳在哪里？大的具象是房子，小的具象便是这么一个会。

"就是，反正把他们叫到就算咱们尽了心。他们来不来是自己的事。"姐姐说着站起来，"我去叫。"

"你别动。"赵老师回身对着赵师母道，"你去打电话。呼呼喝喝地叫人，目标太大，不好。"

"那，我打。"姐姐很积极。

“叫她打。”赵老师不由分说。我拉了拉姐姐的胳膊，让她坐下。这个时候，是不能太积极的。只要有人的地方，人情事理就有讲究。我瞬间便明白：这一排不是家家都跟赵老师家合得来，肯定有人赵老师不想请，也肯定有人不想踩赵老师家的门。

不一会儿，来了七个人，四男三女。二三十岁样子的年轻人有两个，其他的都是四五十岁的中年人。男人们互相让着烟，女人们说着家长里短，空气很快浑浊了起来。他们穿得还都行，起码还干净，只是带着乡村人特有的懒散：男人几乎都穿着拖鞋，女人几乎都穿着后系带的长袖大围裙衫，都是格子图案的，看来这种衣式围裙已经成了乡村妇女的特别时装。

“老郑呢？小换呢？”赵老师问赵师母。赵师母说老郑出去干活了，不在村。小换正在给她男人换褥子，走不开。姐姐告诉我：老郑是个水泥匠，大工，一天能挣八十块钱。小换的男人瘫痪在床，她整天在家里给他拆洗。

“老郑整天忙着挣，小换整天忙着换！”一个女人说。大家顿时嘻嘻哈哈笑作一团。他们的神态轻松极了，看起来没有一点儿大敌当前的严肃氛围。

我暗自算了算，我们四户加上刚来的七户，十六户人家里占了将近四分之三的比例，还成。

“王强呢？”赵老师又问。这是我最关切的。

“他有事。”赵师母说，“他叫咱们说咱们的，他有空来打听。”

“叫王永来！”一个男人说，“他是支书，不该给咱拿个主意？”

有几个人哄笑起来。我和赵老师一起看着他，他正猛烈地抽着烟，浓黑的络腮胡子茂盛地生长着一团团的没心没肺。姐姐说那个人姓刘，是个低保户——我有点儿明白赵老师为什么不那么情愿开会了。

“你这就叫说话不过脑。咱们这拆迁户的会，他能来？他用啥身份来？”赵老师温和地斥责，这种温和里有一种不值得动脾气的意思，是一种鲜明的鄙视，“既不能偏着上头对咱们，也不能偏着咱们对上头。他来了能说些啥？叫咱们拆还是不叫咱们拆？”

“那他有啥用？”

“有大用！到用的时候你自然就知道了。反正就是那句老话：好钢要用在刀刃上！现在，还不到刀刃呢。”赵老师顿了顿，“开始说正事吧。”

正事其实就是一条：上头已经对我们层层包围了，肯定很快就会来“说”，该怎么应付即将到来的这些“说”？

“我在网上查了，上头的政策对咱们不是很有利。不过，即使说咱们是违规建房，也不是说完全没有权益的。你们听，”赵老师说着打开了一叠复印纸，“《城乡规划法》第六十四条明确规定，未取得建设工程规划许可证或者未按照建设工程规划许可证的规定进行建设的，由县级以上地方人民政府城乡规划主管部门责令停止建设……”他停下来，像老师讲课一样开始提问，“咱们盖的时候，区里让停止建设了没有？”

“没有！”

“谁吭一声了?!”

“区里的小车整天打咱们门前过，都像是没看见!”

…………

赵老师用手势制止住回答：“所以，首先，咱们虽然违章了，但是他们也有失误，这叫‘行政不作为’。他们得为他们的失误负责。根据我国《城市房屋拆迁管理条例》第二十二条规定：拆除违章建筑和超过批准期限的临时建筑，不予补偿。笔者[①]认为：在违章建筑拆迁补偿问题上，首先，应当区分建筑和建筑使用的材料，意思就是，即使建筑是违章的，建筑使用的材料从价值上来说却是可以独立存在的，违章建筑人对违章建筑使用的材料享有合法的财产权……”

“这不是法律，只是律师观点。”我一听“笔者”这个词就有些泄气。多么弱势的一个词啊。

“律师观点咱拿来用了，就是咱的观点。人家律师说的总比咱们在理嘛。”赵老师笑道，接着又念下去，“其次，应当区分建筑和建筑范围内合法的土地使用权，违章建筑按照有无土地使用权的标准基本上可以分为两类：一类是取得土地使用权的违章建筑，一类是未取得土地使用权的违章建筑。如果违章建筑具有合法的土地使用权，即使在拆迁时不就拆除违章建筑本身补偿违章建筑人，也必须考虑土地使用权对违章建筑人的财产利益……”

“你们有土地使用权证吗?”我越听越沮丧。虽然我在郑州的两套房子都有土地使用权证，但在这片乡村的土地上，土地使用权证应该还没有诞生——在被划进高新区之后，就更没有诞生的可能性了。

“我们找到了一张证，你看看。”赵师母说着走向里间。

“另外，在拆迁补偿中，要注意区分拆迁补偿款和拆迁补助费。虽然我国《城市房屋拆迁管理条例》明确规定：拆除违章建筑不予补偿。但是这只能说明违章建筑人不能获得拆迁补偿款，拆迁人仍要依法向违章建筑人支付拆迁补助费……”

好。这律师观点说得真好。一个偿，一个助，看起来是一字之差，实际上有本质之别，不过说到底在老百姓那里也无非都是钱，钱多钱少而已。最关键的问题是：说这些有用吗？我怀疑——不，我确定，这些没什么用——不，也有一些用。最起码现在，有用。赵老师咬文嚼字地解说，让这些人会有一些幻觉般的依靠：有人在替他们说话。是这用处吗？

赵师母把一个红色的布包递过来。布包的红已经很旧了。我打开，里面叠放着这几样物事，这都是些什么啊：首先是一片质地密实的白绸布，上面写着竖版的繁体毛笔字。我读了几句才明白，这是解放前的地契——亏得是在白绸布上，不然早成灰了。右边是地契内容：白田五分当与赵宏德名下为业，永远耕作……左边是一排中间人[2]的签名，最后落款是“永远杜卖上上则田文契人赵宏德代字刘丙坤”。赵老师说赵宏德就是他的老爷——也就是爷爷的父亲，我们方言里叫老爷，即曾祖父，这是他老爷当家时的地契，民国二十四年的——也就是 1935 年。他家原有好几张，后来他祖父都赌光了，解放时只剩下了这一张，方无大碍。

“听我爷说我老爷好买地，整天勒紧裤腰带慌着买地，说是百年基业。”赵老师笑着摇摇头，“亏得我爷给散了散，不然可麻烦大了。那哪是百年基业？简直就是千年冤家。”

还有一张是发黄的《土地房产所有证》，也是繁体字——我努力想着我郑州家里土地证的名头，好像和这个不太一样，对了，是《国有土地使用权证》，一个是所有证，一个是使用权证，是不一样。这个证有奖状般大小，很旧，纸质很脆，字迹依然很清晰，有些地方还破着小口，轻轻一碰就会变成碎片，我看着上面斑驳的字迹：“……依据中国人民政治协商会议共同纲领第二十七条‘保护农民已得土地所有权’之规定，确定本户全家所有土地、房屋、地基……均作为本户全家私有财产，有耕种、居住、典卖、转让、赠与等完全自由，任何人不得侵犯，特给此证。”文末是县长的红色草体印章，左上方盖有县人民政府的朱红大印。时间是1951年。

“那时候兴了《土地法》，又分了地，发了这张证……”赵老师说，“1958年，要办人民公社了，一切又成了公家的，又让交证。我当时还小，是小孩子耍心，就把证偷偷藏了起来，没有交……”

还有一张1982年的《土地承包合同书》，这个我见过，当时我家也有，后来叫作“家庭联产承包经营权证书”。那一年，我家不仅分到了地，还分到一匹怀孕的老马，老马到我家不久就生下了一个小马驹，我每天放学回家后的第一件事就是给它们母子添草加水。它们的眼睫毛修长卷翘，眼神纯善温良，天使一样。它们的静默高贵深沉，它们的饮食也是那么朴素干净……我喜欢它们，极了。父母每说要卖它们，我就会掉泪。后来它们还是被卖掉了，在我上学之后。那天回到家，看到空空的马棚，我痛哭了很久。

“地这事在咱们国家真是麻烦，发下多少证也不是自己的。”赵老师一边小心翼翼地收着我看过的这些老宝贝，一边说，“我在网上查了，人家英国，只要谁在哪片地上住十二年，地就是谁的了…… ”

对我们有重要意义的是那张《林权证》，也是 1982 年发的，和《土地承包合同书》在同一个时期。只有 B5 纸那么大，非常简陋。展开来，只有一面，最上面写着三个简单的大字“林权证”。下面是两行字的解释：为了保护国家、集体和社员个人林木所有权和林地使用权不受侵犯，特发此证。再下面是县政府的大印。这些内容占了证件的上半身。下半身是一个表格，填着户主和住址，住址的那一行打印的是某某公社某某大队某某生产队。最奇怪的是表格里的内容，项目栏里填着“宅基”，坐落方向是“路南”——也对，这一排房子没有倒方向之前可不就是路南吗？数量是：二十，“四至”是东是学校，西是邻居的名字，北至大街，南至河。

“就是这个！南至河！”赵老师指着那个“南”下面的那个“河”字，“有了这个，咱对这片土地就有了使用权！”

“可这只是个林权证，数量二十是指树吧。”我说，“好用吗？”

“好用！”赵老师斩钉截铁地说，“给证的时候上头说了，这个证，一证两用，既是林权证也是宅基地使用证！”

我沉默。那时候的上头，可能是说了。但是，那时候的上头，现在在哪里呢？

当然，有这个证比没有这个证，总归要好些。

“管他那么多呢。”赵老师的弟弟开口了，“别的不说，光说他那告示，咱就不用慌。告示上说的要整治的是整个新区，凭啥先整治咱们村？到时候叫他们先把别的村整好了，再来整咱的！”

“就是！哪怕光说咱们村违章呢，咱们这一排也是最迟违章的，叫他们先整治那些早违章的！”

“光说咱们老百姓违章，他们公家盖房就不违章了？就都审了批了？去查查他们！”

“反正要是不赔钱就拆咱们的房，咱们就跟他们拼！”

…………

我越听越郁闷。果然，这些人是没有什么主张的。这都说的是什么啊，文的武的，上的下的，有的没的，简直是一团糟。看我一直沉默，赵老师终于把目光对准我：“你说说。”

我笑笑，沉默。有什么可说的呢？

“说说吧。”赵老师说。一群人也都眼巴巴地看着我。我看着黑的白的一堆眼珠子，黄的黑的一张张脸。能说什么呢？

但是，终究，还是要说些什么的。于是我说了几句话：首先，必须要装糊涂，无论上头说什么，一定不要说自己是为了得赔偿款才故意盖的房子。要说只是自己家要用，必须得盖。其次，盖的时候因为上面没有阻止，所以不知道是违章。同时要求补办审批手续。这个上面肯定不会同意，那时候再反过来问他们行政不作为的责任……

大概也就是这么几句。越说到后来，我越觉得茫然。之前我把他们想象成一群立马就要上战场的战士，想要细细致致周周全全地筹谋推演，排兵布阵。但也就是到此时我才发现：除了赵老师，这些战士们基本上都是赤手空拳，即使持有武器也是钝枪锈盾。我终于明白，虽然“拆迁”已经成为他们生活中一个四面楚歌十面埋伏的热词，但只要这事不放在他们身上，那么哪怕只是和他们有一墙之隔，这个词对于他们而言也就只具备理论意义。而且，即使现在放在了他们身上，他们似乎也不觉得需要为此做些什么准备，好像只要有房子在那里，这就够了。

我不得不承认：研究一张平平板板的告示，再开一个不成体统的会，确实做不到什么知己知彼，百战不殆。我犯的，是我一向最容易犯的天真幼稚病。

注：

①百度资料：“笔者”一词较多出现在学术论文、报告文学、评论性的新闻报道中。它的出现给人们一种提示，就是这仅代表作者个人的意见。自称的词语有很多，像“余”“吾”“某”等等。之所以会用这么一个词，而不用其他的，是因为一方面它既有一定的文学气息，又不至于太过于文言。而且，在表述个人观点时，如果太直接，就会显得自负；如果太过于谦虚

就会显得说服力不足。用“笔者”一词可以很好地表现出一种适当的委婉。

——忽然想，在写张庄故事的时候，我是不是也是个“笔者”？

不，我不是。我很快给自己做了判断。原因是我太直接，一点儿也不委婉。

②从中说和的人，类似于经纪人，也包括协议签订时的证人。

3　首战

终于，上面开始“说”了。

姐姐说，先去的两家果然是赵老师家和王强家。是私下里去各家里说的，大家不好跟着去听，只能事后打探。赵老师对大家说，无非还是说盖的是违章建筑，绝不会赔一分钱，早拆早好之类的废话。赵老师给他们看林权证，他们果然说这张林权证早就过时了，没有任何用处。问那些人态度怎么样，赵老师笑答：“来我家了，他还敢怎么样？有理说理呗。咱还怕他们说理？”

到了王强那里，就没有这些细节了。只有一句接一句简单的话。

“就拆。”

“就是叫拆。”

“还是叫拆。”

不过他每次的表态已经有了微妙的不同。最开始是：“说到天边不赔钱就不会给他们拆，这是死章程。谁说啥都白搭。”

后来就是：“不太好扛。还牵着我哥呢。”

然后是：“有点儿扛不住。”

最近的一次是：“不好扛。真不好扛。”

“你说，他说这些个话，是不是不太妙?”姐姐的担忧顺着话筒传过来，“他要是倒了，该咋办?”

当然不妙。很不妙。看来我最担心的状况很可能就要出现了：王强正在被招安，正在准备当叛徒。这些话就是一条条青石，正在为他退下梁山铺成一级级台阶。

但是，能有什么办法呢？没有办法。在我这里，我想不出什么办法。

“不敢想，想想真害怕。”姐姐又说。

“不要紧。”我安慰惶恐中的姐姐，我知道我只能这么说，“走一步说一步，总会有办法的。”

又是周六，我早早地醒了，打开手机，一边想着要不要到张庄去——自从参与到姐姐家的盖拆事件中来，我就形成了一种条件反射，一到周末，只要没有什么要紧事，我就想去张庄看看。每到此时，老公就会奚落我：“不就是九万块钱吗？值得那么紧张吗?”我回敬说：“请忘记九万块钱的钱数，记住三百二十平方米的面积数。本人有史以来还从没有进行过如此大面积的房地产投资。”

正在洗漱，手机响了，我飞奔回卧室接听，正是姐姐，她的声音听起来都有些变调了：“快！快来！大吊车来了!”①

“什么大吊车?”

“吊水泥板的大吊车啊。在王强家门口站着呢。要拆王强家的房子了!”

我以最快的速度将必要的洗漱工作和进出口事宜进行完毕，

便下楼驱车。还好，七点半，这个点儿的郑州市还不够堵。八点三十五分，我到达张庄。远远地，我就看见一辆黄色的大吊车在王强家门口站立着。它周边围着一群人。我放慢车速，粗略地看了看，不，是三群人：一群人穿着制服，是公家人。有公安的，司法的，国土局的，城管的。另一群人基本都是我熟悉的那些脸，这群人又分成了两小群，男人一群，女人一群。男人们都是默默地站立着，姐夫、刘伭保、赵老师兄弟都在里面。女人们则在交头接耳窃窃私语着什么。姐姐也在。她除了和旁边的姨妈说话就是看自己的手机——肯定是在等我的电话。她没有看见我的车。还有一群人，算是第三群人，我数了数，有六个，他们手里都拿着镐，[②]看样子也像农民。

没有王强。

本来想把车就势停下，但犹豫了片刻之后，我还是让车远离了人群。我把车开到姐姐家门口，慢慢地走了过来。我是溜着路边走的，尽量不想让别人注意——我这样一个人，站在姐姐那群人中，肯定会扎眼。

我不想让自己显得扎眼。

怎么才能不扎眼呢？

更深的问题是：我怎么就那么怕在他们中间显得扎眼呢？

在离王强家隔着两户的地方，我站定，打通了姐姐的电话，告诉她我已经到了，在旁边看着呢。

“那咋不过来？”

“看着就行。能看清。”我道。这当然不是能否看清的问题，但轻易地置换概念，这是我的一贯伎俩。

慢慢地，我靠近着。越来越近。没有人注意我。

“上吧，愣着干啥呢。”制服帮的一个人朝着第三群人发话了。那人黑胖，声音很低。但所有的人，我相信，都听到了。第三群人互相看了看，一个年龄大些的矮个子拿着镐，往地上吐了一口唾沫，对其他几个笑了笑，道：“那，来吧。”

他们朝着王强家的房子走去。没走几步——本来离得也就很近——就被护房帮的人给拦住了。男人们没有上，是女人们。女人们伸出手，轻轻地向外推着这几个人，一边推人一边零乱地说着：

“干啥呢你们？想干啥？”

“能轮到你们来拆房？你们敢来拆这个房？”

“人家给了你们多少钱你们就敢来拆这个房？”

“这个钱你们也好意思挣？真是昧良心！”

…………

被指责的这几个毫无抵抗的意识，很快就退了回来。他们边往外退边讪讪地笑着，一句话都没有。转眼之间，他们就退到了原地，然后他们一起看着制服帮那个黑胖的人，似乎是在征求他的意见。但是，黑胖制服没有看他们。他沉默着。制服帮的人全都沉默着。不时有人会离开人群去接打手机，一会儿就再回到他们的群中，接着沉默。完全没有我想象中的双方火并的暴烈场面。

怎么就这么沉默呢？

过了很久，有一个多小时的样子，从东边开过来一辆黑色的奥迪 A6，从车上下来几个人。一个穿着深蓝色夹克的中年男人下得车来，在车边略站了站，似乎是在看什么，可也不知道他在看什么，有点儿茫然四顾的神情。之后，他走过来。制服帮的人给他闪出一条罅隙，他顺着那条罅隙来到制服帮的最前面，问黑胖制服："王强呢？"

那个人朝王强的房子扬了扬下巴。

"叫他出来。"蓝夹克的口气不容置疑。

黑胖制服离开人群，对着手机讲了一通，一会儿，王强走了出来。他的神色很平静。他径直朝着蓝夹克走了过去，口中叫着什么主任，伸出了手。两个人都没有笑，就那么冷着脸握了握手。蓝夹克马上指着护房帮的这一群人道："这是弄啥呢。"是责怪的口气，但是又略带一丝丝暧昧的亲昵。这亲昵不仔细听，是听不出来的。

王强摊开双手，做了个很西式的耸肩动作，道："没办法，不是我一个人的事。"

人群静默。全都听着这两个人的对话。在这种氛围里对话是很有些怪异的。蓝夹克看了护房帮的人们一眼，咳了两声，上前一步，终于开口了："乡亲们，按照政策，这房子就是违章建筑，必须无条件……"

"呸！按你说的，这全村人的房子都不合政策！你们把俺全村都拆了吧！”

“就是！满口说审批审批，你们上头盖房的时候都审批了？同仁医院的地为啥荒了五六年？”

“光会欺负老百姓！”

“当时盖的时候，你们咋不吭？房子盖好了，你们来叫拆了？”

“啥违章？俺们不知道啥是违章！俺们盖的时候你们不说俺们就觉得那不违章！”

…………

沉默终于被打破。人声鼎沸。都是女人们的尖厉叫嚷。姨妈的声音也在其中，历历可辨。苍老，嘶哑，愤怒。唾沫横飞的同时还不时搭配上指手画脚的花哨动作。如果一定要找一个词来形容一下此时的她老人家，那不孝的我就只能找到那个不敬的词：泼妇。但是，她的泼让我很欣慰。这个时候，就是需要这样的泼吧？我想起她曾经给我讲过她刚当新媳妇的时候和婆婆对骂的事：婆婆为了给她一个下马威，经常恶骂她“你个小×”，她忍了一段时日终于忍无可忍，就毫不客气地回敬她：“你个老×！”

再看看姐姐，她不行。不要说泼了，她根本就没有开口。就是在那里僵站着，似乎丧失了语言功能。我有点儿急：她怎么就那么安静呢？怎么就不开口呢？

作为制服帮此时的核心，面对着喧嚣的人群，蓝夹克一直表现得很平静，显然是见惯了这样的场面，心理素质很好。他任人们吵着，一声不响。在一个低潮期的时候，他不失时机地伸出双手往下压了压，仿佛在拍打两只篮球，又仿佛一个红歌星在优雅地制止粉丝们如潮的掌声。等到叫嚷声静下来，他便开口道：“乡亲们，冷静，冷静。咱们有话好好说。你们家的厨房都有菜刀吧？”

这话蹊跷。大家互相看看，都沉默了。等待着他下面的话。

“你们都知道菜刀是用来切菜的，不是用来杀人的吧？你们都知道拿着刀杀人不对吧？”他突然提高了嗓门，“这是不用说就知道的道理！所以，这房子，我们不管你们也应该知道不该盖！不该盖的盖起来了就应该拆！”

真是逻辑严密啊，字字铿锵啊，声震云霄啊。蓝夹克慢条斯理地环顾着人群，似乎很为自己语言的精彩而得意。又仿佛是在挑战，看谁敢出来跟他雄辩？

“你比方得不对！”突然，我伟大的姨妈跳了出来。

“咋不对？”蓝夹克微笑着说。

“应该比方说：怀孩子的时候你不管，现在孩子生出来了，成了一条命了，你们却来杀人？你们要杀人家的孩子？嗯？你们不是杀人犯？嗯？”

一瞬间，蓝夹克脸色紫涨，张口结舌。

“对，就是这个理儿！”护房帮们喝彩。

“不审批的房子都得拆？北京故宫当时盖的时候你们审批了没有？你们咋不去拆故宫？！嗯？”[3]我伟大的姨妈继续伟大。

“在路！说得在路！”护房帮们继续喝彩——“在路”是豫北方

言，相当于靠谱。

蓝夹克再也说不出话来。此刻，他的手机突然响了。他一边接着手机一边钻进了奥迪车，扬长而去。不一会儿，其他的制服们便也散了。持镐的那几个人也随之散去，只留下那辆巨大的吊车呆呆地伫立在王强家门前。

看着制服帮远去，护房帮的人们顿时喜笑颜开，还有几个人鼓了几下掌，颇有些胜利的喜悦。由赵老师发起，大家当即又聚在一起开了个闹哄哄的现场会，说了半天其实只确认了一点：无论如何，要齐心协力先保护好王强家的房子。

“大家要知道，王强家的房子，现在不是王强家的房子，是我们每一家的房子。”赵老师很有哲理地说，又把脸转向王强，“强，你可千万不能松劲儿啊。”

“强，你是头道关，无论如何不能下软蛋！”刘低保跟着说。

“知道。”王强点点头。

最后，赵老师还特别表扬了一下在关键时刻立下重大功劳的姨妈。智勇双全的姨妈却很快为这份表扬付出了代价：她的高血压又犯了，下午便又开始挂点滴。

战事稍平，但我心里却格外不安。安顿好姨妈，我便又去找赵老师，问他：王永呢？王永在做什么呢？和上头的直面冲突已经开始，这还不是刀刃上吗？如果这还不是刀刃，那到底什么时候才是刀刃呢？

“我也问他了，他说正说着呢。说说看吧。”赵老师道，“王永肯定会用劲儿说的，你放心。”

可我怎么能放心呢？“正说着呢。说说看吧。”这话是如此中立，不带任何潜台词：消极的和积极的，都没有。简直就是一种毫无意义的说辞。或者说，它的无意义中又有着太多的意义。这样的话，我无法放心。但赵老师却是一副笃定的样子，似乎有王强在前面顶着，他就有理由笃定。我突然想起空调的叫法：一拖二，或者一拖三。在这里，是一拖十五。拖得动吗？我知道，如果我信，我就又犯了天真幼稚病。一旦犯病就得吃药。那药往往会很苦。当然，我也得承认：那病犯起来的时候，确实也比较舒服。

注：

①听到大吊车这个词，我脑子里忽然蹦出几句词“大吊车，真厉害，成吨的钢铁，它轻轻地一抓就起来！”后来查证，这是现代京剧《海港》中的唱词。唱它的角色叫马洪亮。

②此字有两个读音。一读 gǎo，指刨土的工具。二读 hào，指古代的一种武器。《说文解字》中言：“镐，温器也。”中国社会科学院研究员杨泓先生在专著《中国古兵器论丛》言道：“镐亦为古兵杖之一，形式奇特，长一丈三尺，柄端安一大拳，拳握一笔，纯以铁制，其重量不亚于斧钺，旧式仪仗中时见之。此器大约始于周秦之世，非猛勇之将，不得其用也，近来习此者，已寥若晨星，盖古法失传矣。”

③姨妈这几句话，让我想起网上的一个段子。据传昆明市二环路改造

中，一座有300年历史的寺庙被列入拆除之列，拆迁办的工作人员说：“这是非法建筑，没有经过规划批准。”幸好某领导知道300年前没有规划局，为古庙补办了手续——似乎和姨妈的话有异曲同工之妙。当然事实不见得如此。我继续在网上查读网友的说辞，有网友直接说是别有用心的人在给昆明抹黑。有理性的网友则逐条分析，道：“乍看起来，这则故事挺有意思，充分反映了目前大家关注的焦点——城市拆迁过程中一些拆迁人员为了某种目的强词夺理，不择手段损害群众利益的面目。其结尾又来了一段‘青天大老爷’的公案式结局，好不热闹。一些时评家就此事纷纷撰文，从这件事上说开来，又说回去，阐述了不少道理。”实际上呢？他从昆明的历史谈起，说基于各种原因，昆明鲜有什么古老的寺庙。筇竹寺作为清代光绪年间的古建筑，都会被国务院公布为全国重点文物保护单位。何况300年前的古庙？这条“新闻”本身就有很大的漏洞，是新闻工作者的臆测加意淫。

4 首拆

这个周日的早上，我下定决心不开手机。睡了个懒觉起床，午饭后去游泳，游过之后刚打开手机，就接到姐姐的电话：“王强家，开始拆了。”

“什么?”我在更衣室的座椅上直蹦起来，“不可能!”

当然，我清清楚楚地知道：就是可能。不可能——这三个字通常被用在影视剧里做一句恶俗的台词，现在，也从我的嘴巴里蹦出。它的本质就是拒绝承认现实。当我拼命地把那些不想让其可能的事情往“不可能”这个框子里死摁的时候，我怎么能不明白呢：这些事情，往往很可能，甚至最可能。

姐姐说，周六下午，区里没有再派人来。大家也都没有再聚。到了晚上十二点多，她接到王强的邻居打来的电话，说王强家有动静，怕是上面的人来偷袭了。于是你叫我，我叫他，每个家里能出来的人都出来了，大家手里拿着家伙，三三两两地来到王强家。远远地，大家就能看到王强家三楼的楼顶有几个黑影在晃动，随着黑影晃动的，还有明明灭灭的光。到了跟前，大家便都呆住了：是上午那几个持镐的人拿着手电筒在三楼楼顶忙活着呢——得先把楼顶的水泥面儿和水泥板之间的缝敲开了，才能用吊车吊板。看到这些的时候，大家还在猜想：这真的是上面在偷袭，王强自己并不知道。他是受害者。

“王强！”赵老师喊。

“王强！”姐夫喊。

“王强！”大家伙儿一起喊。

一会儿，王强打开门，走了出来。一脸的清楚明白，一点儿也不是睡眼惺忪的样子。他问大家伙儿有事吗？大家顿时愤怒，反问他这是在干什么？白天是怎么应承大家的？怎么自己拉屎自己吃？他难道不知道他的房子对于大家的意义吗？王强也顿时翻脸，道：“我自己的房子，想拆就拆！”

“这不是你的房子！这是每一家的房子！”大家运用赵老师的哲理。

“说到底，这还是我自己的房子！”王强强调。

大家沉默。我能想象那种沉默的尴尬和难堪。就像是一个人爱另一个人，爱得如火如荼激情满溢血管都要爆崩了，对方却告诉他：我不爱你。压根儿都不爱。

僵持了片刻之后，赵老师问了大家都想问的一句话：“你是不是已经拿到钱了？”

“没有！谁拿到了谁是龟孙！”王强发誓。

那这个理儿就更不通了。没拿到钱就拆房子，这不是脑残吗？王强怎么可能干出脑残的事儿呢？

“那，是上头给你许了什么话吧？”

“没有。”王强道。

“别听他放屁！”刘低保吼道。马上大家闯进了王强家，上了楼顶，把那几个人驱赶下楼。眼看着那几个人远去，大家也都没有走。就这么守着，一直到天亮。

这是昨天的事。今天中午，上头来人把大吊车开走了。大吊车一走，拆房的威胁似乎就暂时没有了。大家虽然心里还是发毛，但还是松了一口气。姐姐这才给我打了电话。

我擦干头发，走出游泳馆，直奔张庄。来到姐姐家已是五点，姐姐家没人。我打电话给她，她说马上回来。不一会儿，她和姐夫都回来了，说刚才和一帮人都在王强家，给王强开会。也就是施压。到后来，王强都哭了，他说是为了王永：“你们知道吗？我哥昨天跟区里的人都吵翻了，一晚上都没回家，我要是一动不动，我哥眼看就干不成了！”

这有些出乎大家的意料。大家的口气温和了一些，但是依然没有让步，核心仍是逼着王强表态——现在，无论如何，房子第一重要。人不为己，天诛地灭啊。

直到最后，王强赌咒发誓，绝不再拆，一定抵抗到底。大家才都各自回家。

“他的表态，你们信吗？”

“不信。可那也得让他表。”姐姐说，“都商量好了，今晚开始，轮流值班。”

值班地点：王强家外。值班时间：晚上十点到次日早上七点。

值班排序：从西边开始，每晚三家，一家三小时。

“五天轮一遍，就不信看不住他！”姐姐说。

姨妈家从西数是第二，今晚上是第二拨值班。自然不能让她老人家去值。姐夫明天一早还要去批发肉，那就只有姐姐代值。既然来了，我也算一份吧。

将近凌晨一点的时候，我和姐姐打着手电筒，出门朝王强家走去。迎面碰到一个黑乎乎的人影，也打着一个手电筒，姐姐说是最西边的老郑。老郑也看出是姐姐，道：“甭那么死板，头尾各看一会儿就中了。明儿还得干活儿呢。这么多家看着呢，他哪儿有那么大胆。”

乡村的夜真深啊，真凉啊。星星闪亮，树影温柔。我和姐姐裹着棉衣，坐在王强家门外。清寒的空气刺激得我胸口微微发疼。不时有一两声狗叫传来，让这夜越发地深，越发地凉。我和姐姐絮叨着闲话。很多年，我们没有这么悠闲地絮过闲话了：婆婆在世的时候老是嫌她炒菜放油多；姐夫不喜欢洗脚，有很严重的脚气；妯娌们因为一棵石榴树闹别扭，两年都不说话，直到去年她大嫂得了乳腺癌，才又通了声息：“真傻，她奶子上的硬块都成黑的了，都不知道去看看。后来我才知道，她跟老大早就不在一起睡了。”……这样的夜晚，闲话格外带着尘世的温度，有一种特别的可亲。渐渐地，倦意袭来，我靠在她的肩上沉沉睡去。

“走吧。回家睡。”姐姐推醒我，道，“老郑说得没错，看个头尾就中了。”

“不好吧?”

“没事。”

回到姐姐家，我挨床就着。似乎只是一合眼，手机闹钟就响了起来。我挣扎着起床，和姐姐再次出门。远远地，就看见王强家门口立着一个黑色的巨大怪物——不是大吊车又是什么?! 只见它衔着一块长长的水泥板，宛如衔着一块巧克力威化饼：扁、平、硬、薄、脆的水泥板被浓浓的夜色裹着，可不就像一块威化饼吗?

楼顶上黑影幢幢，光斑点点。我和姐姐奔跑过去，把手电筒直照楼顶。楼顶的动作顿时停住，大吊车也停住了。

“嫂子!”没等姐姐开口，王强从大吊车的驾驶室上跳下，走到姐姐面前。黑暗中，我看不清王强的脸。

“你……你这是干啥呢? 这么多家都指着你呢，你……”姐姐说。

“嫂子，就让我吊完这几块板吧。”王强的声音里满是哀求，“我只要再吊三块，就能交代了。”

“跟谁交代?”

“上头。上头不叫俺哥回家，今儿就两夜了。”王强带了哭腔，“都操心自己的房子，谁管俺哥呢? 那是俺哥啊。”

姐姐怔在那里。我知道她看了看我。可是看我有什么用呢? 这么黑的夜。

姐姐又看看我。

“你反正也盖起来了，就这么拆了?”我终于说。其实我想说既然你当初盖的时候都反了你哥，这会儿又来讲什么情义呢？既然上路了，就该一条道走到黑。①

“我已经对不起我哥了，不能再对不起他了。”王强显然听到了我没说出口的话，“好歹先拆几块，叫我哥先回来再说。放心，我也不会多拆，我也心疼。”

“可是，这是俺姨家的班儿……你叫我可咋交代呢？”姐姐道。

“就说我逼你的，你犟不住我。”王强道。

姐姐沉默。很知趣地，大吊车又开始工作，继续吊那块威化饼。我也沉默。似乎也只好这样。面对着一个已经掉泪的大男人，我们无法再去阻挠。于是，在沉默中，我们看着它衔了一块，又衔了一块……四块之后，它停下，开走。直到走的时候，它才亮起了车灯。

已经凌晨四点。该接班的那家还没有来。我和姐姐还有王强站在那里，相对无语。说什么好呢？有什么好说的呢？无声的露水让头发一层层地湿润起来。

将近四点半，换班的人一直没来。我和姐姐回家。我再次睡去。醒来已经是正午，姐姐正在做午饭，她告诉我，方才一群人又去了王强家，又是指责，施压，王强又是解释，表态……

“其实，有啥用呢？逼着人家许的话，能信？敢信？”姐姐说。

我沉默。是不能信，不敢信——压根儿也就真不该信。这个世界，无数双海誓山盟如胶似漆的男女领了证结了婚生了孩子都会劳燕分飞，何况护房帮的这种关系呢？对于王强的承诺，当初就不该抱有什么期望。也许，现在只能期望其他人不要散得太快——呵，我真可笑。对于王强不该抱什么期望，对于其他人就该抱什么期望了吗?

吃过午饭，我无精打采地回到郑州，来到班上，处理了一些必须处理的杂事，就再也干不了别的了，满脑子都是姐姐家的房子。其实，按照老公的说法，真的也不过是九万块钱。九万块钱，对于姐姐家来说虽然是一笔巨款，但对于我家来说，不过就是我和老公不足一年的工资，不过就是一辆我们看不上眼的中下等车，不过就是把房子装修一遍的起码金额，也就是如此而已。算不上什么伤筋动骨。如果姐姐家的房子真的拿不到一分赔款，那最多也不过就是打水漂了。窝囊自然是有一些窝囊的，但是也不应该是一个过不去的坎儿。要是真去放下，应该也能放下——但是，我就是不想这么放下，我就是不想认这个窝囊。我就是咽不下这口气，这口莫名其妙的浊气。

我想了想，终还是拨通了记者闺密的手机——真没想到会这么快就麻烦到她。第一次她没接。十分钟之后，我再拨，接是接通了，但信号不太好，断断续续的，听不清楚。我便给她发短信，问她在哪里，忙什么。她许久才回复:“在省人民医院，老爸刚查出淋巴癌，晚期。”

我全身寒凉，当即打车过去看望——在郑州，很多地方很多时刻是不适合开私家车的，还不如打车。打车费常常比停车费还要便宜。她一脸憔悴，看起来累到了极点。在安全通道的拐角处，我抱着她，任她泪如雨下。这个当口，我怎么还能提姐姐家的事儿呢，说了就是无耻。

情绪低落地回到家里，躺在床上胡思乱想。不行啊，还得找记者。我一边翻阅着手机里的号码本，一边哀叹自己的可怜：虽说在省城混了这么多年，但是在记者圈里，最没有遮拦的铁杆朋友，也就闺密一个。像姐姐家的这种事，也只能让她一览无余地知道，不需要任何藏着掖着。可以说，我的任何见不得人的事在她那里都可以见得，她对我，也是一样。女人和女人好起来，那种情义，比女人和男人之间所谓的那种爱情要可靠得多，从她这里，我开始这么认为。当然这么高质量的情义肯定是如凤毛麟角。对于其他人，我就绝不能这样。虽然姐姐家的这种事有点儿胡搅蛮缠，可也不是一点儿理都没有，因此也完全可以对人言，但是不管怎么说，站在我的立场，找一个省城的媒体去找老家的碴儿，这总让我有些胳膊肘向外拐的羞涩，不大容易说出口。再说了，由我去说出口，公事也就成了私事，自然也得承担分量不轻的人情。更何况没有不透风的墙，再叮嘱他们保密，将来也会被家乡的那些父母官知道，以后肯定是后患无穷……因此，去选择谁去爆这个料，用什么方式去爆这个料，这都需要好好掂量。

我在床上翻着烙饼，思了又思，想了又想，终于意识到了自己的傻：苗苗，多么现成的人儿啊。我立马给她打了个电话，把她约到家里，如此这般地向她授意了一番。

第二天中午，苗苗向我短信汇报："都妥了。"

刚回完苗苗的短信，姐姐的电话打过来，告诉我，王永回来了。瘦了一圈。

“有啥说法?”

“没啥说法。说正说着呢，还没说好。让静待消息。”

那就静待吧。

注：

①某条微博如此写道：“一条道走到黑，忽然觉得这句话真好。如果黑是指生命的终点，道是指自己所爱的事物，那么能一条道走到黑的人，该是多么幸福啊。有多少人能找到那条可以无怨无悔走到黑的路？我见过太多的人，不是在岔路上摸黑，就是在原地等黑。”

5　道理

但是，现实很快让我明白：静待，这是两个多么奢侈的字。怎么可能会让你静待呢？时势造英雄，时势从来不允许你静待。如果你一定要静待，那你等到的很可能是静待的两个谐音字：惊呆——一周过去，记者们还没有消息，护房帮的格局却又出现了让我心悸的动荡。

姐姐说，说到底还是怪王强兄弟。自从王强硬拆了几块板王永回到家后，护房帮的人就每天去王永那里打探消息，王永却一直没有任何明确的话，最常说的就是那四个字："还在争取。"

"争取到啥时候？争取到啥程度？"

"不知道。"

众人失望而归，分析他在打官腔。再看王强的表现，就更没有人乐观。于是，军心动摇。而上头的思想工作仍在争分夺秒马不停蹄地进行着，在这个内忧外患的时刻，很快又有两家坍塌下来，把房子拆掉了，拆得很净。

——那两家都是低保户。[①]让我做梦都没想到的是这个。十六家里，一共三家低保户，最先拆的居然就有两家。其中一家就是那个"小换整天忙着换"的小换家。要知道他们的房子可都是和村里的有钱户结合盖的，投资方是要分成的。他们这么一拆，别的不说，投资方受得了吗？

那天阳光很好，我随姐姐走进了小换的院子，去买土鸡蛋。一进院子我就知道这家的土鸡蛋是多么货真价实：东边半个院子都被栅栏围了起来，里面全是鸡。院子里还扯着两根长长的晾衣绳，上面晾着被子褥子和一些用碎布拼贴起来的五颜六色的小方棉垫。我走近栅栏，看着那些鸡。很久没有看到过鸡了，有些稀罕。每只鸡，不论大小都羽毛闪亮，元气充沛，非常漂亮。可见主人养得多么精心。忽然想起某个鸡年我曾经在明信片上抄送给朋友的话："鸡有五德——头戴冠，文也；足长距，武也；觅食相呼，仁也；遇敌敢斗，勇也；司晨不失，信也。"[②]末了我很文青地问朋友："人呢？"

我看着他们的房子。这家的大门还是朝着村里内街的，主房是一栋坐南朝北的红砖平房。未来路的两层新楼要是没拆的话，应该就在旧平房背后，一眼就看得见。但是现在，旧房背后只能看到蓝色的天空。旧平房的红砖已经褪成了斑驳的苍粉色，看起来很有些年头了。在豫北乡下，一个体面的农家最讲究的就是盖房子，几乎每隔十年都要兴起一次盖新房的大浪潮。由最开始的草房，到后来的瓦房，然后是外砖里土的包砖瓦房，接着将土墙完全淘汰掉的浑砖瓦房，再然后又是将瓦淘汰掉的浑砖平房，直至现在最流行的各式二层或三层小楼房。这家住的房子就是二十年前流行的房式。因为背阴，在明媚的阳光下，屋里越发显得漆黑一片。

"小换！小换！"姐姐朝着屋里喊。路上姐姐告诉我，这个叫小换的女人是猪胆泡黄连——苦上加苦的命。她跟姐姐同年嫁到张庄，第一胎也是女儿，第二胎倒是儿子，可是生下儿子结扎过之后，女儿却得了急症夭折。紧接着是丈夫车祸瘫痪，所有的家庭负担就都落在了这个女人身上。又要供养儿子又要照顾丈夫，还有地里的庄稼和外面的人情礼事，她的辛苦可想而知。好在苦瓜上面也有甜果，她的儿子去年也考上了郑州的大学，听说那个孩子入学后的第一件事就是申请助学贷款。这项程序他已经很熟悉了。他自高中就开始做这种事——他享受的是真正的九年义务教育，一点儿不多，一点儿不少。

"来了。"好一会儿，一个女人答应着从屋子里走出来，边走边和姐姐道，"给他解手呢。"鸡们听到她的声音，顿时起了一阵小小的骚动。她从墙边的一个编织袋里抓起一把玉米粒，朝着鸡们扔了过去，鸡们顿时积极地叼了起来。

我看着这个瘦弱的女人。她走路轻捷，但是头发枯燥如草，脸上暗斑沉沉，两个眼角皱纹深深，每一道皱纹里都镌刻着积年累月的憔悴。相比之下，姐姐要显得年轻许多，滋润许多。小换看着鸡们的神情充满了疼惜和慈爱。姐姐说她长年养鸡，鸡蛋是她最重要的零花钱来源之一。"鸡屁股银行"，[3]我早就听说过这个词，这个曾经在中国农民的经济生活中占有重要地位的词，我以为早已成了历史，没想到时至2011年，这个词还活着。在这个院子里生机勃勃地活着。

和姐姐寒暄过后，小换拎出了一篮子鸡蛋。

“还是老价钱?”姐姐问。

“涨了。”小换的神情有些羞涩，“别人八毛一个，你还是七毛。”

我恍然。原来土鸡蛋都是论个不论斤的。

“中。”姐姐说着开始查点起来，她两个两个地拿着，口中数着，“一对，两对，三对……”

“挺不容易盖起的房子，怎么就拆了?”我问小换。

“唉，没办法。真没办法。”她笑道，“出钱的那一家，孩子在区里的第二办事处上班呢。区里的头儿听说了这房子是他家出的钱，就找那孩子谈话了，说要是不拆就不叫他再上班了。”

“他家孩子是公务员吗?”

“不是。听说一直考呢。考了好几年了。”

我沉默。就为这个?

“上头还说了，要是不拆，俺家的低保也会停，俺们是一类标准，一月一百六……唉，能吃上个公家饭老不容易，是不是?”

公家饭。我念叨着这个词。这个吃不上的人嫉羡，吃上的人珍惜的词；这个代表着某种恒定利益和优越阶层的金色标签；这个多少人跳不过的时候恨不得砸碎，跳进去的时候又恨不得它永垂不朽的铁门槛。无论什么朝代，人们追随它的热度似乎都不曾降低——忽然想起某本明史书里的一个细节，宫廷原计划征招太监两三千，不料近三万人报名。每个报名者还都自行阉割以示诚意。于是珍重诚意的宫廷只好扩招，使得所有阉割者都加入了公务员行列，吃上了公家饭。为了有效地谢绝如此盛情，以至于后来该朝廷颁布了一条法令：禁止自行阉割。

四百年后的现在呢？去年年底的新闻资料我记忆犹新：“……2011 年度国家公务员考试报名审核工作已于 26 日 18 时结束，最终报名人数达到 1415138 人，这一百四十万人将走上公务员考场，去寻求‘全心全意为人民服务’的机会，其中最热职位创下 4961∶1 的纪录。”

——在这个女人的意识里，投资方的孩子被办事处聘用，她的老公吃着每月一百六十块钱的一类低保，这都属于和公务员在同一个系统内的公家饭范畴吧？钱虽然不多，但是会常有。正如水细没关系，只要长流。这种意识我见得太多了，太熟悉了，因为它生长得太茂盛了，如野草，如灰尘。无数人心中都有这种根深蒂固的意识。如果拿一笔外财和这长流的细水相比，他们绝大多数会选择后者。因为后者带给他们的安全感和归属感，太重要了。他们怎么会不珍惜呢？忽然又想起电影《肖申克的救赎》里的一个片段：在监狱里待了半个多世纪的囚犯老布，因为即将到来的释放而焦虑不安，甚至企图通过犯错而继续留在监狱里。犯人们议论他是否疯了，一个对此有清醒认识的老犯人瑞德说：“他没疯。他只是被体制化了。”另一个犯人嘲笑道：“什么鸟词？”瑞德道：“他坐了五十年的牢，这让他成了井底之蛙。在监狱里他有自己的位置，出了狱就会六神无主。监狱很奇怪，起先你痛恨它，然后你习惯它，再长久一些后，你不能没有它。”这就是体制化——老布出狱后不久便自杀了。对他有深刻理解的瑞德在出狱后也差点儿变成了另一个老布，在打工的店里，他每次去撒尿都要向老板报告。他如此独白：“我报告了四十年，没有报告连一滴尿都尿不出。我得承认一个残酷的事实，离开了这个体制，我活不下去。”——哪怕是一个监狱的体制。这就是体制的力量。如果没有安迪的引导，他一定会接力老布的绝望之棒。绝对。

这样的老布，有多少呢？

“俺这房子盖的时候没请小工，都是两家亲戚帮的忙，大工用得有限，工钱上就省了一半，其实也就是个料钱。料拆了嘛，也还能用。”小换拢拢头发，仍在絮絮，“砖嘛，三块会毁一块，也没毁多少钱，满打满算也就是一万多。虽说这钱扔了心疼，可是要为这个把他孩子的工作和俺家的低保丢了，也划不来，是不是？”

那，损失谁承担呢？

“当时是他家上劲儿说着要给俺投钱的，说有了利两家分，有了险他一家担着。现在事成了这样，他们不担着，难道要俺家担着不成？要是不拆，俺家的低保他家来给不成？”小换说着，话风逐渐硬实起来，世事历练出的刚强这时显露无遗。

鸡蛋数完，姐姐停下。正好一百个。我付了七十块钱，和姐姐正要走，突然，那女人要我们等等，在我们的注视下，她跑到了鸡圈里，又摸出两个刚下出的鸡蛋，放到了姐姐的篮子里。

“送的，送的。”她说，又顿了顿，“其实，现在咱的日子也还不错，折腾太过了也不好……”

我硬是又塞给她两块钱，和姐姐匆匆离去。我不能在这院子里再待了。这院子让我难过，她最后的那句既像是劝诫又像是自我说服的话更让我难过。不过，或许她是很真诚地满意着自己的生活，谁知道呢？那就让她满意下去吧，我有什么权利去破坏人家的满意呢？

另一家低保户的情形呢？姐姐说投钱的那一家因为没有人吃公家饭，倒是无所畏惧，因此开始不同意拆，但签协议的时候也说是如果获利由双方均分，如果有风险则由投钱者独自承担。也就是说，一旦吃低保的这家如果因此低保被停，那么也算损失的内容之一，就如方才小换所言：“俺家的低保他家来给不成？”投钱那家则反驳说低保钱虽是没多少，可关键是个无底洞，谁知道得贴补到什么时候？自家就是再有钱也经不起这么耗。于是双方经过几轮谈判，终于达成协议：房得拆，所有损失双方均分。换句话说，低保户用一半的拆房损失保障了自己珍贵的低保。这么说，如果拆房损失是两万的话，这个低保户得承担一万。低保每月一百六十元，一年不到两千。一万就是五年的低保金——真的就宁可出五年的低保金来拥有这个低保，也不愿意试着去努力争取一下那笔二三十万的利润吗？

我想不通。实在想不通。我发现张庄事件总是很容易就让我的思维短路了。

“听说，”姐姐神秘地说，“人家还跟上头谈有条件，上头答应再给人家一份低保。”

我冷笑。再给一份又怎么样？两份低保合起来每年也不到四千块啊。

“可是禁不住日子长嘛。再说了，要是低保涨了呢？什么都涨，低保就不会涨？”

我无语。也对。现在，我是越来越无语了。或许，他们那么做，真是有道理的。毕竟谁也不能保证硬扛着将来能够得到多少赔款，却至少谁都知道硬扛着自己会损失多少现有的利益。用看得见的利益去赌看不见的利益，这确实不容易建立起强大的信心——他们确实有他们的道理。

他们的道理，和我的道理，不是同一个道理。但是，我得承认，那也是道理。

这两家低保户一拆，紧接着，稀里哗啦，又拆了六户，且都拆得很净。姐姐在电话里告诉我的理由各种各样：上头答应给某家超生的小孩子免费上户口；上头答应把某家远嫁的姑娘户口再迁回来；上头答应给某家的孩子找个临时工；上头答应让哪家年龄不够的孩子去参军……而最最无厘头的那家是：上头的好态度把他们给感动了。

“那家说了，上头的态度真好，老好了，只要有空就来俺家坐着，给俺擦桌子抹板凳扫院子倒垃圾，干这干那，还说房子拆了以后会给俺帮忙卖砖，卖水泥板，都不容易呢，那咱还犟啥呢？

拆就拆了吧。亏点儿钱也没啥，只当害了一场大病……”姐姐在电话那边学着，我在电话这边忍不住失控地大笑。这都叫什么事儿啊？这都是些什么人啊？既搁不住黑脸，也搁不住红脸。既不禁吓，又不禁哄。为人民服务的公仆们一这么别有用心地为他们服务，这些人就受宠若惊，缴械投降……他们有没有想过公仆们为什么早不服务晚不服务单单这时候来这么为他们服务?!“一切不以结婚为目的的恋爱都是耍流氓”，[4]同理，一切不以下雨为目的的刮风都是耍流氓，一切不以赔款为目的的服务都是耍流氓，他们难道不明白这个?!赔款这个目标并不模糊，他们怎么就会这么轻易对这个目标视而不见，拐进了一条铺满鲜花的歧路？——不，这些质问对他们来说也许还是太高级了，最根本的问题是，他们到底有没有脑子？我的意识里突然蹦出毛伟人的那句话：“严重的问题是教育农民!”

忽然浑身垮塌，酸软无力。是，我承认，即使王强首拆了，我对护房帮的其他人家也还没有沮丧到底，一直抱着一种隐而不灭淡而不绝的信心和期望。这种信心和期望的底气自然与共同利益有关——既然他们那么想挣钱，既然他们那么需要挣钱，既然已经盖起来了准备挣钱的房子，那么这金灿灿的目标当然应该能给他们带来丰沛的战斗热情和充足的抗争勇气。但是，现在，这种信心和期望已经全然散去。一丝一毫都不再有。仿佛一锅已经凉透的开水。

当然，我当然不会把水倒掉。最起码，这水还能解我的渴。

“那家人，真是没成色透了。”姐姐的声音充满彻底的嘲笑，“他家儿子前两年迷上了网吧，没钱上网就去抢劫，抢了两回，还不到一百块钱，被判了五年。他家闺女早些年就去南方打工了，没少寄钱，名声可臭。一村人都不爱搭理他家，那天开会他家就没去，我猜赵老师媳妇就没通知他家。你看看这房拆的，别的家好好歹歹还都落了点儿实惠，就他家是没有一点儿由头，就两句好话！真没法子叫人看起！”

我停止笑。沉默。上头的团队里肯定有人当过心理咨询师，要么就是具备心理咨询师的资质，我相信。我开始明白自己当初对护房帮的想象和判断有多么简单和粗暴了。我以为他们穷，他们在乎钱，他们就会为了钱不顾一切地去拼。但事实上，他们的穷是多方面的，绝不仅仅是缺钱，那么他们在乎的东西也就绝不仅仅是钱。好像是谁说过一句话，大意是：钱是利益，但利益并不仅仅是钱。[5]他们害怕失去安稳，害怕没有归属感，也害怕被针对，害怕被收拾，害怕被整治，甚至害怕被尊重遗忘，哪怕这尊重只是最表层的最敷衍的尊重……和这些害怕相比，钱的魅力甚至十分微弱。因此，仗还没开始打，他们就在上头对症下药的治疗下乖乖地认输放弃。“光脚的不怕穿鞋的”，这是强悍的光脚人。一般的光脚人，哪有那么强悍呢？更多的光脚人，是弱的，他们看见穿鞋的人，怎么敢伸出自己的脚？尤其是穿皮鞋的公家人。

人穷志短，马瘦毛长。最常见的，就是如此。人穷志不短，马瘦毛不长——这是理想。大多数情况下，只是一种理想。

哀其不幸，怒其不争。我终于对这八个字有了刻骨铭心的体会。

无论是什么理由，这些房子真的就是这么一栋栋地拆了。十六户护房帮迅速倒掉了一半。另有两家抵抗不过，也拆了几块板做出了样子。每当我去姐姐家，看到那些被拆得干干净净或零零落落的房子，就会有一种遥远的不真实感。仿佛有一群闲极无聊的人，因为实在是没事干，就在这片土地上盖房子拆房子玩。如同在进行一种超大号的搭积木游戏。只不过积木不是木，是水泥、钢筋、大沙和砖头。

纹丝不动的，只有五户：姐姐，姨妈，赵老师兄弟，还有刘低保。最可嘉许的是赵老师，他始终没有屈服。也因此，从拆迁一正式开始，他的工资就被停了。

注：

①相关新闻两篇，部分摘录如下：

（1）低保制度将覆盖全国农村

（2007 年 5 月 28 日，《人民日报》，记者：陈劲松）

5 月 23 日，国务院总理温家宝主持召开国务院常务会议，明确在全国范围建立农村最低生活保障制度，将符合条件的农村贫困人口全部纳入保障范围。日前，民政部最低生活保障司就此问题做了说明。……农村低保对象，是指家庭人均纯收入低于当地低保标准的贫困居民。根据各地农村的实际情况，民政部强调保障的重点是那些因疾病、残疾、年老体弱、丧失劳动能力和生存条件恶劣等原因造成家庭生活常年困难的农村居民。在全国范围建立农村低保制度，将符合救助条件的农村贫困群众纳入保障范围，稳定持久地解决农村贫困人口的温饱问题，是实施农村低保制度的主要目标。……目前全国已实施农村低保的中西部地区年低保标准一般在600－800元之间，东部地区一般在1000－2000元之间。根据民政部的统计，截至2006年底，农村低保对象实际领到的低保金为月人均33.2元；截至2007年第一季度末，则为27.6元。

(2)郑州市低保标准再提高 城市涨30元农村涨40元

(2011年7月16日，《大河报》，记者：王灿　实习生：田育臣)

本报讯　郑州市市区城市低保标准再次提高，和2007年7月提高额度一样，这两次提高标准是15年来提高最多的两次。昨日，记者从郑州市民政局获悉，从2011年7月1日开始，城市低保标准：市区由每人每月300元提高到340元，六县(市)由每人每月245元提高到275元；农村低保标准：六县(市)由每人每月140元提高到180元。……目前，郑州市城市低保标准，在我省居首位。

②出自西汉韩婴《韩诗外传》。

③网友“井德镇”于2011年1月11日在天津知青网发帖名为《鸡屁股眼是银行》，颇有趣，摘录如下：“鸡屁股是脏点，可人们离不开它，它太神奇了，它比任何动物的屁股都有价值，包括老虎的屁股。我下乡的村子，穷。几乎年底家家户户向队里交缺粮款，赶上旱涝年景，还要自费买返销粮，全是苦棒子面啊！平时的零用钱，哪里来？知青们家里寄。当地农民普遍只有依托鸡屁股了。我亲眼看到这一幕：某老太太，60多岁，临近中午要做饭发现没有盐，端着小黑碗来到鸡窝边，耐心等候鸡屁股尽快下出

一个蛋来，鸡使劲，老太太也攥着拳头为鸡加油。鸡蛋终于下出来了，还冒着热气哪，那只鸡刚想卧下偎一会，老太太伸出颤动的手抓起那个鸡蛋就往村供销社换盐去了。”

④网络流行语。很多网友都说是毛泽东的话，且指明在《毛主席语录》第38章第5节第27行，家里正好有一本1966年出版的《毛主席语录》，我仔细查阅了一遍，有“世界是你们的，也是我们的”，有“中国的妇女是一种伟大的人力资源”，有“敌人是不会自行消灭的”，有“严重的问题是教育农民”，就是没有这句话。且总共只有33章。

⑤后来查阅资料才知道我这句话记得很不准确。这句话的原文是：“淡泊钱财没有什么了不起，钱财只是利益的形态之一。”出自韩少功先生的随笔《完美的假定》。语境是在谈到“文革”，韩先生如是说：“并不是所有的人都经历了当年，都有铭心的记忆。时间流逝，常常使以前的日子变得熠熠闪光引人怀恋。某些左派寻求理想的梦幻的时候，可能会情不自禁地举起怀旧的射镜，投向当年一张张单纯的面孔。是的，那个时候路不拾遗，夜不闭户，贫有所怜，弱有所助，那个时候很少妓女和吸毒和官倒，那个时候犯罪率很低很低，但这都说明不了什么问题。即便说明当时的人们较为淡泊钱财，问题还是没有解决。淡泊钱财没有什么了不起，钱财只是利益的形态之一。原始人也不在乎钱财，但可能毫不含糊地争夺赖以生存的神佑和人肉。下一个世纪的人也不一定在乎钱财，但可能毫不含糊地争夺信息、知识、清洁的空气或者季风。我们无须幼稚到这种地步，在这个园子里争夺萝卜的时候，就羡慕那个园子里的萝卜无人问津，以为那些人对白菜的争夺，都是四海之内皆兄弟的拥抱。”

6　五米

终于，王永的消息通过王强确切传来：他已经和上面谈妥，不赔一分，但是违建的房子可以保留五米。这话的内涵很丰富：首先，赔偿款的妄想必须打消。其次，房子是毋庸置疑的违建品，按说必须无条件全部拆除，但是，上面法外开恩，给留了五米。这留下的五米可不是数字，在将来再说拆迁的时候，它可是一沓沓沉甸甸的人民币。因此你就谢恩知足吧。最后也是最重要的，用什么方式来谢恩？除了把那不能留的五米迅速拆掉，还有什么更好的报答呢？

王永所持的依据到底还是那张1982年的《林权证》，他用这个证上“南至河”那三个字对上头说，从这一排原有的房屋旧址再向南量到河的北岸，其间的距离足有五米。当初给证的时候上头确实说了，这个证一证两用，既是林权证也是宅基地使用证，村民建这五米房子那就是说得通的。上头则说那时候是那时候，那时候不是这时候。王永说林改还没到咱这里，就还没作废，只要没作废那就是管用，管用就得有个说法。上头说就是管用也不能把林地使成宅基地，变更了土地用途那就是没法说。王永说村民们就是不合国家现在的规矩改变了这五米土地的用途盖起了违章的房子，但实际上也不违农村千百年来的乡俗。按照乡俗，每家的房屋后面都有几米的空地留作建厕所或者是种菜，称作“走后”，既然“走后”可以建厕所和种菜，怎么就不可以建房子呢？他说虽然张庄已经划进了高新区，但说到底村里的这些人还都是假市民真农民，张庄还是真农村，既是真农民真农村，那就得入乡随俗地办事。要全按上头说的这些道道，把这些违建的房子全拆了，且一点儿余地都没有，那任他是谁都调和不成这种事。……姐姐说，区里呢，也许真是《林权证》管用了，那到底是张证啊。[①]也许是听王永说得在理，他整天研究政策，也能说会道的。也许是正逢着市里的领导三天两头下来视察催逼，区里也急着想有个交代，总之是终于吐了口，说只要大家没意见，那就由村委会出手续，证明这五米的合法性。

果然是中庸之道啊。

“村委会的手续管用吗？”有人质疑。

“村委会也是基层政权，怎么就不管用呢？”王强说。

此话一出，另开始动板子的两家立即表示了满意，迅速将自己家的房子拆到了五米处。他们拆得甚至有些扬扬得意沾沾自喜。和他们浸泡了这些时日，他们的这种心情逻辑我已经能够充分领教：虽然拆了这五米且一分钱也拿不到，和当初的心理预期值差得太远，但较之那些拆净的人家，他们的幸福指数当然就要高得多。“人家骑马咱骑驴，后面还有走路的。”能落个中不溜，就达到了他们起码的心理平衡线。

随后，赵老师兄弟也开始犹豫，犹豫了两天之后，终于不顾我姐姐、姨妈和刘氐保的热切挽留，开始对区里吐口，说拆，但是，“你们必须得让俺们在房子里先打上承重墙。”说这是他们拆房的先决条件。为什么呢？因为他们弟兄的房子是由里到外分三层做的结构：最里面是三米宽，中间是四米宽，最外面的又是三米宽——后来他承认，就是想到了将来上面让他们拆的时候很可能不至于一拆到底，多少会留一些——还是有文化的人聪明，会想得这么细致。只是他没有想到会拆到五米处，这样的话就必须得在第二层也就是四米宽的那一进房子中间打上一堵承重墙，如此拆下来，正好是外面三米再加两米，恰恰五米。

听到他们弟兄如此表态，区里当然是喜出望外，满口答应。于是，他们两家便开始叮叮当当地建墙了。但是，墙建得很慢。区里来催，他们说不是缺料就是工人家有事，一堵墙半个月了还没有建成。我每次路过看到他们慢吞吞长高的墙都想乐。很明显赵老师是领着他的兄弟在软抵，在巧拖，在智斗。但是，谁敢说这样的方式没有效呢？从他们开始建墙的第一天起，上头便把赵老师的工资如数发还。

仅仅一周之后，姨妈也软了下来——她的小儿媳妇天天过来哭闹。她的妹妹在高新区的一个局委工作，这层关系不知道怎么被打听了出来，于是停了她妹妹的工作，让她去做姐姐的工作，她姐姐就来做婆婆的工作。姨妈说，小儿媳妇从来没有跟她说过那么多话，从来没有在她面前掉过那么多泪。

姨妈也很快拆到了五米。

要么掐断你的既得利益让你心疼，要么株连你的九族让你成为灾源祸根，这两个招式虽然老，但看来还真是好用，那么就不能称之为老，而是经典。我一边暗自赞叹一边暗自庆幸：亏得其他兄弟三个和姐姐不在一个行政区，亏得我已离开这里许多年，不然的话，我不知道自己和姐姐的立场是否还能这样坚定——现在，上头的作风已经越来越像克格勃了。

层次似乎越来越清楚，局势也似乎越来越明朗。但这时候的我就像得了神经病，只要有空就开始算张庄村的这十几户烂账：八家已经全拆了。王强、姨妈还有另外两家都拆到了五米。赵老师兄弟虽然不仅没有拆房还多建了一堵墙，但最起码有了一个完全可以交代的姿态。现在，只剩下了两户既没有姿态也没有一砖一瓦的行动，一个是姐姐家，一个就是刘低保家。刘低保之所以忍着失去低保的疼痛没有拆房也是有原因的——当初他急着找合作户盖房，那个合作方很狡猾，和他签订的协议是：获利均分，有风险则是刘低保家独担。拆房损失由自己全扛是太重了些，因此他把低保豁出去了，决定抗争到底。姐姐在电话里笑着告诉我：因为姐姐家在西头，刘低保家在东头，他们这两家钉子户便被上头称为“东邪西毒”。[②]

上头一天紧着一天，姐姐一天两次打电话问我：怎么办？怎么办？怎么办？

“你要是想拆，现在保住五米，也算是有成绩，可以拆。但是，我告诉你，以我的经验，越会哭的孩子越有奶吃，谁熬到最后，谁的收获应该就会最大。”

“那，咱就一砖头不动？”

“你们两口好好商量，看情况。”

即使是姐姐，我也只能如此。是谁说过：凡是少数的，都是珍贵的。真理往往掌握在少数人手里。但是，更确切的情形也许就是：凡是少数的，都是被恨的。掌握在他们手里的，往往不是什么真理，而是压力。越来越大的压力。物理定律颠扑不破：在相同压力的情况下，受力面越大，单位面积的压力越小。受力面越小，单位面积的压力越大。说到底，我和姐姐再怎么亲近，也毕竟是隔靴搔痒，站着说话腰不疼——最起码不像她那么疼，终究无法和她一样，真真切切地站到她那个单位面积去受那个力，所以，最终的决定权在她手上。

记者们终于有了消息。在一次饭局上，我见到了其中一位：都在一个朋友圈里，只要想见，总是容易见到的。我假装无意地询问他近期的动向，他便告诉我：前些日子他接到举报，去了张庄。

“是你老家吧？”

“是。离我老家很近。”我笑，“有良心的话就多为老百姓说说话。”

“是有问题，但是，”他夹口菜，“也没啥文章可做的。无赖刁民加流氓政府，各打五十大板。”

“总的来说，老百姓还是弱势。”

“是啊。”他和我碰了碰杯，“可是，这事的麻烦在于，他们也不是太弱势，我的意思是说，他们也不是占全理。要是实在被欺负得不行了，我们也好说话。关键是他们双方是混淆不清，都有占理的地方，也都有理亏的地方……”

我沉默。是，混淆不清，这确实让记者先生们不好下手。因为他们不好明确自己的立场，不好言之凿凿真理在握。但是，所谓黑白分明是非分明对错分明泾渭分明，真有那样的事吗？有多少事不是黑白是非对错泾渭杂糅在一起混淆不清呢？

“去区里采访了吗？”

“去了。”他笑起来，有些得意，“区里警惕得很，有经验得很，有人在村里潜伏着呢。一看到豫 A 牌照的车，立马就出来问我是干什么的，然后就请我见领导，又一起吃饭……”

不用说，肯定还有红包。于是，他就被这么消灭了。我明白。且明白得很平静。因为我很清楚，如果换作是我，我也会这么干——放弃一篇本来就很难写得不好确定立场的稿子，获得一个数额喜人的红包，何乐而不为呢？

“听他们说，我是第二拨了，之前来过一拨，我说他们怎么就这么会来事儿。”

这么说，几拨记者都是这么被消灭的。有个段子是怎么说来着？基地曾派出五名恐怖分子来袭击中国，到了北京，一人去炸立交桥，被转晕；一人去炸公交，没挤上车；一人去炸超市，炸弹被盗；一人去炸火车，没买到票；拉登急了，最后派一人到山西炸煤矿，终于成功，死伤数百人。但此人潜回基地后，半年都没见任何新闻报道，结果被基地组织以撒谎罪处决。

我只有沉默。

终于，又两天之后，“东邪西毒”这两个本来就很小的受力面终于抵达了最小：刘低保也把房子拆到了五米。姐姐在电话里告诉我：他的两个孩子，一儿一女，都在乡中学读书，一个读初一，一个读初三，都被老师赶回了家，不说是让他们停学，只说让他们回家做家长的思想工作，提高一下觉悟，好好配合区里的发展大局。刘低保顶不住两个孩子的眼泪，终于崩溃。

现在，只剩下了姐姐家这个“西毒”了。

唯一的“西毒”。

“到底咋办，你说个话吧。”那天，是姐夫打的电话，“我跟你姐都没主意了。”

我沉默。姐夫接着说，刘低保刚刚又来找他，说他拆了房子就后悔了，想要去上访。集体上访必须得够五个人，他现在正在凑同盟军。

“咱去不去？”

“去呗。”

“听说上访会被抓……”

“你会因为每天都有车祸就不敢出门吗？你会因为商场里有小偷就不去买东西吗？你会因为离婚的人很多就不去结婚吗？”我没好气地用排比句质问姐夫。我有这个恶习：一生气就爱用排比句。

仿佛排比句是一条条鸿沟，我的愤怒可以顺沟而泄。

“心里没底儿，有些怵……”

我克制住生气，用沉默来应答。怵？怵什么？有什么可怵的？即使被关两天又有什么大不了的？连这点儿胆子都没有，当初还想靠着盖房子来挣钱？

沉默是最高的轻蔑。[3]这是谁说过的话？在我的沉默中，姐夫挂断了电话。

注：

①国家林业局政府网资料：(1)《中华人民共和国森林法实施条例》第三条规定：国家依法实行森林、林木和林地登记发证制度。依法登记的森林、林木和林地的所有权、使用权受法律保护，任何单位和个人不得侵犯。森林、林木和林地的权属证书式样由国务院林业主管部门规定。(2)2000年中国林业大事记：4月18日，国家林业局决定实行全国统一林权证式样。

②此二人为金庸武侠小说《射雕英雄传》中的人物，都是性情怪僻、不好招惹的绝世高手。“东邪”为黄药师，“西毒”为欧阳锋。

③后来查证，是鲁迅先生的话。全句为：“明言着轻蔑什么人，并不是十足的轻蔑。惟沉默是最高的轻蔑——最高的轻蔑是无言，而且连眼珠也不转过去。”出自《且介亭杂文末编》中的《半夏小集》一篇。

7　上访

那天下午，我正在忙，手机响了。一个陌生的号码。我犹豫了片刻，接通。

“我们去上访了！去国家信访局！”姐夫的声音，“我的手机没电了，忘了带充电器，这是赵老师的手机！对了，赵老师换号了，这是他的新号，让跟你说一声。”姐夫在电话那边自顾自地说着，“我们五个人，今儿黑就到北京了，你不是常去北京出差吗？那儿有熟人吧？”

“没有。”我果断道。多么单纯可笑的思维啊。没错，我是常去北京出差，中国所有的城市里，我除了对郑州熟就是对北京熟了，但是，这就能说明我北京就有熟人？我要是去上海出几趟差，难道上海就有熟人？我去美国出几趟差，难道美国就有熟人？因为某个大型的会议，我还和一个政治局常委合过一个上千人的影呢，这就说明我和他熟？而且，退一万步讲，即使有熟人，怎么就会恰恰有能办得上这种事的熟人？

“那算了。不要紧。我们有办法。有人带我们去。不跟你说了，回头再说。”姐夫匆匆挂断了电话。

我愣了半天神：谁带他们去的呢？关掉手机，我打开商务印书馆第五版《现代汉语词典》，查找“上访”这个词。词典如此解释：“上访，动词，人民群众到上级机关反映问题并要求解决。”真简洁，真准确。这个词在我这里只有一个最直观的意义，那就是告状——比较重大的告状。平日里，我和老公打牙磨嘴自觉委屈的时候，也就是和朋友们说一说。在外面挨刮受蹭风吹雨淋的时候，也就是和老公撒撒娇。我从没有上访过。要不是因为姐姐的房子，这个词，跟我没有任何哪怕是间接的关系。方才姐夫在挂断电话的同时，我听见一阵喧哗的笑声，似乎很快乐似的——这是他第一次去北京吧？口气里并没有多少远途告状的惶恐和委屈，反而充满了旅行般的新鲜喜悦。或许是曾经挨过我的训，终于得到了伸张的机会，姐夫的口气里，隐隐地还有一种扬眉吐气的感觉。

还能想到上访，还是决定去上访，而且还敢去上访，这让我感到了某种欣慰。而且，多么聪明，他们没有笨拙拙地先去市里再去省里，直接就去的北京，按老戏里的说法，就是去告御状了。当然要这样。既然告一回，干吗不去告个最厉害的状？

这样想的人，恐怕会有无数吧？忽然想起某一年，我去北京出差的时候，抽空和一个朋友去西站附近的陶然亭玩。在一条街上，[①]忽然看见满街都是奇奇怪怪的人：很多乡下人，有的夹着一个布包，有的拎着一个编织袋，有的提着质量很差的拉杆箱匆匆地走着，而在人行道上，还有很多人，坐着小马扎，或者提着小马扎，看着这些走来走去的乡下人。有时候，马扎人会猛地上前拽住一个乡下人，问道：“你哪儿的？”有的乡下人根本就不答，自顾自地向前走去。有的乡下人会惊奇生涩地应答，应答完毕，马扎人要么木然，要么就笑容满面地对乡下人道："我也是那儿来的呀，来来来，老乡啊，我跟你说点儿事。"——后来，我才知道，那些乡下人都是上访的，那些马扎人都是地方政府派来劝访的——官方叫"劝访的"，国家信访局和上访的都叫他们"拦访的"。于是，在那条街上，便可以看到一组有趣的三角关系：拦访的想方设法阻拦上访的，上访的想方设法逃避拦访的，为了保证上访者能够顺利上访，国家信访局则专门派人每隔半个小时就去驱赶那些拦访的……

姐夫他们，会不会碰到拦访的呢？第一次去上访，会不会被那些老辣的拦访人给拦住呢？

晚上，我没有睡好。第二天上午，给赵老师新号打电话，没人接。中午时分，赵老师回了过来："材料递上去了，很顺利。给我们开了个信，让我们去省信访局。我们下午去买票，尽快往郑州赶。"

第三天早上，我正开一个会，手机震动起来。我走出会场，是赵老师的新号，接通，里面传出姐夫的声音："我们到郑州啦，在火车站，马上就去省信访局。你知道在哪儿吗？咋坐车？你能去那儿跟我们碰个头不能？"

"我正开会，中午才能过去。你们打车。"

"哦。"姐夫显然有些失望，"那，你那里有熟人没有？"

"没有。"我说着挂断了电话——几乎每次和姐夫通电话，我都会生气。从不先告知自己是谁，也从来不确认一下我是谁，更不知道什么叫预约，觉得我的时间跟茅草一样可以随意处置……他好像有一种天然的自信：他决不会把号码拨错，你也一定能听出他的声音，且自认为以和你的关系程度，什么时候打电话都不会有问题，更讨厌的是什么都问有没有熟人，似乎我认识全世界的权贵……但是，你让他去问谁呢？你这个整天在外面闯世界的人，难道不是他觉得最该问的吗？才问了你几天，你就这么不耐烦了？我问着自己，愧疚一点一点袭来。

将近中午的时候，我在会上早退，想打车直奔省信访局，但正好到下班和吃饭高峰，照例堵车。而且出租车特别难打。在单位门口站了十分钟我都没有打到，无奈之中碰到门卫室的一个保安轮班去吃饭，我便坐上了他的电动车让他送我一程。一路走偏街过僻巷，终于在十一点半的时候，我看到了省信访局的大门。门口也站着一个低矮的保安，一看见我接近信访局的大门，他就向我打了个手势，让我向西。我纳闷地问他："向西干什么？"

"反映问题的，都去那儿。那儿才是信访接待大厅。"他很老练地说，"第一次来吧？"

"哦。"我回答。马上就觉得更奇怪了。他显然是把我当成上访的了。我怎么就像一个上访的了？我从坤包里掏出小镜子：镜子里的我灰头土脸，蓬头垢面——今天的天气有些沙尘暴，用谁的一句诗就是"大风说了一天的脏话"。脏话里的行走者自然难以干净。更应景的是，我还穿着一件中式盘扣对襟蓝花花小布衫，要是坐在书斋里，这就是最有味道的风雅服饰，但是在这条满是上访者的大街上，在灰头土脸蓬头垢面的前提下，这件书斋里的风雅服饰只能使我看起来是一个活生生的农村小媳妇，还是整天挨打受气的那种。

我顿觉屈辱——可是，我屈辱什么呢？上访者的身份就是一个屈辱的身份吗？

不敢想下去了。我朝信访局大门的西边走去。人越来越多，都是三五成群地，有的站在树下，有的依着墙根儿，有的就站在当街上，很多人都穿着样式落伍的厚外套，皆是黑红的粗糙的脸，一望而知绝大多数都来自乡村。每个人都在说话，都在叽叽喳喳，即使偶尔有个落单的，也拿着手机唾沫横飞地说着什么，每一群和每一群的口音都不一样，尾音轻些的，应该是来自南阳；尾音重些的，应该是来自周口；整个腔调都偏山西味儿的，无疑是来自豫北，不是新乡就是山阳……我穿过人群，来到接待大厅的大门口——这个大厅也有个小院子，院子门口也有保安。一个保安立马伸手把我拦住了："清场了。"

"什么？"我没听明白。

"下班了。下午再来。"他看着我，"工作人员也得吃饭。"

"下午几点……上班？"我差点儿问成几点上场。

"三点。"

我朝里面看了看，不知道姐夫他们办得怎么样了，还真让人牵挂。还是进去一下才能放心。于是我朝保安赔笑："我们的人在里面，我去跟他们见个面就出来。”

“就在这儿等，他们马上就得出来，现在就是只许出不许进，这是老规矩。不然我们的人就没有个喘气的时候。”保安绷着个脸，铁面无私。我只好手把着栏杆朝里面张望。这情形，有点儿像探监。

“你哪儿的？”或许是因为无聊，保安开始问我话，饶有兴致的样子，“汝州的？”

“哦。”我胡乱应答。

“好家伙，来了一百多号人。”他感叹，“真中啊，你们！”

我敷衍地笑。

“也对。人越多上头就越重视。三五个人啊，难打住食儿。”——打食儿，河南方言，收获的意思。

我点点头。

“也是为拆迁的事儿？”

“哦。”我正想离开这个搭讪的保安——再说就露馅了——忽然看见姐夫出现在大厅门口，接着是赵老师，便连忙朝他挥挥手。姐夫也在第一时间看见了我，很兴奋地朝我挥挥手。

是在萧记烩面馆吃的饭。郑州烩面有两大家，一家合记，一家萧记。合计是浓香，萧记是清香。普通的优质烩面十块钱一碗。我又点了两荤两素四个菜，五瓶啤酒。

“十块一碗，真贵！”他们纷纷感叹。

我笑笑。和菜比，饭算是便宜的。当然他们对饭比得最有底，那面是他们种的麦子磨出来的啊。一斤麦子多少钱？如果我没有记错的话，去年是一块。

“这个牛肉多少钱？”很快就有人指着了菜。

“吃吧，我能报销。”我说。我知道只有这样说他们才会吃得放开一些。果然，他们很快就大刀阔斧，风卷残云，饭、菜和酒统统见底。接着才打着饱嗝开始说起了他们的上访之路：带他们上访的，原来是山阳的一个民间上访英雄，姓李，是个六十岁的老太太，人称李老太。此人身体硬朗，脾气更硬朗。家在韩庄，位于山阳市东郊。南水北调路过此村，此村有一半村民便也面临拆迁问题。很多人家都按照上面的赔偿政策领了房子领了钱拆了房，唯有李老太不肯，成为了最坚决的钉子户。她做钉子户的理由是：“为什么韩庄执行的不是城区的赔偿标准？”

“南水北调的赔偿，城区和乡村还不一样？”我惊讶。

“当然不一样。城中村的那些赔偿标准都比农村的高。”姐夫说。城中村的也才七百零一，那么，乡村的才有多少呢？三四百？

“李老太说，为什么前几年市里创建全国卫生城市的时候，把韩庄划到了城区，村容村貌都按城区的标准来。现在，到了赔钱的时候，又把韩庄划到了农村，又按农村的标准来？她就揪着这个上访，说不公平。硬是跑了三趟北京，最后人家胜利了，上面又多赔给人家一套房子！”

我顿觉自己的血热了一下——是的，虽然李老太的房子不会分给我一平方米，但我的血还是热了一下，呼地一下。

“后来呢?”

“她是个热心人，后来谁家有冤屈想要上访，她就带着人家去。她去得多，路子熟了。有经验。”姐夫说，“她是淅川人，她说她从小就开始移民，都移了不知道多少回了，[2]都吃了不知道多少哑巴亏了，再也不想被按着头打了，也不忍心看别人挨打。反正她一把年纪，也活够了。不怕啥。”

我沉默片刻，问姐夫怎么认识她的，姐夫说原来租他家房子的一个租房户和李老太家是拐弯亲戚，听说了情况，就把他们介绍给了李老太。他们和李老太见过面，李老太听说了这边的情况，便慷慨允诺帮忙，说只要他们够五个人——五个才够集体上访的数儿——她就可以领着他们去上访。说前一阵子温总理刚刚去接见过上访的群众，[3]正是好时候。于是那天，他们就约在了火车站见面。碰头之后，李老太通过熟人连票也没买就领着他们上了火车，到了北京西站，又轻车熟路地带着他们买了废票——也就是别人用过的票——过了检票口。十块钱一张。

“还能买废票?”我大惊。

“是门儿生意呢。”赵老师说，“这次咱们可长见识了。光知道有人倒卖车票，不知道还有人倒卖废票呢。日子长的废票十块钱一张，日子短的废票也就是新废票二十块钱一张。多划算！李老太说，要是不想买废票，也有人专门领着你出站，也得二十块钱。反正火车票太贵，咱得降低上访的成本。”

他们说，因为用的是废票，过检票口的时候他们就得捏着票上日期那一块儿。他们就这样捏着十块钱买来的废票出了北京西站，摸到了陶然亭附近已是深夜，首先就是要住店。他们找了一家地下室旅馆，一个胖胖的卷发妇女让他们登记，边给他们登记边问他们来北京干什么？他们说是上访的。没想到那个女人立马把他们的身份证拍到了桌面上："拿走，不能让你们住！"他们问为什么，那个女人道："上访的，太麻烦！我们这里有规定，凡是有上访的住宿，都要报管片儿派出所。说是为了和谐，为了稳定。我们哪有工夫去报这个呀，干脆就不收你们住得了。"几个人凄凄遑遑地走出来，正想着往哪儿去才好呢？一个小服务员跟了过来，悄悄对他们指了附近的另一个旅店，说又便宜又好，又叮嘱他们："再住店的时候，可别说是上访的了。就说是旅游的。"他们忙谢那个小姑娘，小姑娘抿嘴一笑："俺也是河南的。老乡见老乡嘛。"

第二天，他们这些伪装的旅游者便开始了上访之旅。先到了住建部。住建部说他们只管国有土地资源的事，他们反映的是集体土地资源，不归他们管。让他们去国土资源部，说国土资源部管的是集体土地的事。

我忍不住笑了。这都是什么啊，住建部管国有土地，国土部反而管集体土地？但姐夫说，住建部接待他们的人就是这么说的。他们就到了国土资源部。国土资源部说这情况他们知道了，但还是让他们再去一趟国家信访局。他们就来到了国家信访局，一共排了两次队，第一次排队的时候被拦访的给拦下了。

"李老太不是跟着你们吗？怎么还让拦下了？"

“她毕竟上了年纪，我们在那里排到晌午的时候，她说她就不跟着排了，得找个地方再睡一觉。哪能不让人家睡呢？我们就自己排着。这时候，有个人过来，像个干部，问我们是不是山阳的，来干啥，我们就说了。他就说山阳这边信访的事他能帮上忙，就把我们从队伍里拉了出来，把我们的材料拿走了，跟我们说这事就这了，交给他就不用管了，我们就可以走了。还当着我们的面给山阳这边通了电话，说要把我们送火车站。他一来这个我们就知道坏了。他跟我们不是一心的。我们连忙说我们知道路，不叫他送，假装往火车站的方向走，后来还是偷偷回来了。后来李老太来了，听了我们的话，就说我们是碰到拦访的了，就叫我们再去排队。我们这才拿到国家信访局的信。”

说着，赵老师拿出几张纸，第一张就是国家信访局的公函。第一行是威严的大标题：国家信访局访复字(2011)5879号。接着是内容，言简意赅——

某某某等同志：

你们来访反映的问题，我们已知悉，根据《信访条例》的有关规定，将转送河南省信访局处理。

特此告知。

2011年4月27日

日期上盖着一个大红的印章，章上环印着“国家信访局接待来访专用章”一圈朱红大字，字中间是一个大大的红色五角星。

第二张是状告信的复印件。大标题是：状告河南省山阳市高新区违法拆迁。

抬头称呼是：“国务院信访局”，起笔先说自己家的难处，同时数落区政府的不是：“……自新区政府成立至今，我村在新区政府的卡压下，没有批过一处宅基地，有的家户已达四世同堂，有的家庭几桩婚事因没有房子而告吹，还有很多家户的住房成为危房，急需改建，无奈之下我们只有自己解决……在长达几年的时间里，俺村盖房有的靠前，有的靠后，政府也没有明确盖到哪里是标准。尤其是去年冬季，新区政府监管不力，对很多家户盖房不管不问，造成了俺们多家农户在自家房后盖房的事实……”我心里直笑：又说区政府卡压你们，又说你们自己胡乱盖房，这不是自己打自己嘴巴吗？更有意思的是接下来的强烈谴责：“今春以来，新区政府突然以老百姓违法占地违法建设为名，实施了逼迫拆迁，并且一分不赔。你们可曾知道，在这些建房中，有很多家户是求亲戚借朋友，甚至高利息高贷款才把房子盖起来的，现在你们一句话就要让他们无条件拆除，一分不赔，你们要把多少家庭推向贫困的深渊？你们无视中央构建和谐社会，为百姓谋福利的精神，无视中央国务院颁发的《新拆迁条例》和《物权法》，为了自己搞政绩、出风头，以老百姓的巨额财产损失为代价，置老百姓于水深火热之中。你们还配为官一任吗？要想成为好政府，必须先为民做主，政府不为民做主，不如回家卖红薯！……”语法、称谓、内在逻辑都有问题，但是却也都能看明白，还颇为煽情和传神，字里行间都能读出灼灼怒火——后来倾诉的对象居然成了新区政府，我不禁微笑。

“写得不好吧？”姐夫问，“叫赵老师写，他不肯，非让大家东一句西一句凑。”

“大家的事嘛，当然得大家说话了。”赵老师道。

“好。就是这么个写法。”我说。接着去看第三张，这张是村民们的签名和手印。除了在座的几位，剩下的都是陌生的名字：刘虎头，王翠香，林增仁，陈小金……能说什么呢？《红楼梦》里刘姥姥进大观园对酒令，林黛玉对“良辰美景奈何天”，她老人家对“花儿落了结个大倭瓜”。可不就是这个道理吗？

忽然，他们的哄笑把我飞翔的思绪拽了回来。我有些沮丧自己方才为什么会跑神：我现在好像越来越无厘头了。

我问他们在笑什么，赵老师便重复了一遍刘低保自导自演的笑话：刘低保刚才在说村里的一桩绯闻，是姐夫和小姨子的事。他说完了还不尽兴，故意叹说俺丈母娘咋恁不会生，叫俺老婆光有姐没有妹，害得俺连个小姨子都没有！话一离嘴他就知道不对了，但这群男人到底也没有饶了他，一起笑道：那你做贡献了嘛，你老婆是别人的小姨子嘛。

赵老师重复完毕，他们再次哄笑。我没有笑。好笑吗？此时此刻，好笑也不能这么笑啊。要按这个笑话的语境，我跟姐夫不也成了笑料了吗？

他们也很快就不笑了，都有些讪讪的。

“李老太呢？”片刻之后，我找话。

“她在新乡下的车。先回家了。”

“省局怎么说？”

“省局说，网上办公。把俺们的信一看，听俺们说了一句情况，在电脑上一敲一打，就说：妥了。叫回家听信儿，说最迟三个月。连个纸片儿也没给咱，也不知道真不真。”

“放心吧，这个应该不会骗你们。”

“那就中。”赵老师叹口气，“三个月，太长。”

聊了一会儿，几个人满嘴油光地走出饭店，问我怎么搭公交去长途汽车站。我叫他们打车，他们说贵。我告诉他们，五个人坐公交得五块钱，打车也不过七八块钱。姐夫说得两辆呢，那就十几块了。我伸手拦了一辆出租车，让胖胖的刘低保坐在副驾驶位置上，其他四个挤在后面。司机有些不满地看着我，我递过去十块钱，毫不示弱地瞪着司机，道：“去长途北站。”司机敢怒不敢言，脚踩油门，轰然而去。我看见一群胳膊在车里挣扎挥舞着和我挥手再见，我也简单挥了挥手，眼中一阵酸涩。

腹中轰鸣。那顿饭我几乎没有吃什么东西，但不觉得饿。

注：

①那条街叫永定门西街，离陶然亭不远。国家信访局的来访接待司就在这条街上。国家信访局网站在“机构设置”中如此介绍此司的职能：来访

接待司（对外称“中共中央办公厅、国务院办公厅人民来访接待室”），负责接待国内群众和境外人士等来访工作；反映群众来访中的重要信息；转送、交办、督办重要来访事项；指导协调处理地方、部门接待来访中遇到的复杂疑难问题；协调处理群众来京集体访，参与非正常上访处置，维护接待室秩序；指导检查地方和部门群众来访接待工作。

②相关文章一篇，部分摘录如下：

淅川 50 年移民史

（2009 年 2 月 12 日，《东方今报》，记者：路治欧 ）

今年起，淅川将用 5 年时间完成 15.6 万人的搬迁，确保北方上亿人 2014 年吃上丹江水。“高峰期每年的移民超过 4 万人，移民强度超过了小浪底工程和三峡工程，在国内外都是不多见的”。

1959 年至 1978 年，丹江口水库初期工程淹了淅川县 362 平方公里土地，有 500 年历史的淅川县城沉入水底，20.2 万人迁至他处，占动迁移民总人口的一半还多。

这是一部值得书写和记忆的移民史。在将要续写的移民史中，国家提出库区移民安置“以人为本”，力避越搬越穷的现象上演。

他们 50 年后又移民

沿江村有 130 多户，500 余人，全都是返乡移民。

河南省南水北调办、省政府移民办主任王树山说，淅川库区 15.6 万名移民大部分属于初期工程移民。这些移民有的是后靠（即在移民区水淹不到的高山坡上，选择能够开山改土的荒山荒坡，就地、就近解决移民生活和生产），有的是从安置地返迁回来的。

丹江口水库初期工程移民从 1959 年开始，到 1978 年结束，历时 20 年。

其中，安置在青海省2.2万人，湖北省6.9万人，我省淅川县9.6万人，邓州1.5万人。

淅川县原移民办党委副书记岳文华说："淅川有青海支边移民、老移民和1－6批移民。"

"老移民"是对1961年库区移民的通俗称呼。当年，国家决定库区124米以下居民动迁。时间仓促，"以水赶人"。淅川26725人除了迁往邓县(今邓州市)，就是投亲靠友。

正值壮年的张建华从李官桥携妻儿弃家去了邓县。由于建不起房，生产生活困难，他和绝大多数移民都在丹江口水库出现严重质量问题停建时返回原籍，临时搭庵棚等居住。

1964年，国务院批准丹江口水库初期正常蓄水位145米，移民高程147米。"河南包迁，湖北包安"，于是，张建华一家在1966年迁往湖北荆门，这被称为"第一批移民"。

随后两年有了第二批、第三批移民。3年时间，湖北荆门和钟祥接收了68867名淅川移民。

去荆门的移民属于整搬整迁，但是由于地界不清，和当地群众的争地等矛盾于1969年激化。之后，政府决定将移民分散插队，这一做法使村民大批或整村逃回淅川。

张建华回忆道："我听说打架的事，觉得在那地方住不成，就逃回来了。"

包括他在内的468名返迁移民就在水库边住下，4公里外的深水区以前就是李官桥。政府不承认他们，因此没有户口，没有票证，没有粮吃，但是他们靠垦荒、打鱼生活了下来。15年后，当地政府将该地命名为"沿江村”。

1969年，国家又决定将蓄水位提高到155米高程，长江流域水利办公室提出“移民远迁不如近安，近迁不如后靠自安”。

1971年，第四批移民10679人迁往邓县，其余在淅川县安置。

1973年，第五批移民24000人县内安置，或插队或后靠。

1976年，国家又将丹江口水库蓄洪能力提高到157米，第六批淅川移民25870人动迁。绝大部分在本大队后靠安置，少数在本公社插队安置。

岳文华说：“尽管有返迁，20年的移民总体上是成功的。从无序流动、远迁省外到后靠自安、县内安置，移民工作越来越人性化，移民政策越来越好。”

从青海到湖北大柴湖

青海支边移民，一度不被承认是丹江口水库移民。这是淅川移民的特例。

1958年，丹江口水库开工。上级让淅川县安置移民，但是县里没有具体实施办法。1959年，淅川县决定从库区搬迁人口中完成8000人的支援边疆建设任务。

时值三年自然灾害时期，吃不饱饭。当地适龄青年看到宣传发动，觉得离开家园不失为一条出路，于是，3.4万多名青年报名。

1959年3月，8008名青年带着配发的一件大衣、一套棉被，揣着2斤干粮、菜籽等，拎着一两件农具如铁锨、锄、铡刀等，赴青海安家落户。次年，支边青年的家属4709户、14334人随着迁去。至此，青年支边共动迁移民22342人。

支边人员按军事编制生产生活，但是山大沟深不宜机耕，粮食减产，淅川带队干部在政治运动中又受到影响，这造成大批支边人员非正常死亡，大规模返迁很快出现。

据中国作协重点扶持作品《大江北去》援引资料，这批移民死亡 5400 多人。1969 年时，留在青海省的只剩 6000 人左右。这是一次特殊年代中的失败移民。

湖北钟祥大柴湖是移民迁移纪录片青睐的地方。1966 年至 1968 年，淅川 44155 人从美丽富饶的丹江岸畔走来，在一片芦苇森森的沼泽地里走过了近半个世纪。

这是常被汉水骚扰的无人区。淅川移民来到这里以后，在芦苇荡里用芦苇秆儿抹泥巴盖起房子，开始建设新家园。

40 年来，他们在荒地上开垦了近 6 万亩土地，人口增至近 10 万，成为中国乃至世界最大的移民镇。

他们执着地保持着与故乡的最后一丝联系。一直沿用着老家的地名，说淅川的方言，甚至在 20 世纪 90 年代以前，与当地人不来往，不通婚。

因为家底薄、补偿低、居住条件差，如今人均收入仍低于钟祥市人均收入。

岳文华走访过此地上万户居民，他说，两省政府对移民还是负责任的。湖北省一年扶贫 2 亿元，为缓解人多地少问题，迁出 1 万人到富裕村镇，一些工业项目也正在建设……

著名作家梅洁感叹道："淅川当年移民青海和大柴湖的历史惊天地、泣鬼神。"

"我们关心民众的迁移问题"

据官方统计，由于部分出省移民返迁回流及人口自然增长，目前我省实有初期工程移民20.5万人，其中淅川县18.7万人，邓州市1.8万人。

河南省政府移民办主任王树山表示："初期移民人均耕地少，住房条件差，群众生活非常困难。库周有5.1万人不同程度地依赖消落地维持生活，有6.7万人仍处于贫困线以下。"

他说，初期工程移民的补偿标准很低，仅7070万元，人均只有560元，补偿与淹没损失形成巨大的反差。据了解，当时各项淹没实物指标累计达7.4亿元。淅川人民牺牲巨大。

王树山介绍，丹江口水库因坝体加高，淅川出现了二次移民。这次移民充分吸取初期工程移民的经验教训，坚持以人为本，保障移民的合法权益，接受社会监督，确保"移民搬得出、稳得住、能发展"。

据了解，河南省南水北调中线工程征地移民总投资约220亿元。

丹江口水库淅川库区新增的15.6万农村移民全部在我省南水北调工程受益区内条件比较好的地方安置。安置在南阳、平顶山、漯河、许昌、郑州、新乡6个省辖市、25个县(市、区)。

移民个人补偿费包括房屋、附属物、农副业补偿费和搬迁运输费。相应的补偿标准已经确定，如正房砖混结构补偿为每平方米450元，土围墙每平方米34元，粪池每处100元，电话每部316元，炉灶每个150元……

去年10月，河南省政府就南水北调丹江口库区移民安置制定了16项优惠政策。如：支农资金、建设项目等向安置区倾斜。对移民建房免征税费。移民搬迁后5年内，移民考生在中招、高招录取中给予降5－10分照顾……

从2006年7月开始，丹江口库区初期搬迁的农村移民纳入了移民后期扶持范围，每人每年补助600元，扶持20年。享受此政策的移民再次搬迁以后，20 年的补助期重新计算。

今年 1 月，国务院南水北调办公室主任张基尧称，南水北调中线工程完成日期从原定的 2010 年展延至 2014 年，是因为需要更多时间处理三四十万人的移民工作，“我们关心民众的迁移问题”。

③相关新闻一篇，部分摘录如下：

温家宝到国家信访局听取来访者意见

（2011 年 1 月 25 日，新华网，记者：张宗堂　邹声文）

中共中央政治局常委、国务院总理温家宝 24 日下午前往国家信访局，与来访群众进行面对面交流，了解他们的困难和要求，并就政府工作听取意见。

这是共和国总理首次与来京上访群众进行面对面交流。温家宝强调，要拓宽人民群众向政府提出意见和建议的渠道，创造条件让人民群众批评和监督政府，负责任地解决人民群众的困难和问题。只有善于倾听群众的呼声，勇于面对群众的批评，政府工作才能更加符合人民的意愿。

大寒刚过，天寒地冻，但北京和煦的阳光让人倍感温暖。下午 2 时 20 分许，温家宝总理来到位于北京市永定门西街的国家信访局来访接待室。

走进接待大厅，首先映入眼帘的是“为人民服务”五个大字，电子显示屏上滚动显示着《国家信访条例》全文。干净整洁的大厅里，来访群众有的正在填写信访情况登记表，有的正在排队递交材料。看到总理到来，大家十分惊喜地围了过来。温家宝同大家一一握手，仔细询问从哪里来、反映什么问题等，叮嘱大家不要着急，只要诉求合理，问题一定会得到解决。

温家宝走进信访大厅旁边的一间信访接谈室。接谈员王冬霞正在接待河南省博爱县来访人员陈国安。总理主动走上前去，握住陈国安的手，详细询问其来访缘由。他叮嘱接谈人员认真做好记录，按程序做好接待办理工作。

随后，温家宝来到会议室，与来访群众代表座谈，逐一了解他们的困难和问题，听取他们对改进政府工作的意见和建议。……来自内蒙古自治区巴彦淖尔市乌拉特后旗巴音镇三支渠村的苏哲、湖北省十堰市郧县柳陂镇兰家岩村的王爱国分别向总理反映了农村土地征用和房屋拆迁问题。温家宝说，国务院常务会议刚刚通过了《国有土地上房屋征收与补偿条例》，着力解决城镇国有土地上房屋被征收人合法权益的保障问题，在社会上反响很大。但是，还有大部分是征收农村集体土地和房屋。为此，我们正在抓紧研究修改有关法律法规。他指出，土地资源十分宝贵，土地是农民的命根子，政府必须严格依法审批占用耕地的项目，依法征用农村土地和宅基地，必须保障农民的知情权，尊重农民的意见，给予农民合理补偿，保障农民的权益。

8 西风烈

现在，每天给我打电话成了姐姐的习惯，无论我是吃早饭还是吃晚饭，是洗澡还是大小便，只要我的手机开机，就有可能接到姐姐的电话。她不时告诉我：上头来人了，说了什么。又来人了，又说了什么。开始来她家的人是固定的，后来就不那么固定了。大概是想试探一下什么路数的人好把姐姐攻破。有擅长说理的，姐姐说她不怕：“能说过他们咱就说，说不过咱就不吭气呗。”有擅长苦苦哀求的，姐姐说她也不怕：“他们再苦好歹也吃着一碗公家饭，还能苦过咱农民?”更不怕那些蜻蜓点水例行公事的：“人家来咱家是工作，咱能不叫人家工作?”

姐姐说，她最怕的是那种绷着脸来教训她的，一丝笑意没有，跟铁打的似的，张口闭口就是政策，句头句尾都带着国家。“不要和国家讲价还价！不要抱什么幻想！顽抗到底绝对没有好下场，违反政策建起的房子一定会被强拆!”姐姐学着他的话，绘声绘色，“我们绝对不会让国家遭受损失！想当钉子户的人，最后一定会竹篮打水一场空！无理要求一条也不会得逞！什么都捞不着!”不过，总的来说，姐姐对他们的态度很满意：“不打不骂，挺客气的，顶多就是脸色难看些。难看咱不看呗。再贵的东西搁不住不买，再难看的脸色搁不住不看。”

姐姐的“无理要求”是什么呢？一条：六万块钱。我问她为什么不多要点儿，她道：“咋不想多要啊？可你看这情形……六万能要到手就中，再多了怕吓着人家。今年我紧一紧，还能攒下一万，把本儿还给你没问题。”不带借给王强的两万，姐姐这房子，前前后后正好花了七万。也就是说，姐姐不想拖着我的钱，她想拿到这笔钱还给我。

我无语。从二三十万降到六万，姐姐对此事的灰心程度可想而知。可六万也太少了。在上头看来，六万和七八万、八九万有什么本质区别？都是无理要求而已。不过，事已至此，我也只有沉默，多说只会让姐姐更熬煎。

我当然知道姐姐为什么会这么频繁地给我打电话。说情况只是其一，更重要的功能是舒缓压力。即便我是个不称职的心理咨询师，对她来说也总比没有要强。她这个钉子户，这个唯一的“西毒”的压力有多大，用脚指头想想就知道。

钉子户，这是一个怎样的词？商务印书馆第五版《现代汉语词典》中如此解释：名词，指长期违规办事，难以处理的单位和个人。

——这解释真不准确。这个词指向过单位吗？就我所见，没有。只有个人。那么，这纯属于个人的钉子是在哪里钉呢？真是眼中？不，不是。眼睛里的钉子会让眼睛流泪流血发炎直至变盲。相比于眼睛，钉子是强势。而姐姐这样的钉子，是墙中钉。相对于一面甚至几面阔大的墙，一颗钉的面积才有多少？它就是使出全部的力气，又能扎多深？而且，墙会疼吗？会裂吗？会塌吗？恐怕连一个稍微有些规模的小窟窿，也不会留下。

那个周末的清晨，在去张庄的路上，我又接到了姐姐的电话——出发前已经通过电话了，此时的电话肯定是又出现了意外——她的声音压得很低，有一种压抑不住的紧张："又来人了。还有几个民工，还有大吊车。说我要再不同意他们就要强拆。我问他们要手续，他们拿不出来。估计是吓唬吧，不过也有可能是真的。咋办？"

我的心也紧揪起来。终于到了这一天，终于到了必须直面战斗的时候。咋办？这是个坎儿，必须得过，还不能输。"不是东风压倒了西风，就是西风压倒了东风。"[①]上头自然是东风，姐姐这个"西毒"自然是西风。西风怎么刮才有力道呢？我沉默着。有一些话，我早就想说，却一直不知道该怎么说出口。我想让姐姐泼一些，再泼一些。很想。最好像姨妈那么泼。这个时候，泼是有用的。很有用。可是，我知道，我不能去要求我曾经那么乡村小资的姐姐，曾经选择了会弹吉他和练毛笔字的姐夫的姐姐，去当一个跳脚骂街的泼妇。我怎么能告诉姐姐：你要像个泼妇一样！况且现在护房帮已经溃不成军，肯定没有人出来和姐姐一起上阵，即使姐姐真豁得出去孤军奋战，万一她要是没掌握好分寸，挨打了怎么办？局面一旦失控，她很可能会吃亏，吃身体的亏。当然，她若不闹，就肯定会吃亏，吃房子的亏，吃钱的亏……

心乱如麻。到底该如何是好呢？

“咋不说话呢？”姐姐问。

“咱姨呢？”我突然灵光一闪。

“正输液呢，她每年这个时候都要输脉络宁，十天一个疗程，今儿是第七天。我一会儿还得抽空去给她拔针呢。”

我心一沉。这个老将看来是不能用啊。

“咋办？”姐姐电话里的声音焦急起来，“我得出去了。”

“看情况，姐。”我说，“我一会儿就到。”

挂断手机，我骂自己：真是卑鄙，用这样含混的废话来糊弄自己的亲姐姐。什么叫看情况？怎么看情况？而且，即使你一会儿到了又能怎么样呢？除了干看热闹你又能为她做什么呢？说话的腔调自以为是姐姐的什么依靠似的，扪心自问，你真的是吗？

我想给110打电话，又怕吓着姐姐。万一她以为警察是跟拆房的人一伙儿的——当然这本来就极有可能——那岂不是更糟。想给无敌打电话，再想想这不是难为他吗？他来了又能做什么呢？他的用处不应该是在这种场合。想了又想，打虎还是亲兄弟，便给哥哥和弟弟打了电话，让他们赶快赶到姐姐家去。他们所住的县城离姐姐家半个小时车程，应该能比我早到。打完电话，我心略安了安，加快了车速。

到了张庄，远远就看见姐姐家门前一大堆人。那辆黄色的大吊车正稳稳地站在姐姐家门口。人群围成了几个大大的圆圈，每个都像在看戏一样朝里面张望着，没有人注意到我。我把车停好，站在人群的外围，透过人缝往里看——我是一个看客，里面是个舞台，舞台的主角是我的姐姐。我知道。

“你明知故犯……”一个瘦制服说。

“我咋明知故犯?!在自己家的宅基地上盖房子，我犯了啥?!”姐姐尽最大的力气吼叫着，脸色通红，声嘶力竭，可以听到她发出的气流中有细微的岔音。

哥哥和弟弟都在她身边，我放了心。

“你家的宅基地？离你家有百丈远！”

“有百丈远？你敢说有百丈远？你量量有百丈远？国家1982年就给俺发了林权证，上面明明白白写着，南到河！俺家能用的宅基地，到河足足有十米！”

“十米？你真敢说！你们村委会都定了，说是五米！”

“那是村委会糊涂，害怕你们！到北河沿是五米，要是到南河沿呢？那不是十米?!足足的十米！”

“按你的意思，那片河面就都是你家的了?”那人冷笑。

“从俺家地盘上走过，那一片河面就是俺家的！你敢说俺不能在河里捉个鱼？你敢说俺不能在河里栽个藕？你敢说这鱼这藕就不是俺家的?!”

“没那么轻易！你有没有证说到南河沿?!没证就不是你家的！”

“那不用证就是俺家的！自自然然就是俺家的！顺天应地就是俺家的！要是啥都用证，你吸口空气也用证，人都别活了！”

“大姐——”瘦制服顿了顿，做语重心长态，“你这态度，很成问题。你想想，就剩你这一家了，你拖了多大的后腿！别的群众都把房子拆了，就你不拆，因为你这一家，这一条路的绿化带都修不成，路就没个路样，快车道慢车道挤到一起走，要是出了啥事，这是多大的责任，多大的罪过？你也是人民的一分子，不能为了自己个儿，伤害了人民的利益！”

人民。[2]我在口中默默念叨。好大的词啊。

“多大的罪也轮不到我来背！是你们不对！你们工作没方法！要是当人民就得拆房子，那从今往后，我就不当这个人民了！”

…………

瘦制服哑口无言。我透过人群看着姐姐。我从没有听过姐姐如此妙语连珠。看来多年的村妇没白当，形式丰饶的乡村教育已经让她具备了泼妇的优良潜质，这才能够在这关键时刻发挥出来。这真是：车到山前必有路，人到绝境自会泼啊。

“五米？五米就不对！太欺负老百姓了！”突然，姨妈的声音传了过来，很快，人群闪出一条道，姨妈出现在舞台中央，她一手拎着输液瓶，一手扎着液体，哥哥连忙接过她的输液瓶，高举起来。姨妈腾出的那只手便直指制服帮：“在你们眼里，俺们老百姓就是一坨牛粪，想烧锅就烧锅，想肥田就肥田！一分钱不给就逼人家拆房，拍拍自己的良心过得去过不去?！黑里躺到床上能睡着不能?!”

透明的输液管在姨妈胳膊上上下飞舞，看得我触目惊心。人群一片静默。这静默的人群，这静默的看客，这静默的大多数啊，我一一看去，没有看到一张愤怒的脸。无所事事的好奇和幸灾乐祸的观望凝聚出了一种戏剧的轻浮。姐姐曾在电话里告诉我：护房帮的这些人，早就开始互相咬了——没错，姐姐用的就是这个字：咬。就是这个用来形容狗的动作。十米拆净的，拆了五米的，一米没拆的，一米没拆反而多了一堵墙的，立场不同，心思自然不同。没拆的说先拆的肯定拿了好处，得了“暗补”，先拆的说自己太老实后拆的那些家太精明了，如果因此吃了亏，那一定要把这些亏空给补回来，不然大家干脆都一样……流言遍地，传说纷纷，姹紫嫣红，无数版本。原本聚集在一起的力量虽然已经分散，但也都舍不得歇着，而是再次投胎于人开始了生机勃勃的内讧。此时，他们都在这里站着，他们的内讧也都在这里站着。我忽然想，如果能发明一种仪器，往每个人头顶一罩就能知道他们怎么想的话，那这些脑袋下会有些什么好风景呈现出来呢？

“疙瘩！”突然，又一个女人的声音也冲进了战场，原来是赵师母。她大概几天没洗头了，此时简直是怒发冲冠。谨小慎微的赵老师居然肯让赵师母来助阵，实在是出乎我的意料。

制服帮里的人面面相觑。

“疙瘩！”赵师母冲着制服帮中的一个壮实男人再次喊道，“你是疙瘩吧？你姥姥家不是这村儿的？就在三道街中间儿住着！你小时候没少来耍，脸儿没变，我认得你！就是你！疙瘩，你还有脸在这里叫人拆房？我听你妗子说了，你自己家还在那儿盖着呢。

黑夜里偷偷盖！”

“你胡说啥呢？”一个壮实的男人终于接上了话。

“你敢说没有？”

“公是公，私是私！”

“你算了吧你！公家人要是有私心，就别来干这公家的事！光兴你们砍大树，不兴俺们拾柴火，自己一身白毛毛，倒来这里捉妖怪！”

人群一阵哄笑。

“要讲理，中！咱们就好好坐到这儿，讲他个三天三夜，把咱们的理都讲透！说说咱新区所有的地，说说咱新区所有的房，像田庄、乔庄、同仁医院……咱都说说，说清楚了，再来说俺这村，俺这一排！你能说清楚吗？敢说清楚吗？”姨妈的劲儿又上来了，又开始挥舞输液管，“我谅你也说不清楚！不占理的事，长一百张铁嘴你们也都说不清楚！”

“对，叫他们说清楚！”

“说吧，你们说吧。俺们都听着呢。谁没有耳朵？！”

…………

不能不说最后这段演讲是泼妇姨妈的歪打正着，她一笼子的总结囊括说中了村民们的深痛，一瞬间，一股股潺潺的气流汇到了一起，聚成了一阵烈烈西风。我很清楚，这烈烈西风不会长久，但是我也知道，这已经近乎奇迹了。这奇迹让我获得了一种意外的莫名满足。

“大娘，大娘，你看看你，”一个戴眼镜的制服帮走上前，试图扶住姨妈的手臂，“你别激动，你看你还输着液呢，身体要紧……”

“谁是你大娘！你过一边儿！”姨妈推开他，突然做出拔针的姿势，被弟弟慌忙拦住，姨妈的嘴却还滔滔不绝，“活得恁窝囊恁憋屈，我还要这命干啥?！一分钱不得，我的房就叫人家拆了，我还有脸活！我就是个吃货，蠢材！咱这些拆房的人家都是吃货，蠢材！我死了算了！枝儿——来！”她叫着姐姐的名字，“咱娘俩一起死了算了！好歹是个伴儿！呜——”

姨妈痛哭起来。姐姐扶住姨妈，也痛哭起来。赵师母站在一边，也哭了起来。这情形虽然滑稽，但我的泪水也顿时落下。其实我不想哭，可是看到她们的泪，我忍不住。哥哥和弟弟一人搀着姨妈，一人举着输液瓶，木木地站在那里。他们没有掉泪。到底是男人。

制服帮彻底沉默。有几个人笑着摇摇头，往人群后退去。这时候，我知道，这个坎儿算是胜利度过。很快，其他人跟着退去。随即离开，吊车也随即离开。

我走上前，看了看姨妈的液体，还有一瓶底儿。那个阀门早就关了。

我拉住赵师母向她道谢，问她赵老师在忙什么，她诡秘地一笑：“往后，别跟我提他了，我跟他，一点儿关系都没有啦。”

“什么意思?”我没明白。

“我跟他呀，离，婚，了！”

“什么时候?”若不是眼眶拦着，我的眼珠子肯定掉了出来。离婚了怎么还这么神气活现？丧事的板怎么搭了一副喜事的脸？

“昨个儿!”

“为了房子?”我心渐定。

“那还能为啥？他还能再娶个小?”

赵师母说他们离婚协议书的主要内容就是财产分割，财产分割主要指的是房产：新建的这栋楼，是赵师母的；其他的，都归赵老师。

“往后啊，那违建房就是我的了，跟老赵一点儿关系都没有了，上头要是再敢停他的工资,”赵师母叉起了腰，“停停试试!”

“上头知道吗?”

“还不知道。肯定会知道。知道了也白知道！老赵说了，啥叫钻漏洞？这就叫钻漏洞！啥叫百密一疏？这就叫百密一疏！你说这上头也是，民政上怎么就没有和拆迁上勾结好呢?”赵师母扬扬得意，和盘托出，“老赵说了，即便上头清楚俺们这是调戏他们，他们也没办法。估摸着将来还得捏着鼻子来对他说，你们好歹也夫妻一场，你的话她会听，你劝劝她，叫她早点儿拆了。到时候他就说，其实俺们俩就是为了房子的事才离婚的，当初我不叫她盖，她非得盖，为了这个房子塌了一屁股债，后来上头说得拆，还一分钱不赔，我开始想不通，后来想通了，拆就拆吧，可她不同意。好歹做通了她的思想工作，承重墙都建起来了，她又后悔了，说不拆，坚决不拆，害的我工资都没有了。她这个蛮蛋，你们说说，我还能跟她过不能？实在没办法跟她过了，只能离！现在，虽说还跟她住一个院，俺们俩连话也说不上一句，哪有劝的分儿！凭她弄哪儿是哪儿，我不管！我就说他：你个龟孙，好人都叫你当了！”

赵师母哈哈大笑。我也大笑。想想上头那些人闻听这件事的情形，恐怕也只有笑。确实是得意之笔啊。

“那他弟弟呢？”

“也准备跟他断绝关系哩。听说法律上不能断绝关系，登报才中，那就登报呗。反正不管咋着俺们是都要跟老赵这个公家人划清界限，能划多清划多清！”她眨巴眨巴浑浊的眼睛，“老赵说了，咱三家就不拆，坚持到底，给他们唱一出《三国演义》，看他们能把咱们怎么着！”

中午，姊妹几个和姨妈在姐姐家一起吃饭。想来要不是为了姐姐的事，还真难坐到一起吃个饭。席间姨妈兴高采烈，言笑晏晏，看来上午是纯表演。我夸她完全可当中央戏剧学院的教授，她更是捧腹大乐，如一个孩子。倒是姐姐有些缓不过神来，落落寡欢，强展笑颜。说了一些各自的家庭琐事，最后免不了又回到房子的事情上来。哥哥说硬扛着也不行，上头既然会软硬兼施，咱们何不也如此？不妨去找找关系说说情，反正黑猫白猫捉住老鼠就是好猫，大路小路到达目的就是好路。

大家都热烈地表示赞同。我沉默。谁去找关系？自然是我。记者被封口，上访无结果，刚才这一番硬扛虽是轰轰烈烈，但高温之后必然是灰烬。如果找关系去私下里通融，确实可能会有用。说到底，在中国这个社会里，“关系”这个词还是法力无边啊——心情不由得越发黯淡起来，想起了一句老话：夜里想遍千条路，早起还是卖豆腐。

无他，只能找无敌。午睡醒来，我拨通了他的手机，说晚上请他吃饭。他笑道：“还是我请你吃吧。有什么事儿?”——如今稍微有点儿实权的人对饭局都充满了警惕。我把姐姐家的情况粗略相告，他道：“我正在开会，晚上跟我一起吃饭吧，到时候细说。”

注：

①本来是《红楼梦》里林黛玉的一句家常话，从毛主席口中说出来格局就大为不同：“我认为现在国际形势到了一个新的转折点。世界上现在有两股风：东风，西风。中国有句成语：不是东风压倒西风，就是西风压倒东风。我认为目前形势的特点是东风压倒西风，也就是说，社会主义的力量对于帝国主义的力量占了压倒的优势。”(《毛泽东同志论帝国主义和一切反动派都是纸老虎》)

②百度资料：“人民”一词古已有之。如《管子·七法》：“ 人民鸟兽草木之生物。”也指平民、庶民、百姓，如《周礼·官记·大司徒》：“掌建邦之生地之图，與其人民之数。”在古希腊、古罗马，柏拉图、亚里士多德、M. T. 西塞罗等人的著作中也使用过人民的概念，但它是指奴隶主和自由民，不包括占人口大多数的奴隶。近代以后，“人民”的概念被广泛使用，但往往与公民、国民等词混用，泛指社会的全体成员。马克思主义诞生后，人民这一概念才有了科学的和确定的含义。历史唯物主义认为人民是一个

历史的、政治的范畴，其主体始终是从事物质资料生产的广大劳动群众，但在不同的国家、不同的历史时期，人民这个概念有不同的内容。如中国的抗日战争时期，一切抗日的阶级、阶层和社会集团都属于人民；解放战争时期一切反对帝国主义、地主阶级、官僚资产阶级的阶级、阶层或社会集团都属于人民；在社会主义时期，人民的范围更加广泛，不仅包括工人、农民和知识分子，而且包括一切拥护社会主义的爱国者和拥护祖国统一的爱国者。

人民与公民、国民是不同的概念，虽然它们都反映了一定社会关系和人们在国家中的地位，但两者有明显的区别。(1)人民是个政治概念，具有一定的阶级内容和历史内容，是相对敌人而言的，它反映了一定社会的政治关系。而公民或国民是个法律概念，指具有一国国籍，并根据该国宪法和法律规定享有权利和承担义务的人，它反映一定的法律关系。(2)人民指对社会发展起推动作用的大多数人，而公民或国民指一国中所有具有该国国籍的人，不以其是否起进步作用为标志。(3)人民是个集体概念，是众多人的集合体，任何个人都不能称为人民，而公民或国民则可用于单个人。

9 他们

算上我，饭局一共五个人。我是唯一的女人。在包间坐定后，无敌向我一一介绍：又黑又胖又高的是国土局副局长，他们叫他“土地仙儿”。又白又瘦又高的在南水北调城区办任职，他们简称他“南办”。还有一个中等身材额头高高眼睛细细的一位，是古汉区的副区长，被他们叫成了“白区”。

在对我展示了必要的礼貌之后，他们很快磨牙斗嘴嘻嘻哈哈起来。无敌悄声告诉我：他们几个曾经是市政府办的老同事，先后从政府办出来，分到了各个局委，都担任了重要的副职，又因工作关系经常在一起协调办公，因此十分亲热熟络。我顿时明白了几分。政府办是什么地方？哪个科室的门口不放着几顶官帽？只要不出差错，出了政府办的门，都能在下面混成一个有头脸的人物。以前在一个办公室待着，同事自然也是敌人。但一出了那个办公室各自成树之后，往昔的敌人也就成了当下的人脉，很可以互相靠上一靠——毕竟在一个屋子待过几年，靠着总比那些生人安稳些。这种踏实明白带来的信任，也就是官场里面的“类友谊”了吧？

无敌向他们介绍我的时候，没有多话，只说是朋友，老家在此，回来为亲戚解决一桩麻烦。不过很快我便也从他们的口气里听了出来：在他们眼里，我就是无敌带来的有些暧昧的红颜知己。无敌也不解释，我便也不解释，任由他们说笑。现在在这个饭局里，四男一女，我是弱势。但在某种意义上，弱势往往又能成为优势：没人对我有戒心。吃亏就吃亏了吧，吃些嘴皮子亏又有什么要紧？再说了，不吃亏哪能占便宜呢？

酒过三巡，无敌终于开启金口，问起了姐姐的事。我详略得当地说了一遍。四个男人不同程度地都笑了。

“一毛不拔，这像是老铁的作风。”土地仙儿说。

“还得去找老铁说。”白区说。

“别愁，不算个事儿。”南办说。

“嗯，到老铁那儿，不一定好说。”到底还是自觉任重的无敌说话谨慎些。他告诉我，老铁就是高新区的区委书记，因为姓铁，又因为工作作风强硬，被人称为“老铁”。他原是山阳某县的常务副县长，因为在一次大拆迁中表现出了超强的工作能力，便被破格调到高新区当区委书记。一般般的常务副县长，不在县长位置上熬几年，怎么能蹦到书记的宝座上去呢？

“再粗的绳子也有一点儿细处，哪能没有一点儿商量？”南办说着叹了口气，“要是放到我的地盘就好了。肯定不叫咱姐费一点点儿事！”

大家笑他嘴巴抹蜜，他笑道：“蜜也是叫自己人多甜一些，五个指头伸出来还不一样长短呢，办事哪能没有一个远近？”说着，便开始扯到他的工作上，说自从到了南水北调这个岗位，他没有睡过一个踏实觉，瘦了将近二十斤，住了两次院。

“听说南水北调在城区的这一块拆迁工作不是已经结束了吗?”我问。

“哪能!”南办道，“只是一期马马虎虎算是差不多了。还剩下些最难缠的，得好好啃。二期眼看就要开始了。家户更多，面积更大。”

“难度也更高吧?”

“当然!”四个男人一起说，笑过之后南办细细解释：一期是开头，万事开头难，没有一点儿经验，得摸着石头过河。不过群众也没有反经验，相对来说工作要好做一些。二期呢，虽说他们有了经验，不过群众也有了反经验，工作难度也便随之增高。他摇摇头：“昨天我还抽空去逛了一遍，我的天哪，哪一家的房子都盖得跟碉堡炮楼似的，哪一家都没有一点点儿院子，要是来个地震，我的天哪……”

我突然想起了李老太的事，便问了出来。

“可别提她了!”南办说，“怎么说呢，对于钉子户们来说，她可能是个福娃。对我们来说，她就是个癌细胞。有的癌细胞能化疗，她这癌细胞啊，根本就没办法治，越治越有活力，越治越有劲。她还不是只在一处器官运动，还到处转移!”

大家全笑起来。

“不过，说老实话，赔得确实也太少了些，七百零一都不想给人家，脸皮不厚还真说不出口。”白区说。

“地方财政掏腰包，那不是能省点儿就省点儿吗?”

“这种大工程不都国家财政出钱吗?”我好奇。

“NO,”南办摇头，“山阳城区段这一块情况特殊，国家不管。”

“为什么?”

“小孩没娘，说来话长。”

还真是话长：原来当初南水北调的路线图并没有过山阳城区的计划，过城区是山阳自己主动争取的，说是想以此为契机改变一下城市面貌和生态质量。当时中央就说：过城区也可以，但多出的担子要自己担，城区这一块拆迁是个大难题，费用的问题你们自己负责，和谐的问题你们也自己负责。市里的主要领导就打了保票。可都知道这保票好打不好兑。听说拆迁工程还没开始，有的市领导就想打退堂鼓了，在某次常委会上，那个领导便提议说要是能恢复原计划就恢复原计划吧，怕影响和谐。说我们的口号是和谐征迁，和谐征迁和谐征迁，顾名思义，一定要和谐。如果不和谐，我们为什么还要征迁呢?

可常委会没通过。一个主要领导反驳说当时哭着喊着让运河过城区，这会儿又去跟中央说不让，这不是明显回避工作难度吗?已经没有退步的余地了，骑虎难下，就是这个意思。老虎是能随便骑的?既然骑了就不能掉，掉了就得被老虎吃了。你还不能骑得不成个样子，得骑出个气势来！一时小小的不和谐不要怕，因为这些小小的不和谐，最终是为了更大的更彻底的和谐！

“话是这样说，但确实是太难做了。不是有句老话吗？除了吃屎难，就是挣钱难。我建议你们把这句话改改，贴在你们办公室的墙上，叫：除了吃屎难，就是拆迁难！”白区道。

众人大笑。

“听说李老太的那个村，‘创卫’的时候被划进城区，拆迁时又被划进农村。这种做法，确实也说不过去。”这样的气氛里，我知道自己可以适当地说说实话。

“一届领导一个经，哪本经都不一样。跟我们什么相干！”南办争辩。

“不管是哪一届的领导，在老百姓眼里都是政府的领导。领导哪怕天天换呢，承担责任的总该是政府。难道你要老百姓追着每一届的领导去说事儿？”

大家沉默。南办终于承认，李老太上访上得有理，但也咬牙切齿地念叨说这个老太太还带着别人一拨一拨地去上访，实在是太狠了些。接着无敌又唠叨起他的烂摊子：当初正兴新农村建设，有的区为了让城中村好看些，还鼓励村民们在原来的宅基地上拉墙围院，修整新房，还让他们拾掇得越漂亮越好。城中村寸土寸金，村民们一旦修整房子，哪有不扩建的？扩建完了，城中村的人到底有见识，都去房产局再办房产证，房产局为了那笔证钱，也都顺顺利利地给人家办了。建过的房办完了证，现在你又说人家违建，怎么好去张这个嘴？还说本来违建有恶意违建和非恶意违建之分，但到了这种糊涂账里，还怎么分？白区说他所辖的某个城中村则又是一种乱法：村民们的身份证是市民，可上头的很多政策给的还是农民标准。得钱的事，比如“两免一补”，[①]就说是市民，不给了。到了施行低保的时候，这些市民享受的又是农民待遇——相比于市民低保，农民低保要低得多，是真正的低，保。

“反正啊，咱们的新政好是好，可常常节奏太乱，就像一个新手上路，总是猛踩油门猛刹车，坐在车上的人就得跟着左摇，右晃，恶心，呕吐……”白区说。

——政府和群众之间的关系，这二者之间，我忽然想，是不是有些像跳交谊舞？政府是男人，群众是女人。舞跳得质量如何，男人女人的舞技都很重要，但更重要的恐怕还是舞曲本身。无论是哪种风格的曲子，最起码要让他们跳完完整的一曲。如果一支舞曲里几下三步、几下四步、几下探戈、几下桑巴，那这样的舞，注定会跳得很难看。

话题转移得很快，如同击鼓传花，不一定谁把花就接了过来，另表一枝。现在又是南办在发言，唠叨说市里在拆迁方面的对口分层承包政策看似完美，实际上是添乱。因为无论是承包的市里领导还是市直各单位的主要领导，他们对待这项工作的态度都存在短期意识和政绩意识，都怕自己落后，都想早点结束，所以根本就不会去耐心做思想工作，基本都是直接用利益往上砸，结果往往就是对拆迁户“暗补”，虽然很快会有效，但是因为有办法的给得多，没办法的给得少，拆迁户之间互相比得厉害，便给他们这些专职的拆迁工作者们造成了无穷后患。

“当一天和尚撞一天钟，那些老爷们只撞一天，可不就只想着把钟撞得响响的？哪怕撞破了也不心疼。他们撞完了，拍拍屁股走人了，跑得了和尚跑不了庙，剩下我们这些看庙的，可往哪里跑呢？”

“没对你说过，我也替你们撞过钟呢。”白区说。我问他怎么拿下的？他笑了：“还不就是那几招？”他咳嗽了几声，做出总结经验的正经架势来，“首先，以情动人。咱们的老百姓受的委屈太多，所以特别需要尊重，需要同情。因此一定要先听他们诉苦，让他们说他们的不容易。别小看这招，这个一点儿都不虚。既可以拉近感情赢得信任，还能起到为他们心理按摩的作用，让他们把情绪中的毒性发作出来，最重要的一点儿，你可以根据他们的难处和困境对症下药。可以说，下面的工作都是以这第一步为基础的。其次，就可以以利诱人了。这个简单，你没地方住？我给你租房。你想做生意？我叫工商税务给你减免照顾。你孩子是老光棍？我叫民政局的婚姻介绍所给你填份资料，马上就能相亲……反正你的事就是我的事，在这个节骨眼儿上，咱就是全心全意为人民服务……哈哈……”

突然，白区失控地大笑起来。我吃了一惊。我们都一起看着他，他笑了好一会儿才停下来，道：“对不起，想起了一件事，失态了。我一想起来就想笑。那家拆迁户，是个寡妇，我刚开始对她实施第二步的时候，她立马就说她有要求，我想着她肯定是考虑得很成熟了，不知道会开多么大的口呢。就有些紧张，让她说说看，你们知道她说的是什么吗?”

“你就赶快说吧。啰唆死了!”南办道。

“她说：我拆下的旧窗，你们得给我买走!”

我们全愣住了。

“就这一条?”我问。

“就这一条!”白区道，“没想到吧？我也没想到，想破脑袋都想不到!”

我想到了张庄那个被感动了的拆房户。这两户的易拆度可真是有的一拼。突然又想起上师范时候的一件事：一个女生失恋后为情自杀，其父来校拉尸首，一直都不提什么要求，直到临出发前才开口，校长胆战心惊，想着不知道得多少钱，结果那个裤腿上还沾着泥巴的农夫诺诺道：“俺家离这里很远，天眼看黑了，路不好走，能不能给我买个手电筒?”校长立马激动地高声对秘书道：“给他买个大号的!”

“要是你还不动心呢?”白区仍在谆谆教诲，“最后就只有以权压人了。这个大家都知道，一般来说，你总有亲戚吃公家饭吧，要是没有的话，你家总有些人和事能跟公家扯上关系吧，那就对不起了，我就得掐掐你了。最起码要拿出掐的意思来——不，开始不要直接说，要委婉，要讲究方式，要给人家台阶下，也给自己台阶下。等到实在没有台阶下的时候再让他知道：你要是再敬酒不吃吃罚酒，我们也是会强制拆迁的。要是一强制拆迁，你可就什么都没有了。去告状，去上访？你要是有精神就去吧……使这些招时最好还配以适当的示弱，也对他们诉苦，说自己多么不容易，让他们也同情你。中国的老百姓啊，还是单纯者多，良善者多，贪小利者多，胆小者多，你想，这么几招下来，他们怎么会不乖乖拆房呢？总之，弟兄们啊，咱得演戏。人生如戏，全靠演技。把角色演成自己，把自己演到失忆！”

大笑。

“所以啊，规矩就是你们这些人给搞坏的。”南办说，“软的捏，硬的怯。为了息事宁人，没有底线和原则地纵容和娇惯那些拆迁户，不论是啥要求，只要不是杀人放火，你们这些老爷们就都敢答应。等到人家拆了房，兑现不兑现就两说了。要是兑现了，那些拆迁户之间一比，哪能不闹？要是兑现不了，他们知道被忽悠了，也还是个闹。反正都得我们给你们擦屁股。风气就越来越坏，以后的工作就越来越难做。你们这就是最典型的‘钻过脑袋不管屁股’！”

“谁叫你们是屁股呢？”白区趁机占便宜。

又是大笑。

“所以啊，以前是说团干流动得快，因为有年龄限制嘛。到了那个年龄就必须得离团了。现在呢，是说拆迁办的领导流动得快。为啥？一是哄老百姓哄得厉害，不流动就没办法待了；二是压制老百姓太厉害，不走就得被告死。不告死也得被老百姓恨死！”

南办说完，土地仙儿又接上茬诉苦。说他昨天还上了报纸，上面是他龇牙咧嘴去推违法占地建筑的光辉形象。

“高新区的人老说我姐姐他们非法占地，他们的用地程序，到底该怎么办呢？”我问土地仙儿。

“别听他们瞎说。非法占地？谁不非法占地？”土地仙儿笑道，“尤其是高新区这种地方，非法占地的事儿，多了去了。你想，短时间内要把那么多乡村放进城市化的篮子里，这土地问题是好解决的吗？根子上，这些乡村到底还是乡村，这些农民到底还是农民，自古以来农民盖房都是村委会一句话，哪有过什么证？硬要把马鞍套到牛背上，那是啥套法？套不上！所以啊，你姐他们的土地不是什么把柄，高新区肯定不指着拿非法占地来说事儿，他们主要说的就是违规建设，我估计给你姐他们下单子的单位，除了城乡规划管理局没别人，是不是？”

我想了想那几张单子，还真是。

“别说私人，国家重大项目的建设，绝大多数也都是非法占地。有几家手续齐备的？前些天我参加了一个全国的行业会议，说的就是非法占地的事儿。点名批评了好多家。没有批我们局，为啥？我们留了个心眼儿，没有实话实说——不能实话实说！你知道吗？上头每年都给我们定有非法占地的比例，不能超过这个比例，最高比例值是多少？百分之十五。如果只说本地的非法占地，应该不会太离谱，但是只要有国家的重大项目建设，那就很难说了。你知道能高到多少？百分之八十五！当初国土资源部有精神，说即使是国家的重大项目，也要实实在在地报到地方的占地比例里，部里会酌情处理，不会让大家不好过。当初我们局委班子在一起研究，就说这个说法不能听，听了就太书生气了。还是要花招吧。于是报的时候就谎报了，怎么谎报？我们自然有我们的法子。反正只要他给我们批一个占地项目，我们就有本事把所有的超比例土地都按到那一张单子上去，恁大的一块肥肉一割，我们的违法占地比例自然就瘦了下来！”他笑笑，“反正像咱这么卑鄙的都这么做，那些高尚的就按部里的精神，把国家的重大项目也放进了地方占地比例里，那还不高得吓死人？只能被点名了。卑鄙是卑鄙者的通行证，高尚是高尚者的墓志铭嘛。”他叹口气，“国有土地这一块还好一些，集体土地这一块将来最麻烦。”

“国有土地和集体土地，到底有什么区别？”我觉得自己无知得就像小学生。

“简单说吧。国有土地嘛，就是城市的土地和国家征用过的土地，所有权在国家。集体土地嘛，就是农民集体所有的土地。换句话说，一个村的土地，每个农民都有一份，但都没有完整的权利。个人只有承包经营权，别的权利没有。”

“为什么不让他们有呢？”

他们大笑起来。

“为什么要让他们有呢？”土地仙儿学着我的口气道，“要是让他们有了，国家需要的时候，怎么好征收回来呢？”他收回戏谑，严肃起来，“有一个直辖市的市长说过一段话，我觉得可以作为标准答案，他说：中国的农民为什么伟大呢？我认为中国的农民对中国的社会主义建设做出了三次大的贡献，第一次贡献是农副产品，第二次贡献是农民工，第三次贡献是农用地。没有这三次大的贡献，工业化‘化’不了，城市化也‘化’不了。”

“我没事也常想这个问题，跟你想的角度不太一样。你们想过吗？如果农民真的拥有了完全的土地权，十年之后会是什么情形？”白区此时的神情也很端谨，“我敢断定，不出十年，作为最珍贵的不可再生资源，这些土地大部分就都不在他们手里了。这些土地，会归于那些富人，到那时候，这些农民就成了真正的无产阶级，社会稳定就会成为很大问题。”他顿了顿，“这土地是他们的根，是他们的深根，哪怕他们不种地，哪怕他们让地荒着，只要有这个根在，他们就有了归宿。要是没有了这个根，那种可怕是不能想象的……他们得有这个根。”

“他们真亏。一直以来，我都觉得他们亏。”我说。

“那没办法。总得有人亏。社会公共利益和个人利益，国家利益和地方利益，长期利益和短期利益……总得有个大小强弱，总得有个先走后行。就像打仗，总得有人牺牲。有个著名的作家叫王小波的，你知道吧？他说过一句话：在一个文明社会里，个人总要做出一些牺牲……”[②]白区喃喃道，瞬即朝着我笑起来，“你也甭光心疼他们。其实都不容易。你看我们四个的头发，都是黑黝黝的吧？全是染的。要是不染，哪个不是满头白发？都是未老先衰。——来啊，弟兄们，喝一个！”

碰杯。饮下。

“不是有个说法吗，叫十八亿亩红线不动，[③]那上面怎么知道动了没有呢?"我问土地仙儿。我知道这又是一个很弱智的问题。

"高科技呀。"土地仙儿果然很开心地笑起来,"拍卫星图。咱们那么多上天的卫星干啥用的?你今儿盖一座房子,卫星图今儿就给你照出来了!一点儿都不会马虎。所以,要想保证你的耕地数字不变,只能想别的法子。有山地的地方还好些,反正荒山秃岭多,把好地用出去,使一个'狸猫换太子',拿一个山头胡乱顶上就行了。最难的是这平展展的大平原,出一分就得入一分,出那一分好出,入那一分可往哪里入呢?"他喝了口酒,"所以我们这个活儿,是真难做。以前我还一直念叨,想当个正局长,这一辈子也就够了。现在我可想通了,可不想再干什么正局长了。那不是人干的活儿。不是被钱拽下去,就是被老百姓捅下去……高危行业。有一种说法,说无论到哪个地方,找土地局的正局长都不好找,一般情况下都找不到。知道是为什么吗?"

"忙呗。"白区道。

土地仙儿摇摇头:"因为啊,他们不是在监狱里,就是在去监狱的路上。"

又是大笑。

我看着这些男人的笑容。他们比我稍长几岁,已然人到中年。虽然嘴巴里胡抡乱砍,但一个比一个心里有谱。这些正在仕途上艰难攀爬的男人,这些上有老下有小、红旗不倒、很可能彩旗飘飘的男人,莽撞的青春欲望已经在他们身上褪尽,这使得他们看起来有些疲倦,有些颓废,有些落寞,甚或是有些茫然,高强度超负荷的工作又逼迫他们不停地学习和思考，这些学习和思考又使得他们身上正笼罩着越来越强的理性光芒——他们看起来已经不太像一个男人了，但是，更像一个真实的人了——没错，就是这个字：人。这个是我们学习母语的第一个字，这个最简单的字，也是我们需要学习终生的一个最复杂的字。随着时间的流逝，随着渐渐的成长或者说是衰老，我越来越喜欢摈弃掉这个字前面的所有定语，去探询它最底色的意味。高人，低人，敌人，友人，恩人，仇人，精人，傻人，包括分至性别的这种定语：男人，女人……呵，所有的定语，所有的定语都去吧，只留下一个字，人。只是人。只有人。我只想看到这个，只喜欢看到这个。

饭局结束，无敌告诉我：姐姐这点儿事，犯不着找老铁。他这两天打听一下，找一个能管得着的人说和说和，我下周再过来跟那人见见面。

“应该问题不大。”无敌说。这口气显然很有保留。江湖多年，我的心已然长满警犬的鼻子，无论多么拐弯抹角的味道，我都能在第一时间准确无误地嗅到。

“用给他意思一下吗？”

“不用。他还正找我办事呢。”无敌想了想，从他的后备厢里拿出两条“中华”，“这个就行了。”

注：

①“两免一补”是近年来我国政府对农村义务教育阶段贫困家庭学生就

学实施的一项资助政策。主要内容是对农村义务教育阶段贫困家庭学生“免杂费、免书本费、逐步补助寄宿生生活费”。这项政策从2001年开始实施，其中中央财政负责提供免费教科书，地方财政负责免杂费和补助寄宿生生活费。2007年，全国农村义务教育阶段家庭经济困难学生均享受到了“两免一补”政策。

②此语出自王小波随笔《关于崇高》，完整的段落如下：“在一个文明社会里，个人总要做出一些牺牲——牺牲‘自我’，成就‘超我’——这些牺牲就是崇高的行为。我从不拒绝演出这样的戏，但总希望剧情合理一些——我觉得这样的要求并不过分。举例来说，洪水冲走国家财产，我们年轻人有抢救之责，这是没有疑问的，但总要问问捞些什么。捞木头尚称合理，捞稻草就太过分。这种言论是对崇高唱了反调。现在的人会同意，这罪不在我：剧本编得实在差劲。由此就可以推导出：崇高并不总是对的，低下的一方有时也会有些道理。实际上，就是唱高调的人见了一根稻草被冲走，也不会跳下水，但不妨碍他继续这么说下去。事实上，有些崇高是人所共知的虚伪，这种东西比堕落还要坏。”

③相关新闻两篇，相映成趣。部分摘录如下：

(1)茅于轼质疑18亿亩耕地红线 与会嘉宾拂袖而去

(2008年12月25日，中国经济网，报道记者：殷玉生)

北京天则经济研究所昨日发布“粮食安全与耕地保护”研究报告，结论为，确保18亿亩耕地以保障粮食安全的观点是错误的，甚至是有害的。面对此观点，原国家粮食储备局局长高铁生在发布会现场拂袖而去。国务院“三农”问题智囊则明确表示，天则的结论“经不起讨论”，18亿亩耕地红线不容突破。

北京天则经济研究所理事长茅于轼教授在会上指出，中国在上个世纪50年代末曾经发生严重的饥荒。但是现在的情况已经完全不同于50年前，国内国外的条件和环境全都变了。国内已经解决了粮食的生产和分配问题；国外有足够的粮食生产和全球化的市场。发生饥荒的可能性即使不等于零，也是微乎其微的。“可是我们的粮食政策还立足于饥荒随时随地都可能发生的假定上。”

茅于轼称，特别值得担心的是把粮食安全和保护耕地面积联系起来，要求确保18亿亩耕地不许突破。我国改革以后的三十年人口增加了45%，粮食产量增加了60%，而耕地是减少的。可见耕地和粮食产量之间没有直接的关系。在市场经济的自由交易、要素替代的机制下，在国家粮食库存和外汇收入充足的情况下，基本不会发生所谓的粮食安全问题。在现代中国，粮食不安全或大饥荒的事例只发生在经济不自由的计划经济时期。无视耕地作为一种农业要素具有可替代性，并将它与粮食产量——乃至粮食安全绝对地“捆绑”起来，无论在理论上还是在经验上都是缺乏根据的。政府划定的耕地红线注定是要被突破的，而且原有的21亿亩红线已然被破，这条红线束缚的只是中国的工业化与城市化的进程。

一位不愿透露姓名的国务院“三农”问题专家告诉《每日经济新闻》，这个结论经不起讨论，事实是，中国城镇居民人均占地130多平方米，而国际上才80多平方米，现在中国需要的不是占用农民的耕地，而是需要提高土地利用效率。

(2)18亿亩耕地“红线”是中国粮食安全的生命线

(2010年12月12日，中国新闻网，记者：阮煜琳)

“谁来养活中国人?”作为世界第一人口大国，中国用全球7%的耕地养活了世界22%的人口，成功解决13亿人口的吃饭问题。随着中国工业化和城镇化进程的加快，土地需求持续扩大。在相当时期内，中国都将面临土地供需矛盾尖锐的现实挑战。而坚持世界最严耕地制度，严守18亿亩耕地粮食安全警戒线，成为中国发展过程中的不二选择。

粮食安全的最基本保障是农村耕地。中国是一个耕地资源严重不足的国家，人均耕地仅1.4亩，不足世界人均水平的40%。近几十年来，中国在粮食生产方面取得了令世界瞩目的成就。1949年中国粮食总产量仅为1.1亿吨，1996年突破了5000亿公斤大关，成为世界上最大的粮食生产国。今年中国粮食产量实现自1958年以来首次连续7年增产。农业部部长韩长赋表示："粮食播种面积连续3年稳定在16亿亩以上，是重要资源保障条件。"

随着中国工业化、城镇化进程加快，对土地的需求持续扩大，人口增长、基础设施建设等都需占用耕地。在过去30年里，中国的耕地面积逐年递减。随着中国从农业社会向工业社会跨越，中国耕地还将持续减少。1996年中国耕地面积为19.5亿亩，而2003年就降至18.5亿亩，7年减少了1亿亩。

国土资源部部长徐绍史表示，要坚持最严格的耕地保护制度，强化耕地保护共同责任机制。也只有放眼未来，从长计议，从严控制非农建设占用耕地，落实耕地占补平衡，确保2015年全国耕地保有量和基本农田面积不低于18.1亿亩和15.6亿亩，中国粮食安全方能确保无虞。

10　底牌

从上午九点开始，我就站在他办公室外面的走廊上，等。现在，已经将近十一点了，他屋里面还是一团活色生香的热闹。进去汇报工作的人一个接一个，他接打的电话一通接一通。一分钟都没有歇息过。其间他曾一边对着手机说话一边打开门，用动作示意我进去坐。我很知趣地没有进去。坐在里面干什么呢？让人家站在走廊上打电话吗？

当我们终于在办公室相对坐下时，已经将近十一点半了。

这是一个标准的公务员，白衬衣，灰夹克，黑色长裤，商务休闲黑色皮鞋，举止彬彬有礼，笑容矜持温和。但是那眼神暴露出了一切：狐狸一样的精明，间谍一样的戒心。虽然和我最多两米远，但那眼神使得他和我隔了整个太平洋。最滑稽的是，他想表现得像我的哥哥。

他是高新区管委会的一个副主任。姓付。在中国的官场，这是一个尴尬的姓。无敌说，他分管拆迁这一块。

我说出了无敌的名字。

他点头："知道，知道。前两天我们还在一起吃饭，听他说起你的事。我们关系相当不错。"他和颜悦色地笑着，话题却转了过来，“可是，你姐姐的要求也太不现实了呀。”

我笑笑，把那两条中华烟放到他桌上：“无敌让我带给你的，说让你费心了。”

“这个家伙。”他笑起来，“明知道我不抽烟。”

“我认识你。”我说。

“哦?”他惊异道。

“你也是师范毕业的，是不是?”我笑道，“我打碎过你的一只碗。”

“真的?”他有些天真地瞪大眼睛，随即摇摇头，“想不起来了。”

确实是真的。我见他的第一面就认出他来了。他高我两届，当初学校有一个惯例，高年级班要和新进校的低年级班结对子，他的班和我的班便是结对子班，在结对子的联欢会上，他唱了一首《垄上行》，[①]非常漂亮的男中音，让我印象深刻。后来发现他体育很好，常可以看见他和一帮男生在篮球场打篮球。再然后就是那次打碗事件：我不知道为什么拖了饭点，进食堂时便行走匆忙，过一个男生身边时只听哗啦一声，回头一看，原来是碰掉了一个人的碗。一帮男生顿时起哄道：“赔!”他却对我笑笑，大手一挥，放了我一马。

没错，就是他。

“一点儿小事，你还记得挺真!”他愉快地笑起来。

时钟已经十二点，我说请他吃饭，他忙不迭道：“让你等了那么久，不好意思。我请，我请。”

饭店离区委不远，名字叫“地锅香”，顾名思义，地锅应该是其特色。在饭桌上坐定，付师兄点菜，点的果然是地锅馍、地锅鸡、地锅烩菜等几样。听他念叨着菜谱，席间顿时就有了一种家常的氛围，很容易让人推心置腹。这真是很微妙。当然这种家常只是幻觉，但还真是一种让人受用的幻觉。

饭菜摆上，吃着说着，他简单询问了一下姐姐那排人的情况——其实不需要多问，他知道得已经非常详尽。接着，他便又开始亲切地批评起来：“你是我小师妹，又跟无敌那么近，我就不跟你客气了。有话直说。我知道农民不容易，可也不能太蛮了不是？能留五米就中了，她非得再多要几万。你说，没有一家赔的，怎么赔给她？”

“听说有赔的。”我说。当然得诈他一诈。

“谁赔的？赔给谁了？”他放下筷子，眼神刀子一样犀利。

“这个，你们最清楚了吧。”

“我是最清楚，一个都没赔！一分都没赔！”他的口气激烈起来，“我敢跟你赌个咒！”

我沉默。一旦谈话的对象到了赌咒的时刻，那么就等于话语之路到了一个悬崖。必须得再找另外一条路。

“你想啊，我们咋敢赔？只要赔，肯定就会有人知道，那我们以后的工作还咋做？”他的口气很快温和下来，给我夹了一个鸡翅，“吃菜。”

“你多给了他们好处，他们还会不保密？总得有个君子协定嘛。”

“君子？君子个屁！首先，有几个君子？其次，就是真的碰到了君子，他就是真想为你保密，也保不了多长时候。你想，他就是对别人不说，对自己爹娘和兄弟姊妹会不说？知道的人多了，肯定就会四处漏气。更多的人呢，根本就不想为你保密，他才不管你以后拆动拆不动呢，就想显摆显摆自己能，有本事，所以才能够多得好处，有一句话怎么说来着？该烧不烧心里发焦，该露不露心里难受！”他非常流利地说着，这些话显然早已经烂熟于心，“干了这么些年这种活儿，有些规律我早就拿死了：一、咱永远不能对群众保密，因为政策是透明的，而且越来越透明。二、永远不要相信群众会为你保密。亲戚姊妹，宗族关系，人家这种通过血缘建立起来的信任度比对你要高得多。所以，这个口子万万不会开的！要是开了，就等于是过了个小坑进了个大墓！呵呵……”他似乎想起了什么似的突然笑了起来，微微有些失控，让我想起白区那次失控的笑。

“怎么了？”我问。

“有些事，你想都想不到。我碰见过一个拆迁户，是我见过的最可笑的拆迁户之一。当初他也是一个很顽强的钉子户。我们花了好大力气才做通了他的工作，把他的房子拆了——没有，一分多余的钱都没有赔给他。他一拆，原来和他一起的那些钉子户就都不乐意了，问他怎么就把房拆了？你猜他说什么？”

我摇头。我知道，答案永远都在我的想象之外。

“他说：上头不给我十万，我能给他拆了?!”

“他疯了?”我惊讶极了。没拿钱却说自己拿了钱，可不是疯了吗?

“可他就是这么说了。”付师兄摇摇头，叹口气，“后来我们忖度他的意思，肯定是觉得一分钱没多拿就拆房，在钉友们面前觉得没面子，所以就吹呗。肯定就是为了这个。可是，他这一吹不要紧，我们以后的工作可就更难做了。钉子户们谁肯相信他只是为了面子就虚报十万块钱? 都相信我们是真给他了十万!”

“那，你们怎么办呢?”

“解释呗。尽到解释义务就行了，还不能狠劲儿解释。这事情，就像绯闻一样，越描越黑。”

“难道就没有任何例外?”我说，“我不相信。”

“有。”他坦然道，“但是，绝对不会在拆前先给他们。关系真是不错的，背景非常硬的，也是在房子拆了之后，事情都了干净了，也才会给。想事先得? 绝不可能。不是谁的面子够不够，凡是能把话说到这个分儿上的，肯定关系都不错。这确实不是关系不关系的事，这是原则问题。而且，即使是给，也还得换个名目给。这也是原则问题。”

原则? 哧。我笑。为他口中的原则。

“先拆了再去要账，那心里会有底儿?”我说。

“既然能说成事，那就是自己人，还有啥不放心的?”

“到时候你要是调走了怎么办？要账照着谁的脸？”

“调？哪有恁现成？又不是鸟儿，整天换树飞？”他笑了，深深叹了口气，“要是能调走就太好了，做梦都想调走！我在这基层，真是干得够够的了。”——他师范毕业后在乡下教了两年书，之后便调到乡教办写材料，后来又到乡政府写材料，又到某区政府写材料，然后是区委秘书科科长，区审计局副局长，某镇镇长，镇党委书记。三年前调到高新区，现在的行政级别是副处。

“说是个副县，其实在高新区这种地方，干起来还是一个镇党委书记的活儿。可以说，在国家的行政构架里，这是一个最具风险的岗位。”他说。我注意到，他把副处叫“副县”。基层很多人都这么叫。副县听起来要更大一些，更威风一些，更有满足感吧？

“风险？在哪里？”

“处处都有。我们的工作有两大内容，一是稳定，二是发展。先说稳定。稳定是什么意思？就是不能有一桩上访，不能出一点儿事，这可能吗？国家的上访政策这么宽松，人人都有上访的权利，你能管得住吗？别的不说，这些敏感的日子就绝对不允许出现上访。”他掰着手指数起来，“国家两会，省两会，市两会，七一，国庆……上访的由头？拆迁只是其中之一，花样多着呢。当年计划生育粗暴执法让人家妇女落下后遗症的，‘文革’期间地富反坏右分子觉得受伤害太大要求国家赔偿的，打官司分家产觉得断案不公的……不论什么事都可以去上访，如果嫌一个人力量小，还可以花钱雇人去群访，反正五个人就够群访的数了。你知道吗？

那些常常上访的访民，有的都把上访当成一种娱乐了。比如今天，想想自己没什么事，就找几个人，说：去上访吧。就上访去了。一看到这个，我就怀念过去的衙门：大棍一竖，多有威严感啊。让他们不敢随便去告状！就是告状也告得认真一些！”

我笑。

“短的跑市里面，跑郑州，长的跑到北京。因为这些访民，北京还兴起了一些上访中介机构呢。吃完访民吃地方政府，这边给访民递材料，那边给地方政府抽材料……一条龙服务，两边发财！”

“关键是你们怕呀。”我说，“你们怎么就那么怕呢？”

“关键上面拿这一条来压人啊。”他说，“上访是考核地方政府政绩的一条重要指标！只要有了重大的上访事件，那就证明地方政府没有控制好不稳定因素，到时候，先进当不了，提拔没机会，连最基本的面子也会丢掉，还会被骂‘连个人都看不好，还干个啥？’”

“是一票否决制吗？”②

“土地，安全，信访稳定，都是一票否决制！”他吃了一口菜，“你知道有些访民过分到什么程度？我们这里有一个8023人员——8023是一个代号，说的是新疆一个核基地，他当年在那里当兵，转业回来以后，非得说自己性能力受影响了——他孩子都有仨，受啥影响?！也带他去检查过，没有问题。可他就是能闹。上访回来还装病，闹绝食，我们就送他去医院，每天派人给他送饭，绝不能让他饿死！他死后成英雄了怎么办？老百姓来给他抬棺怎么办？他的要求？多着呢。低保，大孩子的工作，小孩子的学费，老婆黑夜里骑车摔断了腿，他也能跟我们扯上事儿，要五千块钱！后来我们也妥协了，每月给他五百五十块，每季度另加五百块，可他还是不满意，最后他实在闹得不像话，我们就抓了个把柄，把他劳教了，劳教了七个月，劳教所也受不了，硬把他送了出来。现在，人家牛着呢，每月净得一千二百块，还经常直接给铁书记打电话要这要那，最近是说自己的牙不行了，得安牙，用进口材料，要两万块。”

我边听边笑。

“你知道吗？为了不让这些难缠的访民出幺蛾子，每到两会和节假日这些敏感期，我们都要组织他们去旅游！”

我笑得筷子都拿不住了。

“你要是在我这个位子上，就笑不出来了。我以前也是个心大的人，现在，我心可小，尤其从干拆迁以来，就越来越小。整天怕。怕拆迁户上访，怕他们家有人生病，有人闹矛盾，有人打架，更怕他们有人死——因为这些都有可能归罪到拆迁上来。其中有一家拆迁户的老婆长年在精神病院住着，前些时不知怎么的被接回了家，还闹了一次自杀，这可把我给急坏了，整天暗暗操着那家的心，又不敢显露出来，怕太显了那家骄纵，结果自己都快成神经病了。头发大把大把掉！”

“你的头发，怎么不染？”我看着他黑白杂色的溜冰场发型。

“这两年不染了。怕染出癌症。”他黯然道，“等掉完了，就更不用染了。”

“贵人不顶重发。”我虚伪地安慰，“那你觉得，出现了这么多问题，最根本的症结在哪里呢？”

他举起食指，指了指天花板：“权力只对赋予它的人负责。指挥棒往哪里指，大家就都往哪里走。就像高考，再说体育多么重要，只要体育没有分值，那就没有人重视体育。”他把食指放下来，继续吃菜，“我就不明白，上头为啥不出台一项政策，管管无理上访？还应该建立一项保底工作制度，让我们这些基层干部知道：处理到什么程度就算是尽责了？别光说让老百姓满意。老百姓永远都不可能完全满意！这是咱们上方的理想主义！”他放下筷子，敲起了桌面，越说越激动，“都说老百姓弱势，基层政府就强势了吗？强势在哪里？在领导面前我们弱势，在老百姓面前我们也是弱势！举个例子，以前我们心里有气了，还能骂骂村长、村支书，现在，还得隔三岔五请他们吃饭巴结着他们干活！再举个例子，过去我们去老百姓家坐坐，老百姓就会觉得很光荣，觉得干部来我家坐了。现在呢，为了拆迁，我想去人家家里坐坐，首先就担心人家不让进门，只要进门才算有希望工作。进了门呢？屁股还没坐稳人家就会撵，会说：赶快走！你们不走，我心脏病犯了，你们负责！”

我笑。

“还有记者。记者们啊，过一段时间就会来骚扰一下。跟你说，有两个地方的固定电话我从不敢接，一是北京，二是郑州。陌生的手机也从来不接，怕是记者。记者们都是惹事精。天下不乱，他们没饭。在他们面前，咱也是弱势。也不知道舆论咋就成了这样，政府好的，大家不信，政府不好的，大家就信。只要一骂政府，就准能得好儿。你说这不偏激？比如说强拆，他们从来就只骂强拆，他们怎么就不能研究一下我们为什么要强拆?！唉——”他长叹一口气，“官帽上头管，资金国库管，形象记者管，有限职能，无限责任，我们这些公务员，是越来越难当！”

我沉默。

“你看，我咋发起牢骚来了？”片刻，他笑道，“山再高水再深都不怕，就怕发牢骚讲怪话——说得多了，自己对工作就没信心了。领导听说了也不好。”

“没关系，我也不是领导。”我说，“谢谢你信任我，对我讲这么多。”

“你是小师妹嘛。”他道，显然意犹未尽，便又说了起来，“要发展，就不能太讲稳定。要稳定，就不能太讲发展——对，还没说发展。你说，像高新区这种地方，拿什么发展？发展的主要途径除了招商引资，还有什么？可你拿什么招商引资？土地当然就是最重要的资源。名义上土地是国家的，具体到地方上，土地就是政府的。从收土地到卖土地，这是第一级土地市场。这第一级市场当然就是地方政府在垄断。从哪里收？当然主要就得从集体土地这里收。往哪里卖？两个主要途径：一是房地产，二是企业。

相对而言，我们更愿意给企业。如果给房地产的话，地方政府虽然会有短期的高额利益，但也就是一锤子买卖，也就只是在卖地和卖房的时候有收入。之后就没有了。给企业的话就是种了一棵常青树，会有固定的税源，还会有效地解决本地劳动力的就业问题，当然在政绩上也更有说服力。那么，既不合理又必然的现象就出现了：为了增加地方招商引资的魅力，地方政府在给企业土地的时候，利益其实常常非常低，比如一亩地卖给企业六万块，要先给老百姓所在的村集体两万，叫'土地片价'，也叫'土地补偿费'。再给省里两万，叫'新增建设用地补偿费'，再给市里一万，叫'耕地占用费'，那么到最后地方政府可能只落一万块。有的甚至连这一万都没有——不，这个不过分，最过分的是零地价，我觉得应该叫负地价更合适。不但没有任何利益，还要往里贴钱！怎么可能？不是可能不可能，就是现实！去年咱区里为了争取一家大企业来落户，就和另一个地方打得难解难分，在拼过各种优惠政策之后，又在土地上相互压低价。竞争到最后，那一方给企业出的就是负地价。也就是说，不收企业一分钱，不仅把该给村集体和省市的钱都拿了出来，还给企业建好了厂房恭候人家光临。企业当然就去那里了。咱没有人家工作做得到位，也就只能干看着！"

匪夷所思啊。我看着他一张一合的嘴巴。真是不听不知道，一听吓一跳。

"这些情况，上面知道吗？"良久，我问。

“谁知道呢？知道也很正常，不知道也很正常。”他道，“我总觉得，上面是糊糊涂涂装清楚，下面是清清楚楚装糊涂！”

我正沉默，服务员突然端上来一份素馅饼，我说好像没有点这个菜，服务员说是老板送的。正说着，一个大腹便便的中年男人走了进来，说要给付主任敬杯酒——这肯定就是老板了。敬酒的理由是付主任主管拆迁，太辛苦了：“真是辛苦啊，但是也真是给人民群众造福了！”他铿锵有力地说着，一边试探地一眼一眼地看着我——莫非以为我是记者？

“别的不说，拆迁给咱地方经济增长了多少？老厉害了！拆拆盖盖的，那么多人都有事干了。铺地板砖的工人一天都能挣五百块！俺这饭店的生意也都托了拆迁的福，多挣了不少。这地锅馍味道咋样？正宗的地锅！烧的都是拆下来的旧椽旧梁！”

“行了行了。你忙你的吧。”和老板碰过杯，付师兄便把他推了出去，笑道，“这人，真不照辙。”豫北方言，不照辙就是不靠谱。

饭将吃毕，餐后水果上桌，他把话题又转到了姐姐的事情上：“必须尽快拆到五米，这是大势所趋。别让她再拖了。拖久了对她不好。”他将苹果块送进嘴里，“虽然工作很难做，但也不是没有办法。有的是办法。”

“那保留的五米将来的产权不会有问题吧？”

“应该不会。”

“你们应该给这些家户开个会，说一下，让他们放心。”我说，“我姐说，你们从来没有组织他们开过会。”

“这种会……你没听说过那么一句话吗？小事开大会，大事开小会，更大的事不开会。所以啊，我们坚决不开会。我们只给我们的干部开会。”他笑起来，“回去后告诉你姐，叫她赶快拆到五米！拆过之后一切好说！放心，不会叫她吃亏！”他顿一顿，“我只能说到这个地步。再多说什么也是白答应，是哄你们。铁书记他不会答应。他那工作作风谁不知道？”

我沉默片刻：“整个区里那么多违建的房子，到底为啥光说我姐这一排？就是因为要修绿化带吗？”

“那只是表面原因。更深层的原因是，省领导去同仁医院工地视察，看到了这排房子。训了市领导，市领导又连夜训了区领导，区领导就只好连夜训我们，我们是连夜拿出了整治方案。”他冷笑一声，“事都是这，可不就是哪儿痒先挠哪儿吗？多少活儿都干不过来呢，不到万不得已，谁愿意找这种麻烦？”

“乔庄不是也盖在路边了吗？领导应该也看到了吧？为啥不先整治乔庄？”

“乔庄猛，田庄横，张庄是个鼻涕虫！谁不知道这个？当然要先杀虫了。还别说，你姐姐能挺到最后，还带着些乔庄人的血性呢。”他笑，“不过，真的别再拖了。要是老铁使出了撒手锏，[③]那可不是玩的。”

“什么撒手锏？”

他笑了笑，没有回答。

我道着谢，和他握手，告别。我没有再说一句话。我知道，也就是这样了。这就是找人说情的结果。不会再有什么可能性了。拆了房再来要钱？这话当然是放屁。当然作为朋友，无敌是尽了心。作为妹妹，我也尽了心。

离开餐馆，我给无敌打了个电话，说了一下情况。无敌骂了一句王八蛋，笑道："你看呢？要是相信他……"

"我不信。"我笑问，"你信？"

无敌哈哈一笑："我就是比你信得多，一想到拆了房再去要钱，也会头大。"

"不好意思，白让你搭个人情。"

"说什么外话？只要你不说我不够义气我就满足了。"他沉吟片刻，"其实，最好还是自己去争取。《国际歌》里怎么唱来着？从来就没有救世主，也不靠神仙皇帝，要创造人类的幸福……"

"全靠我们自己。"我说，"我知道。"

挂断电话，我问自己：你知道什么呢？能试过的办法几乎都试过了，你还知道什么呢？

回到张庄，和姐姐见了面说了情况，我返程回郑。路过王强家的时候，我放慢了车速。突然间，我很想和王强见个面——没有任何目的，就是想和他见个面。如果一定要说个目的，那我就是想看看他的表情。用我眼睛里的针，去挑一挑他心里的草。

但我终于还是没有停下。我知道：这种没有任何实际意义的行为太过抒情，抒情得使我想要嘲笑自己。

注：

①《垄上行》，20 世纪 80 年代流行歌曲，由香港歌手张明敏首唱。歌词如下：

我从垄上走过，垄上一片秋色，枝头树叶金黄，风来声瑟瑟，仿佛为季节讴歌。

我从乡间走过，总有不少收获，田里稻穗飘香，农夫忙收割，微笑在脸上闪烁。

蓝天多辽阔，点缀着白云几朵，青山不寂寞，有小河潺潺流过。

我从垄上走过，心中装满秋色，若是有你同行，你会陪伴我，重温往日的欢乐。

啦啦……啦啦啦……

——自从张庄事件以来，我发现什么都和土地有关。也许，我是心理有毛病了。张庄病？

②在百度上，我搜到与“一票否决制”相关的结果有计划生育一票否决制，安全质量一票否决制，社会综合治理一票否决制，市容卫生一票否决制，等等，不一而足。

③“撒手锏”，又称“杀手锏”。《现代汉语词典》(第 7 版)1119 页如此解释：“旧小说中指厮杀时出其不意地用锏投掷敌人的招数，比喻最关键的时刻使出最拿手的招数。”

11 撒手锏

回到郑州的第三天，我接到噩耗：记者闺密的父亲去世。我去火葬场送别。和她静静地坐在一起。我们静了很久，沉默了很久，我决定说些什么。

“火葬费多少钱?”脱口而出的居然是这句话。我自己都把自己吓了一跳。

“问这个干什么?”闺密幽幽地看着我，“有意义吗?”

我尴尬地笑笑——此刻，笑也是不对的。我发现现在的自己简直就是一个处处不对的人。是的，此时问她这个问题当然是无比的不合时宜。可我怎么会问出这么愚蠢的问题？仔细搜寻意识深处——原来，问话的前一秒，我想到的居然是和姐姐闲聊时她说的话：“……要按埋人的规矩，咱这里真是城市了。都得火葬。得交火葬费，[1]可贵呢。”

于是，张庄的桩桩件件顿时涌现眼前——什么事都能想到张庄。我想，我真是得了“张庄病”了。情绪很快失控，难过将我淹没。我突然泪奔。

闺密马上也泪流满面。我们两个相拥而泣。请原谅，我哭的，和你哭的，不是一回事。我暗暗地对闺密说。

但是，我哭的是怎么一回事呢？

葬礼结束，在载闺密回去的路上，我手机频响。我没有接。后来又是接二连三的短信，我让闺密帮我看，她读完之后告诉我："你姐姐说，赵老师和他兄弟的房子今天也都开始拆了。问你咋办。"

回到家，吃过晚饭，我把孩子安顿给老公，然后叫上苗苗，驱车出城。走夜路，多一个人陪着就会好些。而且今天正好周五。

我打开CD，劈头就是邓丽君的《夜来香》。

"我爱这夜色茫茫，也爱那夜莺歌唱……"这一首香软艳曲，最让我惊诧的就是这句："我爱这夜色茫茫。"和整个歌曲的调子极为不搭，但是细细品来，却也浑然天成。而且，恰恰因了这句，这首歌才被垫上了厚沉的底色，如同黑重的缎子，其他词句的绚丽才因此被衬出了光芒。

一路上，我一直都放着这首歌。

张庄到了。路过赵老师家的时候，在车灯照耀下，我果然看见房子已经被拆了个七零八落。赵老师兄弟家的房子也是一片狼藉。真快啊。看来做什么都是破坏容易建立难。

到了姐姐家，赵老师夫妇正坐在那里。赵师母眼睛红肿。他们都沉默着。苗苗拿起我的电脑走到里间，很快，那边传来她打电子游戏的声音。

"怎么了？"我问，"怎么就拆了？"

"都怪你赵老师，都怪他去小卖部打牌！"赵师母埋怨。赵老师理亏地沉默。姐姐向我解释：昨天晚上，一个小头头模样的人带了几个青皮少年过来，让赵师母签字。那小头头照例宣讲了一堆大道理，赵师母以为是例行公事，就照例不理他们的茬。没想到那小头头就怒吼起来，雷鸣电闪。赵师母壮起胆子，还是不理。随即有一个人拔出了刀子。

“扎谁?”我震惊。

“他自己。”

“为什么?”我彻底糊涂，“他爱扎自己就让他扎去!”

“你笨哪。我当时虽然被吓了个半死，但很快还是醒过劲儿了。他先扎他自己，就是为了扎你！到时候他好反咬一口，说钉子户无理取闹，妨碍他们正常工作……都是他们的人啊，你还能有个好儿?”赵师母道，“我吓得快尿裤子了，糊里糊涂就把字签了……那个领头的姓郎。他们叫他郎队长，真跟狼一样。”

我想起付师兄的话。这就是撒手锏了吧?

“你弟弟家呢?”

“也是一样。”赵老师郁郁道，“千算万算，没有算到这一招。”

我沉默。没算到是没算到，但即使算到了，比如我们现在，明知道他们很可能也会跟我们来这一招，又能怎么样呢？组织一帮敢死队员吗？也拿刀子往自己身上扎吗？去告诉媒体吗？——这可能会有短期效果，但是能让媒体天天都在你家里蹲守吗?

还真是撒手锏。以前也在新闻上看过，没想到他们还真会使出来。

“其实他们也没少花钱，我问了，那些个拆房的民工，一天工资都一百。拆现浇的更贵，现浇的全是钢筋和水泥，不好拆，他们说敲一天敲得胳膊疼，工钱不是按天算的，是按平方算的，一平方米一百。就像咱的房，全是现浇结构，拆掉一百六十平方米，那就得一万六呢。”姐夫拍着脑袋道，“我真想不通。你说，他们能把钱花到这上头，怎么就不能赔给咱们呢？”

“听说前些时来了几拨记者，打发他们也没少花钱。”赵师母道。

我和姐姐、姐夫对视一眼。

“记者？记者还得找大记者，那些小记者，根本就不打食！当年我在一个县里当老师，那个县里集资建化肥厂，让每个老师集资五百块，还给了借券呢，还说利息是每年百分之二十，后来我和几个老师一起调走了，想着不在那里上班了，想叫县里把钱退了，县里不退，说只有全县老师的钱退了，才给我们这些要走的老师退，我们就去起诉，县法院不受理——法律途径根本走不通！我们也去上访，一到火车站就给拦回来了。最后我们就想到了找记者，”赵老师喝了口水，“当时我们就认定，小记者不行，得找大记者，找中央电视台的记者！我们联系了《东方时空》《焦点访谈》《今日说法》……反正一堆，想着碰着哪个是哪个吧，他们都说两周内给我们答复，要是得不到任何答复就找别的门路，到第十天的时候，二频道有个记者来了。是个啥栏目？我忘了。时间太长了。反正跟法有关。那天，我刚回到学校，有个老师就找到我，偷偷告诉我：央视记者来了，住在东方宾馆，不让告诉任何人，说县里一知道就采访不了了。他们刚刚偷偷去宾馆反映了一下情况。我没有去宾馆。我是在学校里说的，记者来拍学校的时候，叫我说，我想，说就说吧，反正也快要走了，说了也咋不了我。我就说了，在一棵树下说的。说了事情的来龙去脉。那两个记者在附近的学校待了四天，采访了可多人。后来去拍县政府，摄像记者先下来，在县政府门口拍，刚拍了没几下，出来一堆人，围着他们，喝问：干啥呢？乱拍啥呢?！这时候，拿话筒的记者就下车了，不吭一声地把话筒往外一拿，那些人一看见 CCTV 几个字，顿时一哄而散，那个干净啊，好像谁拿了一把大扫帚在扫他们一样。接着呢，你看吧，这两个记者威风凛凛地走进政府大楼，走进哪个办公室，哪个办公室的人就都跑了出去，像躲瘟神一样。他们在一个办公桌的玻璃板底下看到了领导们的电话号码，就开始打，开始采访，领导们那个害怕啊，那个尴尬啊……哈哈哈。后来一个宣传部领导过来见了他们，上头才算认准了方向。从那之后，县里领导每天早上去东方宾馆接他们去采访，采访完了晚上把他们送回来，这么折腾了一周时间，两个记者来跟我们老师们聊，说他们能做主，让县里赶快把钱给我们。说县里也不容易，利息就算了。我们商量了一下，也都同意了。记者们走的时候，说半个月之内县里会把钱给我们，不然他们就会曝他们的光。后来，果然，一星期，县里就把钱给我们了。那种大记者才算厉害，才算是无冕之王！省里的这些小记者，喂一点儿都喂饱了，哪还顾得上叫！”

又是沉默。当然是这样。当然可以把钱给记者，给民工，甚至可以扔掉，但就是不能算到拆迁赔偿的账上。付师兄的话在耳边响起：“这是原则问题。”

电子游戏声嘟嘟作响。

“就你们一家了，你们啊，也有个心理准备。胳膊拧不过大腿，是拧不过。怎么能拧过呢?”赵师母道。到后来，她的话更像是喃喃自语，“他们白天不来，晚上来。他们认准了，白天你还能去外头躲，晚上你没地方躲，只能回家……”

我沉默。即使晚上有地方躲，又能躲多久呢？再说，要是躲的时间长了，人家趁着你家里没人再给你来个误拆，又该怎么办呢?

“拆了也好，这下心里可踏实了。咱们明天就去复婚吧，省得人家说咱们非法同居。”赵老师勉强笑道。

没有人跟着笑，一屋子人都陷入沉默。不一会儿，赵老师夫妇起身告辞。送别他们，我走到里间，苗苗仍在没心没肺地打着电子游戏，边打边咯咯地笑着。

“有那么好玩吗?”我没好气地训她，“家里这么大的事，你帮不上一点儿忙，还大学生呢。有什么用?”

“你用我我就有用。我没有帮忙叫记者吗？那不是用是什么?”和我顶完嘴，苗苗若无其事地继续游戏。

我看着苗苗，忽然觉得无尽的虚妄和荒谬。我跟姐姐这么折腾来折腾去，无非是为了钱。而花钱的最大压力无非源于孩子，可是，这些孩子，他们是怎么想的呢？他们无非会一个个考上大学，会一个个在外面工作，谁还会回来？而且，最可悲的是，家里的事好像跟他们没有一点点关系。面对这样的服务对象，我们的折腾有意义吗？

那就放弃吧。我对自己说。

可是，不，我不想放弃。时至今日，黔驴技穷之际，百无聊赖之际，四顾茫茫之际，辛酸痛楚层层袭来之际，我还是不想放弃。不想放弃什么呢？是那几万块钱吗？不，不仅仅是。我忽然觉得，甚至已经不是。仿佛目标被久久凝视之后就会虚化掉一样，此时，那几万块钱在我的视野里，已经被虚化掉了，周围衍生出一团团色彩繁复的光晕。不，我不想去也没有能力去分析那一团团光晕的构成，我只是想最大限度地去靠近和触摸那些光晕。

然而，又能怎么办呢？

一个念头在我的意识深处徐徐升起。它简单，轻飘，如六一节处处可见的氢气球。看起来很天真，很幼稚。我知道。所以我想要把它往水下摁。但是，不行，摁不下去。它顽固地向上浮着，浮着，露出水面的部分越来越大，越来越大。

终于，我放弃了摁它的努力。它破水而出。我对自己说：试一把吧。如果有用，自然是好。如果没用，其实也好。

那么，谁来抱这个气球呢？我不合适，姐姐姐夫也不合适。太小的孩子抱不住，也不合适。

我把眼睛投向苗苗。

可能是游戏终于胜利。苗苗鼓掌欢呼。

“什么游戏?”

“植物大战僵尸。”

“僵尸？你不怕吗?”

“不怕。我胆子大。”

“噢?”我笑道，“那正好有个事，可以试试你的胆子。”

第二天晚上，晚饭之后很久，将近九点半的时候，果然有人“砰砰砰”地敲门，不，简直就是砸门，一听就气势汹汹来者不善。我们都躲在里间。苗苗上场。

苗苗走到院子里，苗苗打开大门，苗苗领他们进屋，苗苗给他们端茶倒水。他们在沙发里坐下。主讲的是一个男人，有人喊他郎队长——应该就是撒手锏的那位了。看不见他的形象，我们只能听到他的说话声。他总喜欢拖个尾音，那个声若洪钟啊，掷地有声啊。

“妞，你爹妈呢——”

“串门去了。”

“那我们可要拆你们家的房子了——”明显是和苗苗开玩笑，看起来郎队长的心情很不错。

“还没签字呢。你们要拆那就是强拆。法律有规定，不准强拆。”

“那法律还规定了，违章的房子就可以强拆——”

“那法律还规定了，强拆得有手续。你把手续给我看看。”

“给你看？你看不懂——”

一阵哄笑。

“我又不白上大学，看得懂。”苗苗的声音从从容容，绵里藏针，“恐怕你是没有吧？”

“没有怎么的？没有也不妨碍拆房——”

“那就是违法。”

“国家法律规定得多了，都去遵守就没法活了。”窸窸窣窣从沙发上站起来的声音，“不跟你小丫头磨嘴皮子，告诉你爹妈一声，让他们明天晚上在家里等着——”

“你再坐会儿，我还有话想问问，同仁医院占的地盖的房手续也不全，是不是也是违规？你们咋不管？”

“那是公家，这是私人，一码是一码，不一样。”

“公家怎样？私人怎样？土地不都是国家的吗？怎么不一样？”

“走了，跟你扯不清。”郎队长的口气明显不耐烦起来。

“你们这是只许州官放火，不许百姓点灯！”苗苗仍在不依不饶地说。

郎队长的笑声响起，笑声过后他开始说话，但是尾音没有了，只是斩钉截铁气势恢宏的一段话：“妞，我也是从农村出来的，我跟你说，中国几千年来都是这，从来就是只许州官放火，不许百姓点灯！”

“以前是封建社会，可以。现在就是不行！”

“现在也是这。我跟你说，几百年以后还会是这!”

“我不信！现在是共产党当家，这就是不行！咱们号称人民政府，从毛主席开始就宣称为人民服务，人民政府怎么能只允许自己行使特权?!”

郎队长大概是被噎住了，好一会儿没话。屁股们在沙发里重新落座的声音。喝茶的声音。放茶杯的声音。我也很吃惊。此时的苗苗，忽然让我无厘头的大脑想起了《沙家浜》里的阿庆嫂的唱词:“垒起七星灶，铜壶煮三江。摆开八仙桌，招待十六方。来的都是客，全凭嘴一张。”

“妞，我告诉你，不信不由你，我就是共产党派来的，我说行就行!”终于，郎队长又开腔了。

“就你?”

“不像?”

“不像！我不信共产党会用你这种人!”

“你爱信不信!”

“是铁书记叫你来的?”

“说得跟真的似的，他不放话我会来?”郎队长似乎是气极而笑，重新站起来，“官话谁不会说？我比你说得花样多着呢。真不值得跟你磨这个嘴，走，走!”

“不讲理!”

“我还就不讲理了！我还就拆定你们的房子了！看谁弄得过谁!”郎队长的声音渐渐远去，“一个小屁孩，真扯淡……”

…………

他们走后，我们从里间拥出，一起来到客厅的一张桌子前。桌子上面放着一个扁平的电子钟，钟上显示的时间是21时58分。当然，这个时间很重要。不过更重要的是电子钟本身。它的内置摄像机，可以连续摄像十二个小时，像素两百万。闹钟的正前方就是郎队长坐的沙发。沙发前的茶几上，几杯热茶水汽袅袅，从电脑里看起来婀娜多姿，分外妖娆。

“这么多男人，你不怕吗?”我问苗苗。

“有什么可怕的？他们会杀我吗？不会。会打我吗？不会。”她干巴利落脆地说，“最多就是话难听脸难看。可咱要的不就是这个吗?”

“那两个男孩子，胳膊上都刺着龙。”

“刺个龙就是真龙了?”她一笑，“那个瘦点儿的，是我初中同学，认出他来，我就更不怕了。他坐在我后头，学习差死了，每到考试就想抄我的。现在来干这个……哼。”

“那你们怎么不说话?”

“说什么?”她瞪大眼睛，“那个场合，你让我们说什么？有什么好说的?”

我沉默。这个小小的90后，没事不惹，遇事不惧，清晰，明确，无畏。让我不由得对她肃然起敬。

注：

①姐姐以村里刚刚办过的一起丧事为例，让我对农村的殡葬情况略有了解。姐姐叫他“北街的”：“人死了，按上头的规矩，都得火化。其实火化了之后还要再土葬，不土葬不中。入土为安，入木为贵。哪个人死前都要对孩子们说得进祖坟，得入土。不过后半截上头就不管了。上头只管火化——当然还得先火化，不烧成骨头不让往回拉。北街的死后，给区里交了三千，这才允许把人拉回去土葬。这就花了两回钱。火葬费得千把，运尸费、烟酒，又得千把。再加上给区里交的，这就多花了五千。人拉回来了，棺材、寿衣、纸扎货、响器、席面……没有三五千拿不下。总的来说，得万把。还有些细处也得花钱，就不说了……哪些？比如火葬场烧人，听说把尸骨烧出个人形是一个价，胡乱烧成一把骨头又是一个价……”

12　杂事

当然没有那么顺利，即使我们做好了棺材。后来我才明白：他们不仅是见了棺材不落泪，就是打开棺材看到了棺材里面躺着的东西，也不落泪。能让他们落泪的，是出殡的时刻。别无选择，这个当口，记者闺密就是最好的送殡嘉宾。她一身黑衣神色冷峻地拿着那个小小的 U 盘走进了老铁的办公室，半个小时之后告诉我："搞定。"

"怎么谈的？"我抑制不住好奇。

"没谈。就是把 U 盘插到他的电脑上让他看。"

"什么都没说？"

"我嗓子发炎，不想说话。"闺密的嘴角微微牵动，神情很酷，"他最后只说了一个字：中。"

姐姐没有拿到拆迁赔偿款，她拿到的是宣传费——付师兄让我去省里找发票，说"最好是宣传费"。我找到了一个朋友，他在一家杂志社当副总，同意帮忙出这个发票，但要把税钱一并付了。税的比例是百分之十。我告诉付师兄，付师兄又请示了老铁，转过来的话是："没问题。"于是开到了六万六千块，姐姐拿走六万，杂志社留了六千。高新区拿到了一张发票。我在电话里跟付师兄开玩笑："六六顺啊。"

"还六六粉呢。"[①]他也笑道，"你这个小师妹啊。"

拿到钱的时候，姐姐又高兴又后悔，说忘了当初说成七万了。我听出了她想改口的意思，便道："就这吧，别再想多要了。"姐姐不甘道："为啥？"我没回答。让闺密为了一万块钱再去跟老铁谈判，这当然是不可能的事。但是，我知道这个理跟姐姐讲不清。于是我只说："那一万块钱我不要了。你只还我六万就成。"

一个星期后，姐姐家的房子拆到了五米。在五米的界限那里，也打了一道非常结实的承重墙，是区里出工出料打的。拆掉的那些料，姐姐都整整齐齐地码放起来，说趁着什么时机把房子加盖到三层。

录像当然留了复制件。苗苗说干脆放到网上才痛快，我制止了。我对她说，我们的本意不是为了炒作，更不是为了毁人仕途。做人要厚道，要遵守最基本的职业道德。此外我还严厉地叮嘱姐姐家的所有人：不准说录像的事，也不准说钱的事。谁都不准说。包括姨妈。

王强到底有没有拿钱呢？不知道。他坚持说没有。很多人坚持说有。后来四家都催逼他还钱，他说他手头只有两万，王永又替他拿了两万，于是他每家先还了一万。说剩下的以后慢慢还。

那些拆得净净的人家呢？吵着说还要和其他家一样，再盖到五米。区里先是不允许，天天派人值班。村民骂他们："你是上头一条狗，天天守着俺门口。叫你咬谁就咬谁，叫咬几口咬几口！"

后来，慢慢地也都盖起来了，都盖到了五米。

事情就是这么告一段落。回想起这盖盖拆拆的半年，居然有点儿沾四大古典名著的边儿：先是《水浒传》的气势，一拥而起，同上梁山。接着便是《西游记》的目标，斩妖除魔，必取真经。没想到立马便是《三国演义》，各怀心思，各立帮派。最后则是《红楼梦》，只落得个茫茫大地真干净。

——当然，当然不能说十分干净，毕竟还有那五米宽的楼，那一百六十平方米的房子留待一个漫长的后话。正如那天在新盖起的房子墙壁上，我看到一行稚拙的童体字所写的那首家喻户晓的古诗："离离原上草，一岁一枯荣。野火烧不尽，春风吹又生。"

那个周末，我给儿子看语文作业，儿子问我："妈，司空见惯这个成语从哪里来?"我网上查得原来是出自刘禹锡的诗句："高髻云鬓新样妆，春风一曲杜韦娘，司空见惯浑闲事，断尽苏州刺史肠。"诗名为《赠李司空妓》。李司空是哪一位？再一查，原来是李绅。李绅是哪一位？原来就是写《悯农》的那个。"锄禾日当午，汗滴禾下土。谁知盘中餐，粒粒皆辛苦。春种一粒粟，秋收万颗子。四海无闲田，农夫犹饿死。"都是我小时候就会背的诗。再往下看，更是诧异，也就是这个李绅，史书记载，在为官后"渐次豪奢"，一餐的耗费多达几百贯，甚至上千贯，并且他特别喜欢吃鸡舌，每餐一盘，耗费活鸡三百多只，院后宰杀的鸡堆积如山。

不知怎的，从司空见惯到刘禹锡再到李绅，我突然就想起了张庄的事，愣了半天。

最近一次回张庄，是给姐姐送衣服，她说她开始学跳舞了，让我把不穿的裙子给她找一些。姐姐说，为了丰富市民的文化生活，高新区特别出资配置了灯光和音响，每天晚上在防疫站门口放，鼓励村民们去跳舞。

“你们会跳吗?”

“不会就学呗，有啥难的。”

“谁教?”

“王强两口都会，跳得可好呢。”姐姐口气里满是由衷的钦佩，“人家说当年在东莞打工的时候经常跳。一看就不一样，有功底儿。”

那天下午，我把裙子给她送回去，吃完晚饭，返程回郑。一出姐姐家就看到防疫站的大门口射灯缤纷，乐声飘飘。舞会已经开始了。

“不管外面雨大天有多么黑，再苦的日子它都会有滋味，相信我相信我亲爱的，直到秋风瑟瑟荒草成堆。我美了美了，我醉了醉了，你是我这一辈子最美的玫瑰……”是小沈阳的《美了美了》，虽是文理不通、俗不可耐，但也真是朗朗上口。平阔的水泥地上，王强两口在队伍的最前列领舞，一群人正跟着跳得起劲儿。男人很少，更多的是穿着裙子的乡村妇女。她们踏歌起舞，有不少人的舞姿居然也颇为轻盈美妙。我停下车，看了一会儿。我想从中找到小换，但是没有。她什么时候也能出来跳一会儿舞呢?

在离舞场的不远处，月光下的路边，则是另一番景象：几个老汉在一边拉胡琴，一边唱着什么。我停车静听，居然是怀梆《关公辞曹》的一段。我们这一带明朝时称“怀庆府”，[2]地方戏便叫“怀梆”。他们正唱的这段戏我小时候最喜欢听，不是因为好听，而是因为它能勾出我的馋虫：“……曹孟德在马上一声大叫，关二弟听我说你且慢逃。在许都我待你哪点儿不好，顿顿饭包饺子又炸油条。你曹大嫂亲自下厨戳锅燎灶，大冷天忙得她热汗不消。白面馍夹腊肉你吃腻了，又给你蒸一锅马齿苋菜包，搬蒜臼还把蒜汁儿捣，萝卜丝儿拌香油调了一瓢……我对你一片心苍天可表，有半点孬主意我算屌毛！”

那一刻，坐在射灯和月光之间，坐在舞场和小戏班之间，深蓝的天空上撒着小米一样的星星。麦子刚刚收过，空气里还充盈着麦秸秆潮湿清香的气息。我左耳“流音”，右耳胡琴，左耳“美了美了”，右耳吱吱呀呀……车停在那里，我无法开动。我想笑，又想哭。或者说想哭着笑，又或者说想笑着哭。我不知道自己是怎么了。我不知道。当然，也不是完全不知道：生之艰难，活之不易，都想过得好，从身到心，然而唯其如此，才更充满伤痛……这只是其中一部分。有更多的部分，我不能言尽。

——有很多事情，我曾经以为我知道。但是，现在，我必须得承认：我并不知道。而我曾经以为的那些知道，其实使得我反而远离了那种真正的知道——此时，如果一定要确认一下我的知道，我只能说：我最知道的是，张庄事件之前的我，和之后的我，已不太一样。

注：

①六六粉，剧毒，曾经被用作一种农药，国家已经明令禁止生产、销售和使用。

②怀庆府，是明清的一个行政区域名称，夏时称“覃怀”，后称“怀州”，元称“怀庆路”。明洪武元年(1368)十月为怀庆府。明初府治河内(今河南省沁阳市)。辖：河内、济源(县治在今河南省济源市东)、修武(县治在今河南省修武县西北)、武陟(县治在今河南省武陟县阳城镇)、孟县(今河南省孟州市)、温县(今河南省温县)，共6县。清末怀庆府仍治河内，辖：河内、济源、修武、武陟、孟县、温县、原武(县治在今河南省原阳原武镇)、阳武(今河南省原阳县)，共8县。历史上以盛产山药、牛膝、地黄、菊花这四大中药闻名，世称“四大怀药”。

后记

乔叶

作为一个写作者，我越来越知道，没有什么完美之书。尽管在每一本书出版之前慎之又慎，但面世之后总会发现还有这样那样的问题。且随着时间的推移，问题还会越来越多。这些问题也许读者并不怎么在意，却会成为我的心上之斑。祛斑之术，唯有再版时修订而已。也因此，在确定《拆楼记》初版五年之后，又被十月文艺出版社重新接纳，有了修订再版的机会，我的欣悦之情一点儿也不亚于初版之时。对于十月文艺出版社和我尊敬的责编章德宁老师，唯有深深感谢。

这部作品由两部分构成。上部原名《盖楼记》，发表于《人民文学》2011 年第 6 期。下部原名《拆楼记》，发表于《人民文学》2011 年第 9 期。“双记”发表时均被纳入“非虚构小说”栏目。这在《人民文学》历史上应该比较罕见吧。也因此在随后的很长一段时间里，有许多媒体在对我进行了采访时，都以此为核心切口。最普遍的提问如下：

你的写作情调好像大多数是情啊爱啊温暖啊，怎么想到去写这么一个内容？动因何在？

——第一动因是因为看见。其实一直都在看见，但这之前没想到要去写。觉得自己写不了。有次跟一个朋友聊天的时候还说自己没能力写这个。朋友当即就说：“很多时候，勇气就是能力。”我顿悟，明白自己是本能地知道这种事件写起来有多么难，潜意识深处原来就在知难而退。直到2010年受到《人民文学》“非虚构写作”风潮的引领——这是又一动因，恰巧又近距离地遭遇了姐姐村庄的拆迁事件，于是我近乎强迫地让自己把目光集中在这个事件之上，在克服了心理障碍和写作障碍之后，就有了它。

《人民文学》杂志社把这个小说定为“非虚构小说”，你怎么看待这种定位？

——呵呵，甚合我心。有很多人跟我说：这是个什么词啊，四不像！可我就是喜欢这个劲儿，就是喜欢这种四不像。如果一定要解释的话，那么在我浅薄的理解中，所谓的非虚构小说，就是非虚构的小说，或者说就是小说化的非虚构。之所以想用非虚构的小说或者小说化的非虚构来写这个题材，是想用小说化的技巧来优化我想传达出的那种真实感，使我想传达出的真实感能够以一种更集中更有趣也更富有细节和温度的方式来展现在读者面前。使读者能够看到在这样的事件中——这样很容易把具体的人心和人性遮蔽住的事件中——活生生的人心和人性。总之，就是想用小说这个利刃插进事件的骨缝中，在小角度尽力解剖巨牛的同时，也使得整个叙述效果更为趋真。当然，所有的利器都双面，如果做不到趋真，那就是失真。这是一个非常微妙的分寸问题。

其中虚构和非虚构的比例各占几成？

——很多人对这个比例感兴趣。我要么不回答，要么就带着恶作剧的心态随意说：一九开，二八开，三七开……其实我最想说的是：忘掉这个无聊的比例吧，与其打探这个比例，不如记住《人民文学》对这个问题的简约回答："小说"而"非虚构"，大概会让人糊涂，但有时糊涂是难得的，不顾体裁的樊篱，探索贴近和表现生活的新路径，这才是要紧。

可是，按照传统的划分方式，这种新称谓是不是太暧昧不明了？

——这个我们听起来很新的称谓其实一点儿都不新了，在美国甚至已经成为了一种文学传统。它是暧昧不明的，但它最吸引我的魅力也正在于它的暧昧不明。暧昧不明就那么不好？小说难道就必是纯虚构？其他文体难道就必不虚构？文学样式之间就必得楚河汉界？水火不容？每种样式之间的门都是相通的，只要你愿意，只要你认为有必要，就可以随便串门，我认为。所以我写的时候，就只想尽力抵达我最想要的那种真实，哪种表达方式顺手就用哪种，没有顾忌那么多，事实上也顾忌不了那么多。也许，还是用《人民文学》杂志的口号来总结才更为恰当：人民大地，文学无疆。

作品中的“我”好像没有什么明确的道德立场。

——这正是我想要的。我有意克制着自己的道德立场，为此甚至在文本中故意模糊了自己的社会身份。作品中的“我”，连工作单位都没有明确地指认。“我”最明确的叙述身份就是一个乡村之根还没有死的逃离者，一个农妇的妹妹。更坦白地说：我怕自己像个很有道德立场的知识分子。而那种所谓的道德立场，不是冷眼旁观，就是高高在上。其实我也曾试图站在这样一个立场上，但我很快发现我做不到，我站不稳。不仅仅是因为我的乡村之根还没有死，也不仅仅是因为我是一个农妇的妹妹，更重要的是：我一向从心底儿里厌恶和拒绝那种冷眼旁观和高高在上。我不喜欢那种干净。我干净不了。我无法那么干净。我对自己说：那就和姐姐他们混在一起吧，尽管混在一起让我很不舒服，我也不可能舒服，但我只能把自己投身到姐姐他们中间，投身到他们的泥流里。然后再去说别的。“双记”发表之后，《文艺报》先后发表了三篇评论文章，最触动我的是署名李勇的那篇，名字叫《卑微者及其对卑微的坦承》。我，就是一个卑微者。这“双记”，就是我卑微的坦承。我尽量客观地裸露我所看到的事实，还有事实中的我自己。这难道不也是一种立场吗？

…………

以上五问答是初版时的后记内容，之所以在这里又基本上原文引用，是因为我发现虽然几年过去，说到《拆楼记》的时候，这些仍是必然之谈，无论谈者有多么年长或者年轻。可见某些观念扎根之深顽。有意思的是，2011 年“双记”获当年度非虚构作品类人民文学奖。2012 年单行本由河南文艺出版社出版后，获文鼎中原长篇小说精品工程优秀作品奖。2013 年又入选国家出版广电总局第四届“三个一百”原创出版工程。这些不拘于文体划分的褒扬和肯定是如此珍贵，也让我越来越笃定了自己的写作原则：诚实。也许写作中的我情绪或许偏激，态度或许狭隘，见识或许单薄，但是，正如巴金老人所说的那样：“我所谓‘讲真话’不过是‘把心交给读者’，讲自己心里的话，讲自己相信的话，讲自己思考过的话。”以此为依，扪心自判，我知道自己做到了最大程度的诚实，可以无愧。

除此之外的一切，都只能交给漫长的时间和亲爱的读者，别无选择。

图书在版编目（CIP）数据

拆楼记 / 乔叶著. — 北京 : 北京十月文艺出版社，2017.11

ISBN 978-7-5302-1726-9

Ⅰ. ①拆… Ⅱ. ①乔… Ⅲ. ①长篇小说—中国—当代 Ⅳ. ① I247.5

中国版本图书馆 CIP 数据核字（2017）第 201284 号

拆楼记

CHAILOU JI

乔 叶 著

出　　版　北京出版集团公司
　　　　　北京十月文艺出版社
地　　址　北京北三环中路 6 号
邮　　编　100120
网　　址　www.bph.com.cn
发　　行　新经典发行有限公司
　　　　　电话（010）68423599
经　　销　新华书店
印　　刷　北京盛通印刷股份有限公司
版　　次　2017 年 11 月第 1 版
　　　　　2017 年 11 月第 1 次印刷
开　　本　880 毫米 ×1230 毫米　1/32
印　　张　9
字　　数　165 千字
书　　号　ISBN 978-7-5302-1726-9
定　　价　38.00 元
质量监督电话　010-58572393
如有印装质量问题，由本社负责调换。